ちくま文庫

沈黙博物館

小川洋子

筑摩書房

沈黙博物館

1

僕がその村に着いた時、手にしていたのは小さな旅行鞄が一つだった。中身は数枚の着替えと、使い慣れた筆記用具、髭剃りのセット、顕微鏡、そして二冊の本——一冊は『博物館学』、もう一冊は『アンネの日記』——それだけだった。

依頼主からの手紙には駅に迎えをやると書いてあったが、僕の容姿については何も伝えていなかったので、うまく出会えるかどうか心配だった。僕はホームをつなぐ階段を降り、改札口を出た。他にこの駅で降りた人はいなかった。

「ようこそ」

待合室のベンチに腰掛けていた女性が近づいてきて言った。予想よりもずっと若い、ほとんど少女と言ってもいいほどの年頃だった。なのに物腰は礼儀正しく、洗練されていた。僕は妙に慌ててしまい、挨拶の言葉がきちんと出てこなかった。

「さあ、行きましょうか」

そんなことにはお構いなく、少女は僕を車に乗せ、運転手に向かって、

「出発してちょうだい」

と命じた。

季節は春のはじめで、風にはまだ冷たさが残っていたが、彼女はふんわり裾の広がった綿のワンピース一枚きりで、カーディガンさえはおっていなかった。空は気持よく澄み渡り、薄い雲が風に乗って流れ、あちこちの陽だまりにクロッカスや水仙やマーガレットが咲いていた。

駅前から続く大通りを抜け、中央広場を過ぎてしばらく行くと、すぐに田園風景が広がりはじめた。道をはさんで右手は雑木林、左手はジャガイモ畑で、そのずっと向こうは牧草地になっていた。さらに遠く、空と丘の境目からは鐘楼が姿を現わした。日差しはあらゆるものに等しく降り注ぎ、下草の陰に隠れた冷たい冬の名残を、全部溶かしつくそうとしているかのようだった。

「きれいなところですね」

僕は言った。

「気に入っていただけると、うれしいです」

少女は両手を膝の上にのせ、姿勢よく背筋を伸ばして前を見ていた。言葉を交わす時だけ心持ち首を傾け、僕の足元に視線を落とした。

「ここなら、仕事もうまくはかどりそうな気がしますよ」

「ええ、母もそう願っていると思います」

ようやく僕は彼女が依頼主の娘であることを知った。

車がカーブを曲がるたび、髪がパラパラと垂れてきて、少女の横顔を半分陰にした。生まれてから一度もハサミを入れたことがないのだろうかと思うほど、真っすぐでありのままの髪の毛だった。

「母はかなりのひねくれ者なので、びっくりなさらないでね」

少し打ち解けた感じで少女は言った。

「どうぞ、ご心配なく」

「感情的な行き違いから、仕事を途中で放り出した人が幾人かいたの」

「こう見えても、業界ではかなりのキャリアを積んでいる方なんですよ。そんな無責任なことはしません」

「ええ。送っていただいた履歴書を見れば分かるわ」

「僕の仕事は世界の縁から滑り落ちた物たちをいかに多くすくい上げるか、そしてその物たちが醸し出す不調和に対し、いかに意義深い価値を見出だすことができるかに関っているんです。かつての依頼主たちも皆、相当に手強い人物でした。彼らを目録にした方が、よっぽどおもしろいカタログになるんじゃないかと思うくらいです。とにかく、少々のひねくれには驚きません。大丈夫です」

ほんの少し少女が微笑みを見せたように思った。でもすぐにそれは行儀のよい澄ました表情の下に隠れてしまった。

いつしか道はアスファルトから砂利に変わり、幅も狭くなっていった。どうやら車は村の西はずれに向かっているようだった。あたりには低木の茂みが続き、イタチかリスか、小さな動物が草の間を横切っていった。鞄の中で、顕微鏡の部品がカタカタ音を立てていた。

小川にかかる石橋を渡り、なだらかな坂を登りつめると、仰々しい錬鉄の門柱がそびえていた。門はいっぱいに開かれており、車はスピードをゆるめることなく中へ滑り込んでいった。玉砂利が敷き詰められた小道は曲がりくねり、両脇に茂るポプラの巨木のために、日光がさえぎられて薄暗いほどだった。時折、タイヤに弾かれた小石が窓ガラスにぶつかった。

「お疲れさまでした。あちらです」

少女は窓の向こうを指差した。不意に視界が開け、台地の端に屋敷が姿を現わした。ガラスに押し当てられた指は白く華奢で、いたわしいほどに未成熟だった。


面接は書斎で行なわれた。依頼主は部屋の中央にしつらえられたビロード張りのソファーに腰掛けていた。もともとはクリーム色だったのだろうが、汗、手垢、唾、埃、あらゆる飲み物、菓子類の脂肪分、等々と思われる汚れが染み込み、それらが混ざり合ってうぶれた色調に変色していた。クッションはつぶれかけ、肘掛は擦り切れて中の綿がのぞいて見えた。

依頼主はひどく小柄だった。身体中から養分が抜けたように痩せ細っていたし、腰はほとんど直角に折れ曲がっていた。両手を差し出せば、胸の中にすっぽり抱き留めることができそうだった。小柄という言葉を突き抜けた、極限の小ささを体現していると言ってもよかった。

その体格のためか、趣味の問題か、着ている洋服はどう評価していいのか見当もつかない代物だった。毛糸の帽子を頭に載せ、あとはもうバランスなど一切無視し、適当にチェックと縞と花柄の衣類で身体を覆っているにすぎなかった。まるで彼女自身が、ソファーに付いた染みの一つみたいだった。

しかし何より僕が驚いたのは、迎えに来てくれた少女の母親にしては、依頼主が歳を取りすぎていることだった。どう見ても彼女は一〇〇に近い老人だった。身体中の隅々が老いに侵食されていた。干涸びてしまったこの肉体が、あの少女を生んだとはとても信じられなかった。

しばらくの間、誰も口を開かなかった。老婆は肩をすぼめ、うな垂れたきり咳払い一つしなかった。じっとしていると余計に身体は縮こまり、老い衰えた様子が強調されるようだった。

試されているのかもしれない、と僕は思った。これは沈黙の中で人柄を見ようとする種類の面接なのだ。あるいは最初から、老婆の気分を害する何かをしでかしたのだろうか。例えば、手土産を忘れたとか、ネクタイの趣味が悪いとか……。

考えるべきことがたくさんあった。僕は助けを求めて、出窓の前に座っている少女を見やった。けれど彼女は微笑み一つ返してくれなかった。ワンピースの裾にできた皺を一心に伸ばしているだけだった。

家政婦さんがお茶を運んできた。カップとソーサーが触れ合うカチカチという音が、いくらか気まずさをほぐしてくれたが、すぐにまた沈黙が広がった。

書斎は天井が高く、寒々としていた。外はあんなにいい天気なのに、厚ぼったいカーテンを引いているせいで日差しはさえぎられ、シェードに埃のたまった照明は弱々しく、部屋全体が薄ぼんやりしていた。北側の壁一面を占める書棚にはかなりの蔵書が並び、革と紙の混ざった独特な匂いを放っていた。

ざっと見回したところ、収蔵品は豊富にありそうだった。もちろんきちんとした鑑別をしなければ何とも言えないが、玄関ホールから階段、廊下にかけて、いくつか目を引く絵画や彫刻が飾られていたし、書斎にも置時計、壺、ランプ、ガラス製品など珍しい品が見受けられた。

ただ問題なのは、保存状態がよくなさそうなのと、貴重品とがらくたが何の秩序もなくごちゃごちゃに入り乱れていることだった。前世紀末の制作と思われる牡鹿をかたどった銀の燭台の隣に、安食堂から失敬してきたような灰皿が置いてある、という具合で、これらを全部洗い出し、分類し、補修し……となるとかなりの労力を必要としそうだった。今までに関わったプロジェクトと比べても、込み入った仕事になるのは間違いなかった。

「きっと、いい博物館になると思います」

　とうとう我慢しきれずに僕は口を開いた。不意に老婆は顔を持ち上げ、初めて僕の方を見た。

「個人のコレクションとしては、上質の部類に入るでしょう。美術工芸品だけでなく、調度品、庭、そしてこの屋敷そのものを含めて考えれば、相当な博物館に仕上げることができるはずです」

「今、何と言った？」

　口調に棘があったからというより、その貧相な肉体から発せられたとは思えない威圧的な声のボリュームにたじろいで、僕は口籠もった。

「ええ、もちろん、すべては、ご相談させていただいた上での話です。ただ申し上げたかったのは、いろいろな可能性があるということなんです。村の役場にコーナーを設け、お名前を冠したコレクションとして展示する方法から、この広大な敷地内に新たな博物館を建設する方法まで、ありとあらゆる……」

「さっき、何と言ったか、それを聞いているんじゃ」

「さっき、と言われますと……ええ、何でしたか……いずれにしても、博物館の話だったと……」

「ああ、じれったい。ほんの数秒前に自分が喋ったことさえ正確に再現できないとは、何と貧しい記憶力。それで一人前の博物館専門技師とは、信じられん。とにかく私が一番我慢できんのは、愚図じゃ。愚図愚図した奴じゃ。物事は何でも、無駄なく的確に運んでもらわなくては困る。ご覧の通り、私には余分な時間など残されておらんのでな」

一個一個の言葉が頬骨の奥に落ち込んだ唇から弾け飛び、部屋中に散らばった。その震動と呼応するように、老婆の指や肩先や膝頭も震えた。

「この家のがらくたを博物館に飾れなどと頼んだ覚えはない。勝手なことは言わんでほしい。だいたい先祖がいい気になって、金に飽かせて買い漁った物など、誰が見て喜ぶ？　誰も喜びはせん。ああ珍しい、ああもったいない、と言ってせいぜい展示ケースに汚らしい指紋を残すくらいのことじゃ」

老婆はますます深く背中を折り曲げ、上目遣いにこちらをにらんだ。頬はこけ、眉毛は消えかけ、帽子からのぞく狭い額には膿んだおできができていた。

しかし彼女の顔を圧倒的に支配していたのは皺だった。眼球も鼻孔も唇も、皺の奥に隠れていた。それはほとんど襞と言ってもいいくらいに深く、すき間なく刻み付けられており、昔勤めていた自然史博物館の展示品、北氷洋のセイウチの皮膚を思い起こさせた。

「この家に飾られている品々で、私が自ら労力を使って手に入れたものなど、一つもない。全部先祖が勝手にやったことじゃ。その後始末を何で私がしなけりゃならない？　真っ平御免じゃ。私以外の者でもできることを、私はやらない主義にしている。これがすべてに優先される原則なのだ。ここまでで、お前が肝に銘じておかなくてはならない真理を二つ示した。さあ、言ってみよ」

僕は背広のボタンを一つ外し、冷めかけたお茶に視線を落として気分を整えてから、口を開いた。

「物事をてきぱきと進める、そして、人がやらないことをやる……」

答えが合っていたのか間違っていたのか、老婆はただ、ふん、と鼻を鳴らしただけだった。

「私が目指しているのは、お前ら若造が想像もできんくらい壮大な、この世のどこを探したって見当らない、しかし絶対に必要な博物館なのじゃ。一度取り掛かったら、途中で放り出すわけにはいかない。博物館は増殖し続ける。拡大することはあっても、縮小することはありえない。まあ、永遠を義務づけられた、気の毒な存在とも言えよう。ひたひたと増え続ける収蔵品に恐れおののいて逃げ出したら、哀れ収蔵品は二度死ぬことになる。放っておいてくれたら誰にも邪魔されずひっそりと朽ちてゆけたものを、わざわざ人前に引っ張り出され、じろじろ見られたり指を差されたりして、いい加減うんざりしていたところで再び打ち捨てられる。むごい話だと思わないか？　絶対に途中やめはいかん。いいな、これが三つめの真理じゃ」

　喋りだした時と同じくらい唐突に、再び沈黙が訪れた。口をつぐむとすぐさま、彼女は消え入りそうなほどに小さな老婆へと戻った。身体の震えは治まり、目は下を向き、さっきまで唾と一緒に吐き散らしていた精力は、静けさの中に飲み込まれていた。

　この落差にどう対処したらいいのか、予測が立たなかった。目くばせだけでもいいから、せめて少女が僕に心を伝えてくれさえすれば、もう少し居心地もよくなるのにと思ったが、相変わらず彼女は部屋の片隅にひそんだきりだった。

　カーテン越しにも日が傾きかけているのが分かった。風が強まってきたらしく、遠くで木立のざわめきが聞こえた。足元から立ち上ってくる冷えた空気が、沈黙にいっそうの密度を与えていた。

「お前が修得しておる博物館の定義について、述べてみよ」

　入歯が外れそうになり、一段と勢いよく唾が飛び散った。

「はい」

　自分を感じのよい人間に見せようなどという努力が無意味なのは、もはや明らかだった。僕はただもう、頭に浮かんだままを喋ることにした。

「公衆に開かれ、社会とその発展に奉仕し、かつまた人間と環境との物的証拠に関する諸調査を行い、これらを獲得、保存、報告し、しかも研究・教育とレクリエーションを目的として陳列する、営利を目的としない恒常的な機関――です」

「ふん、つまらん。国際博物館評議会の概念規定を、暗唱しただけじゃないか」

老婆は喉をゼロゼロいわせ、一つくしゃみをしたあと、入歯を奥に押し込めた。

「いいか。そんなせせこましい定義など、すぐに忘れることじゃ。若い頃、世界中の博物館を観て回った。丸三日かけても歩ききれん巨大な国立博物館から、偏屈なじいさんが納屋を改装して作った農機具資料室まで、ありとあらゆる所をな。しかし、一つとして私を満足させてはくれなかった。あんなもの、ただの物置にすぎん。叡知の女神たちに捧げものをしようという情熱が、かけらも見えん。私が目指しているのは、人間の存在を超越した博物館じゃ。何の変哲もないと思われるごみ箱の腐った野菜屑にさえ、奇跡的な生の痕跡を見出す、この世の営みを根底から包み込むような……まあ、いくら説明したって無駄かもしれん。〝営利を目的としない恒常的な機関……〟などとぬかしておる者が相手ではな。今日は何日だ？　三月三十日か。野ウサギの受死日じゃないか。いかん、私としたことがうっかりしておった。野ウサギの関節付きもも肉を食べねばならん日じゃった。日も暮れてきた。私はもう行く」

老婆は杖を握り、立ち上がった。僕が手を貸そうとすると杖を振って払い除け、よろめきながら書斎を出ていった。少女が後ろに付き従った。僕は黙って二人の背中を見送った。さっきまで老婆が座っていたソファーには、小さなくぼみができていた。

その夜僕にあてがわれたのは、裏庭の外れにある二棟続きのこざっぱりした離れだった。左右対称の二階家がくっついた造りで、隣には庭師の夫婦が住んでいた。主人は駅から屋敷まで車を運転してくれた男で、奥さんは書斎にお茶を運んできた家政婦だった。

玄関先で顔を合わせた時、庭師は感じのよい挨拶をしてくれた。

「新しい人かい？」

「ええ、でもたぶん、採用は見送られるでしょう。面接が散々な出来でしたから」

「そんなこと分からないさ」

「気に入ってもらえたとは、とても思えません」

「あの人に好かれようと思う方が無茶だよ。まあ、気に病まないことだ。早く寝て、長旅の疲れを取るんだね」

庭師は長年身体を使って仕事をしてきた人特有の頑強な体格の持ち主で、まくり上げたシャツの袖から日に焼けた腕をのぞかせていた。屋敷は広すぎるし、娘は若すぎるし、老婆は歳を取りすぎている――こんな秩序のない混乱した状況の中、彼が示してくれた健全なささやかな思いやりは、僕の慰めとなった。

日が沈むと窓の外は一気に闇で塗りつぶされた。いくらまばたきをしても、微かな明かりの一点さえ見つけられなかった。屋敷は木立の向こうに隠れ、黒い塊になって夜の底に沈んでいた。

家政婦さんが運んできた夕食を食べると、あとはもう何もすることがなかった。一階に台所と居間、二階に寝室とバスルームがあった。家具や日用品はどれも機能的で品がよく、母屋に比べればずっと整頓が行き届いていたが、たぶん明日にはここを去ることになるだろうからと思い、余計なものには手を触れないようにした。

旅行鞄は開けないままベッドの脇に置いた。バスルームを汚すのは気が引けたので、一枚だけタオルを借りて身体を拭き、あとは口をゆすいでおしまいにした。サイドテーブルの上には、アイロンのかかった気持のよさそうなパジャマが畳んで置いてあった。家政婦さんが用意してくれたのだろう。少し迷ったけれど、やはりそれは使わないことにして、下着一枚でベッドにもぐり込んだ。

ただ一つ、『アンネの日記』だけを鞄から取り出した。寝る前にそれを読むのが、長年の僕の習慣だった。どこをどれくらいの分量という決まりはない。その時たまたま開いたところを、一ページか二ページ、あるいは日記の一日分、声を出して読む。

どうしてそんなことをしはじめたのか、今では思い出せない。『アンネの日記』は母の形見だ。母は僕が十八歳の時に死んだ。

僕はまだ出会ったことはないが、世の中には寝る前に聖書を読む人が結構いる。そういう人の気持に近いのだろうかと、ホテルのベッド脇の引き出しに聖書を見つけるたび考える。もちろん母は神様じゃない。ただ、意識が肉体を離れる直前、目に見えない遠くの何かと語り合うことで心を鎮めようとするその回路が、似ているように思うだけだ。

本は表紙も中身も、すっかり変色し薄茶けている。角はつぶれ、しおり紐はほつれ、ところどころ綴じ糸が切れてページが外れそうになっている。だから扱いには注意が必要だ。両手で抱くように持ち上げ、余分な力を入れずにそっと開く。

裏表紙には母のサインが残っている。大した意味もなく、もちろん後年息子がそれを形見にするなどとは思いもせず、ただ自分の持ち物に印をつけておくといった感じで走り書きした名前だ。

長い年月の間にインクは蒸発し、少しずつ名前は薄くなっている。いつか完全に消えてしまう日がくるのだろうかと考えると、とても恐ろしい。母の記憶が遠ざかって悲しいというだけでなく、もっと徹底的な傷を負わされそうな気がするのだ。例えば母と僕の指紋で埋めつくされたこの本が、ナイフで切り裂かれるような、炎の中へ放り込まれるような恐怖だ。

ふと僕は昼間老婆が口にした、二度死ぬ、という言葉を思い出した。——永遠を義務づけられた気の毒な存在——けれどすぐに頭を振って、彼女の声を追い払った。

開いたのは一九四四年二月十七日、木曜日のページだった。アンネがファン・ダーンのおばさんとペーターに、自作の物語を読んで聞かせるくだりだ。ペーターへの恋心が芽生えてくる大切な箇所で、僕も気に入っている。——念のために言いますけれど、けっして恋をしてるわけじゃないんですよ——という一行に、波線が引っ張ってある。その線もすっかり薄れ、息を吹き掛けただけでたやすく消えてしまいそうだ。

だから僕は朗読するというより、耳の奥にある小さな暗闇の塊に向かってささやくのだ。アンネ・フランクの書いた言葉たちが、夜露のように闇に染み込んでゆくのが分かる。ここは静かで空気が澄んでいるから、朗読にはうってつけの寝室だ。初めての場所なのに、うまく眠れそうな気がする。


次の朝目が覚めると、すぐに帰り支度をした。支度といっても顔を洗い、昨日と同じ洋服を着て、あとは『アンネの日記』を鞄にしまうだけのことだった。

　まぶしいほどに朝日が差し込み、林から流れてくる靄は次々光に飲み込まれて姿を消し、今日も一日晴天が続くのは間違いなさそうだった。昨夜は気づかなかったが、離れが面した裏庭はもともと馬場だったらしく、中央に水飲み場を兼ねた井戸があり、その向こうに立派な石造りの厩舎が建っていた。厩舎の東側はフラワーガーデンで、さまざまな色の花が朝日を受けて揺らめいていた。

　僕はベッドカバーを整え、忘れ物がないかもう一度寝室を見渡した。汽車の時間が分からないのが気掛かりだった。あの駅の雰囲気からすると、急行が停まるのは一日にせいぜい一度か二度くらいだろう。

　隣の庭師に聞けばいい、彼なら教えてくれるはずだ、そう思って立ち上がった時、下で玄関の開く気配がした。

「おはようございます。まだお休みかしら」

　少女の声だった。

　旅行鞄を提げた僕の姿を見つけ、少女は怪訝そうな表情をした。

「どうしたの？」

「お母さんにご挨拶してから失礼するつもりで、でもまだ時間が早いから、手持ち無沙汰にぼんやりしていたんだ」

「なぜ帰り支度を？」

「あのお母さんのお怒りぶりを見れば、面接にパスしなかったのは明らかだ」

「母は怒ってなどいないわ。あれは初対面の人に対する、母特有のはにかみみたいなもので、ごく普通の感情表現よ。ひねくれ者だから覚悟して下さいと申し上げたでしょ？　あなたは合格しました。ここに博物館を作るんです。もうどこにも、帰る必要などないんです」

　少女は髪の中に指を滑り込ませながら言った。屋敷から庭を駆けてきたのか、頰は赤みがかり、スカートの裾からのぞくふくらはぎは草の露で濡れていた。僕は合格を喜んでいいのかどうかどぎまぎし、とにかく不器用にお礼の言葉を述べた。

「さあ、早速仕事のスタートよ。今日はまず、村のあらましをつかんでもらわなくちゃならないの。私が案内をするわ。玄関に車の用意ができているんだけど、すぐに出掛けられますか？　母が唱える真理の一番めを覚えているでしょう？　愚図は嫌いなんです」

2

庭師は僕たちを中央広場で降ろすと、もと来た道を引き返していった。

「たいていどこでも歩いて行ける範囲にあるの。小さな村だから」

少女は言った。

朝早いせいで、広場を囲む商店などはまだ閉まっていたが、犬を散歩させる人や仕事に急ぐ勤め人で結構人通りはあった。広場の中心には噴水があり、向き合った二頭の獅子が口から水を吐き出していた。鳩が数羽、水辺で羽を休めていた。

広場から出る道は五本あり、一本は駅へ続く大通り、一本は屋根のついたアーケードで、残りの三つはようやく車がすれ違えるくらいの路地だった。僕たちはすべての通りをくまなく歩いた。あらかじめ綿密に計算していたのか、少女はどこの四つ角でも迷った素振りを見せず、常に適切な方向へと進んだ。あとで地図を調べたのだが、その日僕たちが歩いたコースを色鉛筆でたどってゆくと、中央広場を起点・終点にした見事な一筆書きが出来上がることが判明した。

案内といっても、少女は歴史的建造物の由来などを長々と説明したわけではない。むしろ無口な時間が多く、二人のエネルギーはもっぱら歩く方に費やされた。相変わらず少女は丸衿のブラウス一枚という薄着で、靴底がコルク製の赤いサンダルをはいていた。そのコルクを、リズミカルに鳴らしながら、顎を引き、髪を揺らして歩いた。

どこまでもただこんなふうに歩いているだけでいいのだろうかと、僕はだんだん不安になってきた。

「やらなきゃいけないことがあったら、言ってほしいんだ」

僕は言った。

「仕事の下準備として、例えばメモを取るとか、写真を写すとか……」

「いいえ、そんな心配はいらないわ。これから長くここで暮らすことになるんだから、村の様子が分からないと不便でしょ？　肉屋さんや歯医者さんの場所だって覚えなくちゃならないし……。もし、興味をひかれる場所があったら、いつでも言ってね。立ち止まりますから」

「一つ、どうしても聞いておかなければならないことがあるんだ。お母さんはいったい、何の博物館を作ろうとなさっているんだろう」

「それはいずれ母が、自分で説明するはずです」

少女は爪先で街路樹の根元を蹴り、両手をスカートのポケットに突っ込んで、

「さあ、続きを行きましょう」

と言った。

さほど特徴のある村ではなかった。音楽ホールと、村立病院と、食料市場があり、墓地を併設した公園と、学校と、公衆浴場があった。必要なものが過不足なく、あるべき場所にきちんと収まっている印象だった。さびれた裏通りも清潔に保たれ、家々の窓辺は花で飾られ、すれ違う人たちは皆物静かでこざっぱりとした格好をしていた。少女と顔見知りらしい誰かが、会釈して通り過ぎることもあった。

これも後日地図で確認したことだが、地理的には三方を山に囲まれた盆地で、裾野に小さな湖がいくつか点在し、東から西へ一本川が流れていた。村全体の輪郭は、中央駅を軸にした楓の葉の形に似ていた。

坂道が多く、たいていどこからでも山が見えた。日が高くなるにつれ、山からの吹きお

ろしの風が出てきた。

「ここは植物園。奥にある建物は薬草の研究所になっていて、薬局も経営しているの。母の痛風の薬はいつもここで買ってるわ」

「これは村出身の農学者で、新種のジャガイモを開発した人の銅像。皮の薄い、煮崩れしにくいジャガイモなのよ。でも台座に刻まれた名前が風化して、今では判読できないの」

ところどころで少女は立ち止まり、はにかむようにうつむいて簡潔な説明を加えた。言葉遣いは大人っぽいが、ちょっとした仕草にあらわれる幼さは隠しようがなく、そのアンバランスな感じが始終彼女にまとわりついていた。スマートに僕をエスコートしようとしながら、視線を合わせるのは恥ずかしくてたまらない様子だし、足は十分にすらりと伸びきっているのに、靴は赤い花飾りのついたサンダルだった。

間違いなく彼女は本当に少女なのだと実感したのは、役場の裏塀に並んだ奇妙な穴を見つけた時だった。どれもそっくり同じ大きさをした細長いS字形の穴が、塀の中程に規則正しく一列並んでいるのだった。

「昔、昔、納税者を選別するのに使われた穴よ。身長はいずれ伸びなくなるけれど、耳の骨だけは一生成長し続けると考えられていたの。だからこの穴に耳を押し込めることができて、中で鳴ってる音を聞き分けられたら、まだ税金を払う必要がないというわけ。未納税者たちは毎年九月三十日、ここへ集まって審査を受けるの。役人たちは塀の向こうで、耳が完全に穴を通っているか確認し、鈴や草笛や竪琴を鳴らすのよ。試してみます？」

少女は壁にもたれ掛かり、耳たぶをつまむと器用に穴の中へ入れた。

「ね、こんなふうに」

彼女の左耳は吸い寄せられるようにすっぽりと、そこへ納まっていた。どこにも不自然な力は加わっていなかった。この穴は彼女の耳に合わせて作られたんじゃないだろうかと、思うほどだった。

僕も真似してみたが、とうてい無理だった。穴は数ミリほどの幅しかなく、強引にねじ込もうとすると耳が折れ曲がって痛かった。

「耳をこれ以上大きくしないために、人々は軟骨を削り取ることまでしたの。耳縮小手術専門の闇医者が、結構いたらしいわ」

壁の向こうに耳を澄ませながら、少女は僕の姿を見てくすくす笑った。

村で一番活気づいていたのは市場だった。市場にはありとあらゆる食べ物が揃い、彩りよくディスプレイされていた。人々は両手に提げた袋いっぱいに買物をしていた。少女は行きつけのパン屋、八百屋、肉屋、魚屋を回り、それぞれの主人に僕を紹介してくれた。

「今度うちで働いてくれることになった、博物館技師の方です」

彼女が言うと、皆親しげに「やあ」と片手を上げ、ある人は歓迎の印として売り物のリンゴを分けてくれさえした。

観光客が訪れて楽しいような村ではないが、それでもいくつか土産物屋があった。絵葉書や人形や山の写真集に混じって一つだけ目を引いたのは、小さな楕円の球体に様々な模様を施した飾りだった。それらが凝ったデザインの台座に載せられていたり、リボンでウインドーに吊り下げられていた。

「卵細工よ。村に残る唯一の工芸品ね。中身を吸い出して、特別な薬で殻を補強したあと、細工を加えるの」

少女と僕は並んでウインドーに顔を近付けた。その店は奥が工房になっていて、殻の破片らしい白い粉にまみれた台の上で、職人が仕事をしていた。宝石を埋め込んだもの、卓上ベルや砂糖入れになっているもの、白熱電球に照らされると、彫り込まれた模様が浮かび上がって見えるものなど、いろいろあった。

「ある時、日照りが続いてニワトリが卵を生まなくなったの。ところが金環蝕の日に、ニワトリが一斉に金色の卵を生んだのよ。驚いた村人たちがその殻を大事に装飾して窓辺に飾ったところ、ようやく雨が降って村は救われた……という伝説。でも今では、いくら神様にお願いしても、日照りなんてやって来ない。秋になると、うんざりするくらい雨が降るの」

僕は少女に付き合ってもらい、一つ卵細工を買うことにした。

「うん、これがいい」

長い時間をかけ、一個一個手に取って考えた末、少女は余計な飾りの付いていない、目を閉じた天使が透かし彫りにされている卵細工を選んだ。

中心部を外れると人影は少なくなり、通りの雰囲気も単調になってきた。前庭のあるこぢんまりした家々が続き、猫の姿が増え、野菜や肥料や乾草を積んだトラクターとよくすれ違うようになった。

僕は自分の左隣に、ずっと少女の気配を感じ続けていた。それは何気なく漏れる吐息や、風になびいたスカートの動きや、様々に姿を変えながら僕の意識に届いてきた。彼女に気づかれないよう、ちらっと視線を走らせると、必ずすべすべとしたふくらはぎと、サンダルが視界に入った。

北東に向けて楓の葉の先端まで歩くと、突き当たりは森林公園になっていた。サイクリングをしているカップルや、イーゼルを立てて絵を描いている人を見かけたが、あたりはしんとして、時折木々の間をすり抜けてゆく小鳥のはばたきしか耳に届いてこなかった。

僕たちは遊歩道に沿って奥へと進んでいった。やがて目の前が開け、円形の建物が見えてきた。野球場だった。

おそらく両翼が九十メートルもない、古くて素朴な野球場だった。外壁のコンクリートはひびだらけで、スコアーボードの白線は消えかけ、一から九の数字はどれもどこかが欠けていた。

僕たちは一台だけ停まっていたライトバンのホットドッグスタンドで食べ物を買い、球場の一塁側内野スタンドに腰掛けてお昼を食べた。

「ペースが少し早すぎるかしら。午後はあと一時間も歩けば、村を一周したことになるんだけど」

指についたケチャップをなめながら少女は言った。

「いいや。平気だよ」

僕は答えた。

スタンドはただコンクリートのベンチが何段か連なっているだけで、内野も外野もさして変わりなかった。バックネット裏のわずかなひさし以外、日光を遮るものは何もなく、球場の隅々を太陽が照らしていた。たとえ小さな野球場でも二人きりでいると広々した気分になれ、晴れた日の昼食にはぴったりの場所だった。

外観の古めかしさとは不釣り合いに、グランドはよく整備されていた。青々とした芝生は丁寧に刈り揃えられ、ベースは真っ白で汚れ一つなく、今すぐプレイボールが掛かってもおかしくないくらいだった。

「ここでは誰が野球をするの？」

僕は尋ねた。

「いろいろよ。子供の大会もあるし、税理士対卵細工職人、なんていうのもあるわ。村の人は皆、野球が好きなの」

少女はホットドッグを平らげ、ソーダを一気に半分ほど飲み干し、フライドポテトに手をのばした。

外野フェンスのもうすぐそこまで林が迫っていた。場外ホームランが出たら、ボールは見つかりそうになかった。林の向こうには空が広がり、そのもっと遠くにはなかば霞に包まれた山の姿があった。スタンドのカーブに沿うように、風が回りながら吹き抜けていった。僕と少女は慌ててホットドッグの包装紙を押さえ付けた。

「よかったら、これもどうぞ」

僕が自分のフライドポテトを差し出すと、少女は遠慮せず受け取って、小さな声でありがとうと言った。

「君、学校は？」

僕は尋ねた。

「上の学校には進まなかったの。母が私を近くに置きたがったから。でも通信教育で勉強はしているわ」

少女は答えた。

「お母さんの期待にうまく応えられるかどうか、自信がないなあ」

「深刻に考える必要はないと思うわ。ご覧の通りの性格だから扱いには苦労するけれど、ちょっとしたコツをつかめば、すんなりいくはずよ」

「コツって何だろう」

「それは私にもうまく説明できない。だって私たちは親子だもの。技師さんの場合とは違うでしょ」

「もし、失礼な質問だったらごめん。おばあさんじゃなくて、お母さんなんだね」

「生物学的には違うわ。私が養女にもらわれてきた時、もうすでに彼女はあの通りの老女だったのよ。本当の親子だなんて思っている人は誰もいないでしょうね。失礼でも何でもないわ。気にしないで。とにかく技師さんは、第一段階をうまく切り抜けたの。少なくとも母の話に誠実に耳を傾けたし、不快感を押し込めて外へ出さなかった。それで十分。だから母はあなたを雇ったのよ」

「僕以外の希望者なんていたんだろうか」

「もちろん。大勢いたのよ。その中からあなたがたった一人選ばれたんじゃないの」

林の緑は濃く、いくら風が巻き起こってもそよぎさえしなかった。グランドの土は適度に湿り気を帯び、ふかふかと柔らかそうで、表面にはまだ掃き清めた跡が残っていた。あの上を思いっきり走れたらどんなに気持いいだろう、と僕は思った。

「ただ一つはっきりしておきたいのは……」

フライドポテトの袋をのぞき込んだまま、少女は続けた。

「母は決して邪悪な人間じゃないっていうこと。優しくもないし、親切でもないけど、邪悪でもない。彼女はいつも遠くを見ているの。かっと瞳を見開いて、入歯をギシギシ鳴らしながら、かつてまだ誰も目にしたことのない、果ての果てをね。老いさらばえた自分の身体なんて眼中にないの。ましてやすぐそばにいる人間になど、神経を使ってはいられないというわけ……。ねえ、そんなことより、技師さんがこれまでに作った博物館について、話してほしいわ」

少女は最後のポテトを口に押し込め、人差し指と親指を唇に当てたまま、ゆっくりとまばたきをした。汗ばんだ首筋に、髪の毛が絡まっているのが見えた。さっき買った卵細工が割れていないかどうか、不意に僕は心配になって、ズボンのポケットにそっと手をやった。

僕たちはデザート代わりにさっき市場でもらったリンゴをかじった。僕は今まで自分が関わった博物館のエピソードを、あれこれ話した。史料収集の旅先で風土病に罹った話、シロナガスクジラ一頭分の骨を展示室へ運び入れる方法、化学変化を起こしにくい照明の開発、一年以上誰にも気づかれず貯蔵室に住み込んでいたホームレス、新しい展示工学の研究、金属製品専門の補修技師だった女の子との恋愛……。

少女は熱心に耳を傾け、質問を差し挟んだり、うなずいたり笑ったりした。僕の話をこんなふうに喜んでくれた人はかつていなかった。たいていは博物館と聞くと、陰気で堅苦しい場所を思い浮かべ、それ以上想像力を働かせようとはしてくれなかった。なのに彼女は、まるで博物館がどこか遠い国にある秘密の楽園ででもあるかのように、うっとりとしていた。そして、もうほとんど芯だけになってしまったリンゴを、いつまでもかじっていた。

午後のコースを歩き終え、中央広場へ戻ってきたのは三時少し前だった。朝よりも広場の人出は増えていたが、にぎやかというほどではなかった。人々はベンチに腰掛けてぼんやり日光を浴びているか、カフェのテラスでお茶を飲みながら、静かに語り合っていた。迎えの車はまだ到着していなかった。

噴水のそばに一人、明らかに普通とは違う雰囲気の男が立っていた。白い毛皮のようなものを身体にまとい、頭はぼさぼさで、靴をはいていなかった。最初は物乞いかと思ったが、お金の入れ物はどこにも見当たらず、そのうえ行き過ぎる人たちはみな男に気づくと、同情というより敬いに近い眼差しを向けるのだった。

「沈黙の伝道師だわ」

声をひそめて少女は言った。

「春になって、山から降りてきたのね」

「一体、何者なの？」

「めったに見かけないのよ。私も二度めか三度め……」

男は瘦せて背が高く、猫背で、僕とそれほど変わらない三十そこそこの年頃に見えた。毛皮と言ってもただ四角の真ん中に穴を開け、そこから頭を出してマントのように羽織っているだけだった。そのうえ長く使い込んだものらしく、あちこちすり切れて薄汚れ、ゴワゴワになっていた。

「沈黙の行に入った人よ。一生、ものを喋っちゃいけないの。完全なる沈黙の中で死ぬのを理想としているの。とっても厳しい行よ。母から聞いたところによると、村の一番北側に修道院があって、そこで共同生活を送っているらしいわ。実際行ったことがある人は少ないと思う。シロイワバイソンの毛皮を着て、ああして時折村にやって来ては、沈黙の伝道をするの」

男は身体の前で両手を組み、地面に視線を落としたまま、じっと動かなかった。噴水から飛び散るしぶきで素足は濡れ、ひび割れた踵が赤くなっていた。ひどい痛みの発作に耐えているようでもあったし、あるいはそこにある、僕たちには見えない特別な印を読み取ろうとしているようでもあった。確かに男の回りには、濃密な沈黙の空気が漂っていた。人々は男にではなく、彼が醸し出すその空気に対し、細心の注意を払っている様子だった。

「じゃあ、言葉で教えを説いて回るわけじゃないんだね」

「もちろん。ただああして、じっとしているだけ。でも、こちらから話し掛けるのはタブーじゃないのよ。むしろ、大事な秘密を伝道師に語ると、絶対にばれないっていう迷信を信じている人は大勢いるわ。ほら、見て、あの人」

いつの間にか中年の女が一人、遠慮がちに男の方へ歩み寄っていた。頭にスカーフを巻き、買物袋を提げ、地面に注がれた視線を邪魔しないよう男の前に立った。しばらく迷ってから、女は自分の胸に掌を当て、祈るように頭を垂れた。そうすることで二人の距離はさらに縮まった。

声は届いてこなかったが、スカーフの結び目が小刻みに揺れるのを見て、女が何かを語りだしたのだと分かった。男の様子に変化はなかった。組まれた両手も、くたびれた毛皮も、地面に映る影も、同じ輪郭を保っていた。なのに決して、女を拒絶しているふうではなかった。小さな沈黙の世界は彼女を迎え入れ、秘密の言葉を毛皮の奥へ封じ込めているのだった。

女は長く語り続けた。喋っても喋っても、秘密は泉のように湧き出してきた。僕と少女は歩道の縁に並んで立ち、伝道師の姿を眺めていた。もちろん女の秘密を知りたいからではなく、今日一日二人で過ごした時間の手触りを確かめ直すために、沈黙の世界に視線を漂わせていたかったのだ。

歩き回ったせいで、少女のサンダルはすっかり埃をかぶっていた。噴水から鳩が飛び立ち、弾けたしぶきに光が反射してきらめいた。やがて大通りの向こうから、迎えの車が近づいてくるのが見えた。

その夜僕は、寝室の窓辺に卵細工を吊り下げてから眠った。

仕事はなかなか軌道に乗らなかった。老婆は気紛れで、ようやく本格的に打ち合せがスタートできるかと思うと、あれこれ筋の通らない理由を並べては、すべてを白紙に戻した。だいいち、何を展示する博物館なのかさえはっきりしないままだった。すさまじい迫力で意見をまくしたてはするのだけれど、肝心な部分では要領を得ず、結局は気分を害するか、お腹が減るか、眠くなるかして、屋敷の奥へ引っ込んでしまった。毛糸の帽子、的外れなファッション、皺だらけの顔、迫力ある声、何もかもが相変わらずだった。

もっとも老婆に言わせれば、自分は独自に編み出した暦に従っているだけであり、すべては宇宙の摂理にのっとった行動である、ということだった。暦は書斎の本棚の片隅に作られた、隠し扉の奥にしまってあった。一度だけそれを見せてもらった。

老婆はネジになった杖の先を外し、そこから鍵を取り出して隠し扉を開けた。

「ずいぶん厳重なんですね」

僕が言うと、彼女は、

「当たり前じゃ」

と言って杖で本棚の角をピシャリと叩いた。

暦は彼女一人で持ち上げられないくらいに重く、小豆色の革で装丁された表紙は、長年の間に染み込んだと思われる手の脂でてかてかしていた。中をめくると、見開き二ページが一日分となり、一月一日から十二月三十一日まで、その日付にまつわる言い伝え、そこから学ぶべき教訓、禁忌、農作業や家事全般に関する指南、勧告、史実、あるいは呪術、祝歌、民間療法など、様々な事柄が美しい字体で手書きされていた。ところどころにはイラストも見受けられ、それらは淡い色調で色付けしてあった。

「これはすごい」

思わず僕は引き込まれ、次々とページをめくっていった。

「全部私が書いたのじゃ」

自慢げに老婆は言った。

「絵もご自分で？」

「もちろん」

その一瞬は僕にとって新しい発見だった。キャラクターとは正反対の、こんなにも上品で華麗な文字を彼女が書くということに驚いたのではない。老婆が見せた表情に、はっとさせられたのだ。

彼女は僕に対し、出会った時からずっと変わらず威圧的だったし自己中心的だった。いつでも自信満々だったと言っていい。しかしこの時、暦に関して表わした自慢には、恥じらうような、誉めてもらいたいと願うようなけなげさが感じられた。老婆にそうした一面があると、初めて知った一瞬だった。

「かなりの力作ですね。かつて僕が作った博物館でも、これほどの暦にお目にかかったことはありません」

「構想を練って研究に取り掛かってから完成まで、二十三年かかった」

「僕が初めてここへ来た日、野ウサギの受死日とおっしゃっていたのはこのことですね」

「そのとおり。三月は新しい生命の月。野ウサギの繁殖期である。野ウサギは逃げるよりほかに身を守る手段を知らない、率直な動物である。この日、ウサギの足を食べれば痛風に効くとされている。もっとも、関節が付いていなくては意味がない。そこが重要なポイントじゃ」

暦の話をしている時、老婆はうれしそうだった。無邪気でさえあった。

「こら。乱暴にするんじゃない。お前は博物館の展示品でもそんなふうに粗末に扱うのか？　まったく修業が足らん。ふけ一個でも落としてみろ。即クビじゃ」

しかし決して、相手をののしるエネルギーが消え去ったわけではなく、それはいつどんな時でも僕に向かって噴射されるのだった。

愚図は嫌いだと言いながら、博物館建設の準備がいつまでも本格化しないのは、やはり暦のせいだった。老婆の暦によると、今は月が欠けてゆく時期だから、新しく何かを得ようとするような事柄にはふさわしくないという。例えば庭木を剪定したり、雑草を抜いたり、不用なものを切り捨てるべき時であり、種をまく時ではない。常に拡大し続ける宿命を背負った博物館を建設するには、月が満ちてゆく時期まで待つべきだ。以上が老婆の意見だった。

仕事以外の面では新しい生活はまずまず快調に滑りだしていた。用意してもらった家の住み心地は申し分なかったし、隣の庭師夫婦は世話好きで、うまく付き合ってゆけそうな予感がした。新品の自転車が一台貸与され、それで自由に村を走り回ることもできた。

食事は家政婦さんが運んでくれたから、不自由はしなかった。昼食は何度か屋敷のサンルームで食べたが、老婆と少女が同席することはなかった。村を一日案内してもらい、少しは少女と親密になれた気でいたのに、三人が一緒の時、彼女は必ず老婆の方に寄り添っていた。

朝は九時に書斎で老婆と会うのが決まりになっていた。少女は午前中は、自分の部屋で通信教育の勉強をしていた。その時間が僕にとって最も憂鬱だった。老婆の攻撃をかわし、興奮を鎮めつつ、博物館についてのビジョンをいかにうまく引き出すか、僕には難しすぎる課題だった。老婆の前では、僕はただ逃げるしか手段を持たない野ウサギ同然だった。

具体的にその場で何が話し合われているのか、説明するのは難しかった。たいていは老婆が一人でまくしたてていた。かと思うと急に黙りこくり、僕にあるテーマを与え、好きに語るよう命じた。子供の頃住んでいた家の様子、生まれて初めて足を踏み入れた博物館、一番好きな神話、野球のルール、動物の進化、正式なフルーツケーキの作り方……。テーマは多岐にわたり、統一感がなかった。しかしいったん僕が話しだすと、老婆は熱心に耳を傾けた。少なくとも、その振りだけは崩さなかった。

会話の時間のあとは、老婆に言い付けられるまま雑用をこなした。庭師を手伝って花壇に肥料をまいたり、新聞を切り抜いてスクラップ帳に貼ったり、自転車でお使いに行ったりした。書斎で二人向き合っているよりは、ずっと気分が楽だった。

夕方、自分の家へ帰れば、あとは自由時間だった。時には庭師夫婦にお茶に誘われることもあったが、ほとんどは一人で過ごした。

久しぶりに顕微鏡を組み立て、庭の溝から採取したアカムシの染色体をのぞいてみた。今は理科の教師になっている十歳上の兄が、子供の頃譲ってくれたもので、決して本格的な顕微鏡ではないが、レンズの質は高く、今でも十分に使える。

初めて観察したのはムラサキツユクサのオシベだった。兄さんがそれをスライドガラスの上にのせ、酢酸カーミン液を垂らし、カバーガラスを掛けてからアルコールランプで加熱するのを、僕はそばでじりじりしながら眺めていた。

「ねえ、まだ？」

待ちきれずに僕が尋ねると、

「観察に焦りは禁物だ」

と兄さんは答えた。そうしてますます僕をじらせるように、慎重な手つきでプレパラートをステージに置き、ハンドルを回してピントを合わせた。

「さあ、のぞいてごらん」

あの時、あまりにも無防備な僕の瞳に映ったレンズの向こうの世界のことは、今も忘れられない。細胞がレンガ状に集まって合理的な形を成し、その一つ一つが皆例外なく一個の核を持ち、周囲の液中では粒子たちが何かに怯え逃げ惑うように震えていた（ブラウン運動という名前を兄さんから教わったのはもう少しあとだ）。僕は息を飲み、込み上げてくるものをどうにかして言葉にしようとするのだがかなわず、ただアームをきつく握り締めていた。

「オシベの毛は見えるかい？　先端は小さくて若い細胞、基部は大きな老細胞になっているだろう？」

兄さんは僕の肩に手をのせていた。あれは僕たちが最も近くに心をすり合わせた瞬間でもあった。

自分の知らない場所にも世界が隠されていた。しかも精巧で美しい世界が。

僕はどんなささいな部分も見過ごさないよう、目を見開いた。瞬きするのが惜しくて、涙が乾いて痛くなるまで我慢した。曲線に縁取られた輪郭、果てがないほどの規則性、大胆な構図、はかなげな色彩。すべてが発見であり、驚異だった。

「ありがとう、兄さん」

ようやく僕は一番大切な一言を口にすることができた。僕はまるで、この世界を造り上げたのが兄さん自身であるかのような気がしていた。

アカムシはどれもよく肥えて元気がよかった。ルーペを使うと、頭部と腹部と尻尾に分かれているのがよく見えた。ピンセットで四、五節めを押さえた途端、危機を感じたアカムシは逃げようともがいた。僕は針の先を頭に突き刺し、頭部だけを引き抜いた。大した手応えもなくそれはすうっと外れ、一緒に連なって出てきた消化管の両側に、透明な唾液腺がくっついていた。残った身体はまだ痙攣していたが、やがておとなしくなった。

双翅類の唾液腺の染色体が普通の百五十倍もあって、僕の顕微鏡でも観察できると教えてくれたのはやはり兄さんだったろうか。それとも生物実験の本で知ったのだろうか。もう忘れてしまった。僕はそれを染色し、カバーガラスを掛け、上から濾紙で優しく押さえた。手つきが兄さんにそっくりだと、最近気づいた。爪と関節の形から、指先が太くて細かい作業がいちいちもったいぶって見えるところまで、よく似ていた。顕微鏡をいじると必ず、肩に置かれていた兄さんの手の感触を思い出した。

夜、ベッドに入る前電気を消すと、月の光を受けて卵細工が闇の中にぼんやり浮き上がった。月はもうほとんど消え入るところまで細くなっていた。

翌日、いつものように書斎へ向かおうとして、屋敷の玄関ホールのマットで靴を拭っていた時、一緒に階段を降りてくる老婆と少女の姿が目に入った。

「おはようございます」

僕は挨拶をした。

「さあ、収蔵庫へ行くのじゃ」

老婆は少女にもたれ掛かりながら、僕を見下ろして言った。

「えっ、どこへ……」

「何をもたもたしている。昨夜空を見なかったのか。月が満ちはじめたのじゃ」

老婆は杖で宙を突き刺した。隠し書棚の鍵が、カチリと音を立てるのが聞こえた。

3

収蔵庫と呼ばれる部屋は昔の洗濯室で、地階の東側突き当たりにあった。扉を開けた瞬間、黴びた布のような、枯れた植物のような、とにかく物質が朽ちてゆく時発する匂いがした。

かなりの広さはあったが、ごちゃごちゃとして薄汚れた部屋だった。戸棚やテーブルや整理ダンスが無秩序に置かれているうえに、雑多な物が（たぶんそれらが収蔵品なのだろう）あちこち散らばって、何一つとして正しい場所を守っていないという有様だった。

しかし僕の神経に障ったのは、部屋の散らかりぶりではなく、もっと他の何かだった。その正体を理解するまでにしばらく時間がかかった。

僕たち三人は収蔵庫の中央にまで足を踏み入れた。余計なところに触れないよう、一歩一歩身体の向きに注意を払わなければいけなかった。何か落として壊してもしたら、老婆にどれほどののしられるか知れないからだ。床は市松模様のタイル張りでモダンなデザインになっていた。壁の高いところに細長い窓があり、そこから庭の緑と空が見えたので、地階でも明るさはあった。洗濯室だった頃の名残か、天井には物干し用のロープが渡してあり、旧式の搾り機やアイロンも転がっていた。

どんな種類であれ、収蔵庫は僕にとって馴染みのある場所のはずだった。見学者も入ってこられない静まり返ったその部屋に、一人閉じこもって史料と向き合う時間が僕は好きだった。なのにそこはかつて出会ったどの収蔵庫とも違っていた。一個一個の収蔵品が好き勝手な自己主張をするために、耐えがたい不協和音が生まれている感じだった。いくら整頓のおろそかな収蔵庫でも、同じ博物館に収集された物としての連帯意識が、そこはかとなく漂うものだった。しかしそこには、一切のつながりもなければ団結もなかった。お互い相手に視線を向けようとする思いやりもなかった。そのことが、僕を落ち着かなくさせていた。

糸巻き車、金歯、手袋、絵筆、登山靴、泡立て器、ギブス、揺りかご……試しに僕はそのあたりにある物を一つ一つ目で追ってみたが、進展はなかった。余計に混乱するばかりだった。

「形見じゃ」

老婆は言った。

「全部村人たちの形見じゃ」

書斎にいる時より、ずっと近くに老婆の声が響いた。

「これらを展示、保存する博物館を作ってもらいたい」

その時ようやく僕は、ざらざらと神経に触れてくる、本当の原因に気づいた。彼女はいつもの毛糸の帽子をかぶっていなかったのだ。そしてほんのわずか残った白髪の間から、小さな、彼女の体つきを象徴するにしてもあまりに小さすぎる耳がのぞいていた。それはくしゃくしゃに踏み潰された枯葉のように、側頭部に張り付いていた。耳としての形を失った、穴の開いたただの引きつれにしか過ぎなかった。

「ずいぶんたくさん、ありますね……」

耳から意識をそらそうとして、僕はゆっくり喋った。

「十一になった年の秋から集めはじめた。計算するのが億劫なくらい、長い歴史をかけた収集である。しかも、これからもずっと続く」

少女は右手を肩に回し、左手を腰のあたりに添えながら、うまく老婆を支えていた。どこにどれくらいの力を込めればいいのか、熟知している様子だった。お互いがお互いの一部分になったかのように、二人は寄り添い合っていた。

「村で誰かが死ぬたび、その人にまつわる品を何か一つだけ手に入れるようにした。見ての通りちっぽけな村だから、そう毎日毎日人が死ぬわけではない。しかし、この収集は容易ならざるものじゃ。自分でやってみて初めて分かった。十一の子供には荷が重すぎたかもしれん。が、私は数十年やり通してきた。まず困難の一番の原因は、いい加減な形見では満足しなかったという点である。一度か二度袖を通しただけの着物とか、タンスに仕舞いっぱなしだった宝石とか、死ぬ三日前に作った眼鏡とか、そんなちゃちな品で自分を誤魔化したりはしなかったんじゃ。いいな、私が求めたのは、その肉体が間違いなく存在しておったという証拠を、最も生々しく、最も忠実に記憶する品なのだ。それがなければ、せっかくの生きた歳月の積み重ねが根底から崩れてしまうような、死の完結を永遠に阻止してしまうような何かなのだ。思い出などというおセンチな感情とは無関係。もちろん金銭的価値など論外じゃ」

老婆は一度唾を飲み込み、額に垂れている髪の毛をうっとうしそうにかきむしった。窓の向こう、空のずっと高い所を鳥が横切ってゆくのが見えた。相変わらず形見たちはみなひっそりと、僕たちの回りを取り囲んでいた。

「例えば、これを見てみるがよい」

老婆が目配せすると、少女はさっと腕をのばし、乱雑な中からたった一つ小さな形見を手に取って僕の前に差し出した。

「何なんでしょう……」

それはアクセサリーにしては素っ気ない、機械の部品にしては頼りない、ただの輪っかだった。

「五十年ほど前、村のホテルで年増の娼婦が殺された。ナイフで刺されたうえに、乳首が切り取られ、持ち去られておった。村の歴史で最もむごたらしい殺人事件じゃった。あれ以降、村では一件の殺人も起こっておらん。職業が職業だけに、身内は誰も姿を見せず、火葬に立ち会ったのは私一人じゃった。唯一の親しい友人と名乗って立ち会いの許可をもらった。もちろんそんなのは形見を手に入れるための嘘にすぎん。焼かれて出てきた時、骨の中にこれを見つけた。つまんだら、娼婦の体温が染み込んでいるかのようにまだ温かった。私はこれを娼婦の形見とすることに決めた。避妊リングじゃ。さあ、次はあれを……」

少女はうなずいて避妊リングを棚の上にしまうと、今度は別の棚から広口瓶を抱えて持ってきた。あらかじめ打ち合せをしていたのか、二人の間だけに通じる合図があるのか、少女は老婆が求めるものを素早く見つけることができた。

瓶の中には正体不明の、しかし明らかに有機物がミイラ化したと思われる物体が入っていた。

「ある日、八十をいくつか越えた、これと言って何の特技もない、実につまらん婆さんが肺炎で死んだ。電気工だった主人が死んだあと、庭で細々野菜などこしらえながら、一人で年金暮しをしておった。手に職があるわけじゃない、芸術をたしなむわけでもない、派手好きでも嫌われ者でも変人でもない。家の中の用事を片付けることだけに一生を捧げた、ただの婆さんじゃ。たった一つ記すべきことがあるとすれば、犬である。毛玉だらけの黄土色の犬を大層かわいがっていた。その犬が前の年、同じく肺炎で死んだ。婆さんがくばったのは、それがショックだったからかもしれんな。まあ、とにかく、婆さんは畑に埋めた犬の死骸と自分の骨を一緒にして埋葬するよう、遺言を残していたのだ。そこで私は葬式の前夜、庭に忍び込み、畑を掘り起こして犬の死骸を持ち帰ったのじゃ」

目を凝らすと、ところどころ骨の縁に毛が張り付いて残っているのが認められた。明らかに化学的な処置は何もなされていない様子だった。前脚は不自然に折れ曲がり、頭蓋骨は蓋の境目に顎を引っ掛け、暗い穴となった眼窩は不思議そうにどこか遠くを眺めていた。

「どうじゃ。だいたい雰囲気はつかめたか」

老婆は尋ねた。

「ええ、そうですねえ……避妊リングと、犬のミイラ……」

老婆の話をもう一度頭の中でたどり直すように、僕は二つの単語をつぶやいた。

「つまり、正当な形見分けで手に入れた品ばかりではないのですね」

「セイトウ？　ふん、笑わせるんじゃない。さっき説明しただろう。形見の定義を。正真正銘、本物の形見を手に入れるのに、正当も不当もありはしないのだ。自慢ではないが、形見を分けてくれるような友だち、知人は村には一人もおらん。昔は少しはいたが、皆死んでしまった。自分の計画を遂行しようと思ったら、生半可な手段では役に立たない。そう、ここにある形見のほとんどすべては盗んだものである。盗品じゃ」

老婆は暦について説明した時と同じ、得意げな表情を見せた。入歯が外れそうになったのか、口元をくねらせ、それから「フーム」という意味不明の掛け声とともに伸びをした。けれど曲がった腰はほとんど動かず、ただ耳のひきつれがヒクヒクしただけだった。

「なぜ、こんなことをしようと、思いつかれたんですか」

僕は尋ねた。少女は犬のミイラを元の場所へ返した。埃のついた瓶の表面に、少女の指の跡が残っていた。

「おお、いい質問をした」

珍しく老婆が僕を誉めた。

「十一の秋、目の前で人が死んだのじゃ。梯子に登って蔓バラの剪定をしていた庭師が、何かの拍子に梯子から落ち、庭石に頭をぶつけて倒れた。今、家におる庭師の曾爺さんにあたる人間じゃ。あたりには他に誰もいなかった。人が死ぬのを見たのはその時が初めてだったが、私にははっきりと分かった。庭師はもう、生きてはいないと。腕のいいベテランの職人だったし、梯子が折れたわけでも強風が吹いたわけでもないのに、空気の割れ目へ吸い込まれるように男は落ちてしもうた。〝何かの拍子〟という以外に言葉がない。私はそっと近づいて行った。慎重にしなければ、自分もその割れ目へ吸い込まれるかもしれんと思ったのじゃ。庭師の顔は苦痛に歪んでもおらず、血まみれでもなく、伸びすぎた枝はないかと目を凝らしていた、ついさっきまでの表情のままだった。どうして自分は今こんな格好でいるのか、さっぱり分からん、と言ってきょとんとしているふうでもあった。手には剪定バサミがまだしっかりと握られておった。庭師の指の格好にしっくりと収まる、黒光りするほどに磨き込まれたハサミじゃ。刃は蔓バラの樹液でうっすら濡れていた。とっさに私はそれを庭師の手からはずし、自分のスカートのポケットに隠した。たいして難しくはなかった。何の抵抗もなく、それはすんなりと庭師のもとを離れた。ハサミ自身、自分の役目が終わったことを悟っているようでもあった。なぜなのか、いまだにうまく説明はできん。剪定バサミが欲しくてたまらなかったわけではないのに。そうするよう、地霊がささやき掛けたのか、内なる声に導かれたのか……。いずれにしても、私はあの時、自分がしなければならないたった一つのことを、正しくやり遂げたのだ。それだけは間違いない」

老婆は一つ長い息を吐き出した。首元からはみ出したスカーフを、少女が衿の中へ押し込めた。いつの間にか太陽が動いて、窓からの光が僕たちの足元を照らしていた。

「さあ、どう思う？」

僕を見据えて老婆は言った。

「はい、一番の問題は収蔵品に直射日光が当たっていることです。ざっと見たところ、特に木製品の劣化が目立ちますね。元洗濯室ということで、湿気が高いのかもしれません。まず収蔵庫を改装した方が……」

「馬鹿者。そんなことは聞いておらん」

一段と勢いよく唾が飛び散った。杖を振り回した拍子にバランスを失い、床まで届く暑苦しいスカートに足が絡まって転びそうになったが、少女は慌てずわきの下に腕を差し込んで、老婆を支えた。

「博物館の完成予想像を述べてみよと言っておるのじゃ」

もはや僕は、どやしつけられることでいちいち傷ついたりはしなかった。老婆のリズムにだんだん身体が慣れてきていたし、取り敢えず今は、ここに集められた物たちの実体をつかむのに精いっぱいだったからだ。

「しかし一体、何のためにそんな博物館を……」

「何のため？　博物館にはいちいち、教訓的存在理由が必要なのか？　物を残しておきたいというのは、人間が持つ最も素朴な感情の一つじゃ。古代エジプトの時代から人々は、戦利品を神殿に並べて悦に入っておったのだ」

急に老婆が声のトーンを落としたので、余計まずい質問をしてしまった気分に陥った。彼女は目やにのたまった目尻をこすり、額のおできを爪でつぶしてから続けた。

「正直言って、人々が列をなして見学に来るようなタイプの博物館でないことは、よく承知しておる。しかし博物館の役割は展示だけにあるのではない。収集・保存・調査の方がむしろ大事なのだ。お前の愛用しておる博物館評議会の規約にも書いてあろう」

僕はうなずいた。

「さすがに私も歳を取った。自分が老いると、世界までが老いたように感じるから不思議じゃ。死人はどんどこまでも増えてゆく。死人が出たからと言って、友だちの振りをして葬式に紛れ込んだり、夜中に家へ忍び込んだりするのも、この頼りにならん足腰では難しくなってきた。これからは形見収集はお前の仕事じゃ。建物は裏庭の厩舎を改造して当てる。大工仕事は庭師がうまくやるはずだ。助手としてこの娘を使うがよい。いいな。我々の博物館は老いた世界の安息所となるのである」

再び声のボリュームは徐々に上がってゆき、ついには天井の物干し用ロープを震わせるほどの勢いで響き渡った。顔中の皺が連動しながら痙攣し、ひび割れた唇から血がにじみ出していた。少女はそれを人差し指で拭った。

毎夜、月は少しずつ膨らんでいった。それにつれ、窓辺の卵細工を包む光も豊かになり、天使の姿がくっきりとガラスに浮かび上がるようになった。

僕は俄然忙しくなった。とにかく重要なのは、雑然と散らばった収蔵品を整理し、資料番号を付けたうえで台帳に登録することだった。それがただのがらくたと思える品々に意味を与えるための、第一歩の作業だった。

形見には死亡年月日と所有者の名前をメモした紙が張り付けてあったが、多くは破れかけていたり、字がにじんで判読不可能になっていたりして役に立たなかった。老婆は洗濯室の中央に丸椅子を持ち込んで腰掛け、作業を監視していた。出所不明の品を手に取るたび、僕は老婆にそれを差し出して指示を仰がなければならなかった。

「19××年、5月9日、足の壊疽で死んだ工員」

「19××年、12月29日、美容師、死因は腸閉塞」

「馬鹿者。収蔵品とそうでないものの区別もつかんのか。それはただの洗濯ネットじゃ。さっさと捨ててしまえ」

老婆は顔中の皺をくねらせながら声を張り上げた。僕は急いで整理用の仮カードに必要事項を書き取った。彼女の勢いにびくつかなくてもすむよう、できるだけ機械的に作業する努力をした。

老婆の記憶力は驚異的だった。こちらが手当たり次第に形見を見せても、ちらっと視線を送るだけで一切考え込んだり言い淀んだりすることなく、てきぱきと正体を明らかにしていった。その小さな脳味噌の中に、完璧な資料台帳が備わっているも同然だった。あまりにも返答に隙がなさすぎて、もしかしたらこの人は口から出まかせを言っているのじゃないだろうかと思うほどだった。

少女は助手として申し分のない働きをしてくれた。不明な点をうやむやにせずきちんと質問してくる率直さと、自分なりのアイデアを生かそうとする向上心の、両方を兼ね備えていた。よく気が付いたし、字もきれいだったし、何より僕の役に立とうとする気持にあふれていた。

まず少女が棚から一つ形見を取り出し、刷毛で埃を払った後、僕に手渡す。僕はざっと形状を観察し、写真を撮り、老婆にお伺いを立てる。その答えを仮カードに記入すると、今度は少女がカードに振られた通し番号を荷札用の紙に書き写して形見にくくり付ける。これが一通りの手順だった。

僕と少女は黙々と仕事に励んだ。洗濯室には老婆の声と、カメラのシャッター音だけが響いた。ほどなく作業はスムーズに流れはじめた。僕は少女の指の動きを見るだけで、収蔵品の受け渡しやカードをめくるタイミングがつかめるようになった。どんなに突飛な形見が出てこようとも(少女一人では持ち上げられない大砲の玉や、臍からほじくり出した垢の塊や、蛆虫のわいた貂の剝製、等々)、僕と少女の間にかよい合うリズムが崩れることはなかった。老婆の罵声も杖が床を叩く音も、そのリズムにめりはりを付けるためのアクセントだった。

形見は次から次へとあふれ出してきた。片付けても片付けても、どこからともなく姿を現わした。僕らは丸十日間、洗濯室に籠もりっきりだった。その間、寒波が戻って雪がちらつき、再び晴れて暖かい日が続いたあと、一日大雨が降った。朝九時、洗濯室に三人がそろうと、まず老婆が暦に基づいたその日一日の注意事項を高らかに披露する。

「カッコウの初鳴きが聞こえる日とされておる。ベッドの中でそれを聞くと難儀に取りつかれるから、せいぜい気をつけることじゃ」

「今日は聖木曜日。足拭きカーペットを湯で洗い、ラベンダーオイルを一滴垂らしておくこと」

「アナグマの子が姿を見せるであろう。遠方へ出掛けると悲しみを招く。大人しくここで仕事に励めということじゃ」

老婆が訓示を終え、丸椅子に腰掛けたのを合図に作業はスタートする。

途中、十二時に上のサンルームで昼食を取り、三時にはお茶で休憩する。家政婦さんの料理はオリジナルで、盛り付けが上手く、味は文句なかった。お茶には必ず手作りのお菓子が添えられていた。胡桃を水飴で固めたのや、オレンジの皮をチョコレートでコーティングしたお菓子だった。老婆と少女は食堂へ引っ込むので、この時間は僕一人だった。少女の話によると、老婆は他人と一緒に食事をするのを極端に嫌っているらしい。

「歳を取りすぎてエレガントにものを食べられなくなったのが、恥ずかしくてたまらないの。技師さんが嫌いだからじゃないのよ」

と、少女は付け加えた。

収蔵品の一応の登録が終わった時、外の世界には本物の春が訪れていた。村に到着した頃より明らかに太陽は近付き、花々の色は鮮やかになった。朝早く目が覚め、窓越しに日が昇るのを眺めていると、季節の変わり目に降った雨の湿気が林の中から霧のように流れ出し、空の高い所へ吸い込まれてゆくのが目に見えるようだった。

劣化した形見を補修したり、収蔵庫の環境を整えたり、写真を現像して正式な資料カードを作成したりと、仕事はまだまだたくさんあったが、取り敢えず僕は洗濯室を出て、庭師と一緒に厩舎の改築について話し合うことにした。

「どうです。立派なもんだろう」

自分の持ち物であるかのように、庭師は自慢げに言った。

「百頭や二百頭の馬、優に飼育できるよ」

確かに石造りの厩舎は母屋に匹敵するほどの堂々とした構えをしており、中央にそびえるアーチ形の入り口を中心にし、翼を広げたような左右対称の形をしていた。等間隔に五個ずつ並んだ窓は半円形で、枠には葡萄の蔓が彫刻され、デザイン的にも美しいものだった。ただ長い年月にさらされてきたらしく、外壁はあせた薄茶色に変色し、ところどころ石は風化して角が欠けていた。

中に入るとひんやりして薄暗く、目が慣れるのにしばらく時間がかかった。もちろん窓から日は差し込んでいたが、広大なその空間を照らすには頼りなさすぎた。天井は高く、通路を挟んで両側の壁に作られた馬用の仕切りは、暗がりのずっと向こうまで連なっていた。中央には、水はすっかり干涸びていたが、たぶん馬を水浴びさせていたのだろう円形の浴槽があり、その他馬具の収納庫や洗い場などが見受けられた。しかし、かつてここに馬が飼われていたという証拠は、蹄鉄一つ、干し草一本、残っていなかった。

「いつ頃まで、ここには馬がいたんでしょう?」

僕は尋ねた。

「さあ、俺が物心ついた時分には、もう一頭もいなかったと思うけど」

仕切りの扉にもたれ掛かり、蝶番をギシギシいわせながら庭師は答えた。

「子供の頃から、こちらに住んでいらしたんですか」

「屋敷の離れで生まれて以来、ずっとここで暮らしてる。じいさんも、そのまたじいさんも庭師。ばあさんと、そのまたばあさんは家政婦。外の世界には出たことがない。仕事は全部、親父から教わったんだ」

僕は老婆が最初に収集したという、剪定バサミのことを思い出した。登録作業の最終日、ようやく戸棚の隅から出てきたのだ。ひどく錆付いて、ほとんど動かせなくなっていたが、少女はことさら念入りに埃を払っていた。

僕たちは並んで通路の奥へ歩いて行った。こびり付いた糞の欠けらでも落ちていないかと目を凝らしたが無駄だった。馬を思い出させる匂いさえ、とうに消え去っていた。長い間見捨てられたままだった暗がりは、息を殺して石の壁に張り付いていた。僕たちの靴音にも、その静けさは乱れなかった。

「これだけのスペースを改築するとなると、かなり大掛りですね」

僕は言った。

「大丈夫さ。村からバイトを三、四人連れてくればいい」

庭師はあまり大げさに考えてはいない様子だった。

「仕切りを展示用ブースに転用するのがまあ無難な考え方でしょうけれど、このままの配置ではちょっと単調すぎて面白みに欠けますね」

「俺は一度も博物館って所に入ったことがないから、よく分からないなあ」

「一度もですか？」

「ああ、恥ずかしい話さ」

「いいえ、恥ずかしくなんてありません。たいていの人にとっては、博物館なんて所、さほどの役には立たないんです」

左側のウイングを一通り見て歩くと、水浴びの浴槽まで引き返して、今度は右側を見学した。しかし作りは同じようなものだった。同じ広さの仕切りがいくつも連なり、排水用の溝が延び、壁には鞍を掛ける頑丈な鉤がある。

窓からの光が床に弱々しい日溜まりを作っていた。視線を上げると、光の通り道が斜めに横切っているのが見えた。庭師は僕より頭一つ分背が高く、猫背かと錯覚するほどに肩の筋肉が盛り上がり、腰には小型ノコギリやスパナやドライバーをぶら下げていた。

僕はここが博物館として生まれ変わった時の姿をイメージしてみようと試みた。受付、ガラスのケース、展示パネル、見学順路の矢印、死者の記憶を封印する形見の数々……。今までだって散々厳しい仕事をこなしてきた。うらぶれた公民館の倉庫を郷土海洋資料館にしたこともあった。山奥の炭焼き小屋をキノコ博物館にしたこともあった。なのに今回だけは、十分すぎるスペースと予算を与えられていながら、きちんと筋道を立てて完成予想図を思い描くのが困難だった。どこかで神経伝達の回路がもつれ合ったまま、元に戻らなくなってしまったかのようだった。

「一番気掛かりなのは、電気です。これだけ天井が高いと、照明が難しくなってくるんです。展示品にとって光は大敵ですが、暗すぎたら何にも見えませんからね。いずれにしても、紫外線量の少ない、放射エネルギーの小さな、特殊な蛍光灯を使わなくちゃならないでしょう」

僕はより具体的な問題を挙げることで、神経のもつれを解こうとした。

「配線がどうなってるか、ちょっと配電盤を見てくるよ」

庭師は僕が提起する問題に真剣に取り組んだ。身軽に動き回り、厩舎の隅々を点検し、新しい可能性さえ示してくれた。

便宜上庭師と呼ばれているが、彼は何でも屋だった。電気、水道、土木、設計、すべての分野において経験に裏打ちされた技術を習得していた。蛍光灯の電力量も、仕切りの数を減らすのも、通路を広げるのも、彼の見立てによれば全部望み通りに実現できるということだった。

「大丈夫、大丈夫」

それが庭師の口癖だった。スパナの先で壁をコツコツ叩き、

「ああ、心配いらない。任せときな。うまくやるよ」

と言った。

彼と一緒にいるうち、だんだん神経のこりがほぐれ、本当に大丈夫なんだと思えるようになった。厩舎がすばらしい博物館として生まれ変わる様子が、少しずつ浮かんできた。そうだ、一番目立つ場所には特別のガラスケースをしつらえて、曾お爺さんの剪定バサミを展示しよう。

——当博物館建設の起源となった剪定バサミここに眠る——

4

恐れていたことが起こった。屋敷のポプラが綿のような白い種をフワフワと飛ばしはじめた、月曜日の朝だった。しきりにヒバリが鳴いていた。

初めて老婆から博物館の計画を聞かされた時以来、いつかはこういう日が来るだろうと覚悟はしていたが、うんと先であってほしい、いやできれば来ないでほしいと心のどこかで思い続けていた。なのに僕の願いは聞き入れられなかった。村で、死人が出たのだ。

一〇九歳の元外科医だった。村の長寿記録を更新中だったらしく、死亡記事は地元紙に写真入りで載っていた。代々村で病院を開業してきた一族の生まれで、一〇〇歳を過ぎるまで診療に当たっていたが、さすがに最近は耳が遠くなり、診察室からは遠ざかっていた、そう記事には書いてあった。死因は老衰だった。

「さあ、行くのじゃ」

杖を振り上げ、窓の向こうを指し示しながら、老婆は言った。心の高ぶりを表すように、いつにも増して額のおできは充血して赤みがかり、手の甲の血管は不気味に浮き上がっていた。

「で、何を分けていただいてくれれば、いいのでしょうか」

慎重に僕は口を開いた。

「いただいてくる？　ふん。何を寝とぼけたことを言っている。前にも教えたはずだ。向こうが与えてくれる物に、魂は宿っておらん。我々が求めるべき形見は、例外なく困難な場所へ閉じ込められておる。我々の任務はそれを救い出すことじゃ。どんな危険な、どんな汚い手段を使おうともな。我々の博物館に形見が保存された瞬間、必ずや手段の善し悪しなど帳消しとなるであろう」

老婆は一度そこで咳払いし、唇をなめ、珍しく考える時間を取った。口元の皺が痙攣した。

「メスじゃ」

しわがれた声で老婆は言った。

「耳縮小手術専用のメス。これ以上相応しい形見は他にない。あの男は闇で縮小手術を請け負っては金を稼いでおった。欲深い医者でな。金さえ積まれれば、耳だろうが鼻だろうが頭蓋骨だろうが、平気で削り取ってしまうような奴よ。待合室の階段裏に、採血室というプレートの掛かった小部屋がある。入ったらまず、注射器をしまうキャビネットを動かすのだ。裏の壁からモスグリーンのペンキで塗られたくぐり戸が現われるであろう。戸の向こうには地下室へ続く階段が延びている。真っ暗だが恐れることはない。ただずっと、一番下まで降りてゆけばよい。そこが秘密の手術室じゃ。分かったな」

黙って僕はうなずいた。

「窓のない真四角の部屋で、中央にベッドがある。頭を固定し、耳を引っ張り起こすための、奇妙な形をした金具が付いているはずだ。大型犬の胴輪か、作りかけのヘルメットみたいな金具じゃ。メスは薬棚の、上から四段め、右から三つめの引き出しに入っている。切開用のメスと間違えてはならん。一回り大振りで、握り手が緩やかにカーブし、刃に刻みがあるものを探せ。それが目指す形見である。私の耳を削り取ったメスである」

老婆はおできをかきむしり、唇の端からあふれた唾をセーターの袖で拭った。彼女の耳はくしゃくしゃに引きつれたまま、白髪の中に潜んでいた。

喪服姿の少女はエレガントだった。質のいい絹で仕立てられたワンピースは柔らかく彼女の身体を覆い、風が吹くとフレアーになった裾が揺れて膝が少しだけのぞいた。黒い色に包まれると、透明な肌がより際立って見えた。彼女が僕の方に振り向くたび、髪の毛が服と触れ合って、カサカサつぶやくような音を立てた。

「あなたの有能な助手になるためには、喪服の似合うことが第一条件ですものね」

そう言って少女は微笑んだ。

車では小回りがきかず、かえって不便だと思い、自転車を使うことにした。僕と少女は中央広場にそれを停め、通夜の会場になっている外科医院まで歩いた。そこはアーケードを抜け、郵便局の角を脇道に入った突き当たりにあった。造花や蠟燭の明かりに飾られ、そこだけ闇の中から浮かび上がっていた。星はなく、月もにじんでいまにも溶け出しそうな、暖かい夜だった。

「いいね」

少女に声を掛けたのは、自分の気持を鎮めるためだった。少女は、うんとうなずいた。

老婆から借りた黒い背広のポケットには、絶対必要になるはずだからと言って庭師が持たせてくれた、ジャックナイフが入っていた。

弔問客が門の外にまで並んでいた。僕たちはうまくその列に紛れ込んだ。病院の正面玄関横から中庭に入ると、その奥が住居になっており、一〇九歳の元外科医は客間に寝かされていた。僕たちは離れ離れにならないよう、いつでもすぐに目と目で合図ができるよう、注意深く振る舞った。幸運にも家の中は大勢の人間で込み合っていたので、ことさら僕たちだけが目立つようなことはなかった。

「通夜や葬式は、一種の祭りじゃ。日常の退屈さの中へ突如飛び込んできた死という事態に、皆神経を高ぶらせ、ホルモンのバランスを崩し、手足の連携がぎくしゃくして冷静な感覚を失っておる。そんな時は誰も、そばにいる人間が何者なのか、などといちいち考えたりはせん。喪服さえ着ておれば、その場に相応しい人間として認められるのだ。いいな。おどおどするでない。演技などしようとするな。夜の海の底を、深海魚のように悠然と泳げばよいのじゃ」

老婆の言葉を僕は一つ一つ思い出した。老婆が出した指令を、心の中で繰り返し確認した。今まで散々彼女のわがままにはうんざりさせられてきたが、いざ形見の獲得となった時示された態度は威厳に満ち、思慮深くさえあった。

焼香の順番がきた。遺影には白衣姿の老人が写っていた。棺の蓋が開いていたが、花と白い布の他には、胸の上で組んだ手の、妙に尖った関節がちらっと見えるだけだった。少女は目を閉じ、両手を合わせ、うな垂れて長い時間祈った。少しもびくついていなかったし、緊張もしていなかった。大事な人を失った悲しみの中に、静かに浸っているかのように見えた。

その後僕たちは、打ち合わせ通り無言で行動した。客間を出て玄関には向かわず、廊下を進んでダイニングキッチンの横を過ぎる。キッチンからは食べ物の匂いが流れ出し、エプロン姿の人たちが忙しそうに立ち働いている。中庭に沿って廊下を二回曲がると、左手に洗面所、右手に納戸があり、正面には灰色の素っ気ないドアが付いている。その向こう側が病院だ。僕たちは立ち止まらず、流れに身を任せ、誰にも疑問を抱かせない素早さと確信を持ってドアをすり抜けた。

病院に人影はなく、明かりは非常口のランプがともっているだけだった。ドアを閉めるとすぐさま、通夜のざわめきが遠のいた。老婆が書いた見取り図は正確だった。待合室のソファーの配置からスリッパの色まで、間違いがなかった。おかげで迷わず採血室を見つけることができた。

ただ、キャビネットを動かすのは予想より手強かった。それはステンレス製でかなり重く、少しでも不用意に揺すると、中の注射器や消毒液やアンプルが耳障りな音を立てるのだった。

少女と僕は互いの息遣いに耳をそばだてながらタイミングを合わせ、少しずつキャビネットをずらしていった。すぐに掌が汗でべとべとしてきた。目が慣れて、月の光だけでも少女の姿をとらえられた。ふっくらとした頰と、潤んだ唇の輪郭さえ、正確になぞることができそうだった。

やがて老婆が言った通り、モスグリーンのくぐり戸が現われた。埃と黴に覆われ、かなり長い間使われていないのは確かだったが、素人が塗ったと思われるモスグリーンのペンキは、その場に不似合いなほど愛らしい色合いを残していた。ノブを押すと、呆気なく戸は開き、埃が舞い上がった。僕は懐中電灯のスイッチを入れた。

手術室は腐った薬品の臭いがした。じっとしていると気持が悪くなりそうだった。本来手術室とはどういう場所であるのか僕には分からなかったが、明らかにそこは科学的な秩序というものが欠如していた。ベッドに取り付けられた金具が、部屋のあり様すべてを象徴していた。

それは複雑で、独善的で、不恰好な道具だった。薄い金属板が何枚か組み合わさって頭蓋骨にフィットする曲線を作り出し、あとはバネの付いた革バンド、大きなクリップ、ネジ、針金などが周囲を飾っていた。一個一個の部品が何の役割を果たすのか、見当もつかなかった。たぶん中へ頭を納めれば、自然に耳が引っ張り出され、引き伸ばされるような仕組みになっているのだろうけれど、全体を統率する安定した公式が見えてこないのだった。

ただ一つ明らかなのは、幾人もの人間がそこへ横たわり、耳を差し出したということだけだ。その証拠に金属板の内側には数本髪の毛が張り付いていたし、革バンドは血を吸い込んで変色していた。

薬棚の上から四段め、右から三つめ。僕と少女は声には出さず、一緒に引き出しの数を数えた。あともう一息だ。僕は自分で自分を励ました。あともう少しで目指すものを手に入れることができる。

ところが、引き出しには鍵が掛かっていた。引っ張る角度を変えてみたり、揺すってみたりしたが無駄だった。

僕は少女を振り返った。回りの闇よりももっと深い黒色をたたえた瞳が、こちらを見つめていた。体温を含んだ息が、懐中電灯を握る手に吹き掛かった。

僕はポケットからジャックナイフを取り出した。庭師に貸してもらった時は何も感じなかったのに、いざ使おうとするとずっしり重く、刃を引き出した拍子にバネの反動で指先が痺れた。

鍵を壊した経験などなかった。こんなふうでいいんじゃないだろうかと思うやり方で、やるだけだった。引き出しのすき間に、何度もナイフを差し込んだ。刃と鍵がぶつかり合う、鼓膜を引っかくような気色の悪い音がした。少女はひざまずき、何か役に立てることがあればすぐに手助けしようという様子で、僕のぎこちない手つきを見つめていた。

突然、コトリ、と鍵が開いた。背中を汗が伝っていった。引き出しを開けたのは少女だった。数種類のメスが並んでいたが、老婆が求める形見はすぐに見つかった。それだけは特別なケースに納められていたし、他のより明らかに強固な作りだったからだ。

これなら耳の軟骨もうまく切り取れるだろう。間違っていないかどうか、僕はもう一度懐中電灯の光にかざして確認した。刃の刻みがいくつか欠け落ち、ところどころ血の跡が残っていた。老婆の血かもしれない、と僕は思った。そしてメスをジャックナイフや懐中電灯と一緒に、ポケットへ押し込めた。

採血室まで戻ってきた時、とうとう月は雲に隠れてしまっていた。僕たちはくぐり戸を閉め、さっきやったのと同じ要領でキャビネットを元の位置に戻そうとした。形見が無事手に入って気が緩んだのか、あるいは緊張が長く続いたせいで手元が狂ったのか、ここまで完全だったはずの二人のバランスが微かに崩れた。キャビネットの中でガラス瓶が倒れて割れた。

たぶん大した音はしなかったはずだ。しかし僕たちを震え上がらせるには十分だった。

「大丈夫だよ」

病院に忍び込んでから初めて、僕は少女に声を掛けた。彼女が怯えているのが分かった。床にへたり込み、目を半ば閉じたままキャビネットにしがみついていた。床に喪服の裾が丸く広がり、折れ曲がった華奢な両足がそこからのぞいていた。

残響が全部消えてなくなるのを僕らは待った。割れたガラス瓶から垂れてゆく薬品の雫を、一つ、二つ、三つ、四つ……と数えた。採血室の中で、動いているものはその雫だけだった。

待合室を歩く誰かの足音が聞こえてきた。最初は気のせいかと思うほどわずかな気配だったのに、いつしか誤魔化せないはっきりとした足音になり、しかも少しずつこちらに近づいていた。

とにかく僕たちはじっと動かないでいた。どこかへ隠れるべきだったのかもしれないが、あの静けさの中、わずかでも身体を移動させるのは危険だった。睫毛一本さえ動かさないよう、息を止めた。

もし見つかったらどうすべきか。少女を巻き込まず、ややこしい事態になるのを避け、なおかつこのままメスを持ち帰るにはどうしたらいいのか、僕は考えようとした。なのにうまく頭は働かず、目の前で震えている少女の細い肩だけが、視界に迫ってくるのだった。

たまらなくその肩を抱き締めたかった。肩でも膝でも耳でもいい、彼女のどこかに触れてさえいれば、僕らは誰にも見つかりはしないという気がした。

足音は弱々しく頼りなげだった。彼の方も気配を悟られるのを恐れているかのようだった。ロビーを横切り、待合室を抜け、階段の踊り場に近づいた。手摺りに掌がこすれる音さえ聞こえた。

元外科医が手術にやって来たんじゃないだろうか。この想像は見つかるかもしれないという予感よりも、もっと厳しく僕を苛んだ。医師は少女を促し、地下の手術室へと降りてゆく。彼女をベッドに横たえ、髪の中に指を滑り込ませ、耳の位置を確かめてからあの金具を頭に取り付ける。針金を引っ掛け、革バンドを縛り、ネジを締め上げる。彼女の耳はそこだけ別な生き物のように瑞々しい。白い皮膚の向こう側に血管が透け、産毛の一本一本に光が当たっている。医師はためらわずそこを切り開き、メスで軟骨を削る。すべすべした珊瑚のような軟骨が、呆気なくことりと床に落ちる……。

やがて足音は階段を登り、二階へと遠ざかっていった。僕と少女は手をつなぎ、キャビネットも割れた薬瓶もそのままにして、病院を飛び出した。外にはまだ弔問客があふれていた。何も考えず僕らは走った。

生温い風が身体を包んだ。アーケードまで戻るとほとんど人影はなくなったが、それでもスピードを緩めず走り続けた。シャッターを閉じた店や、街灯や、風になびいてもつれる少女の髪が、視界を流れていった。少女の手は小さく、僕の中にすっぽりと埋もれていた。

中央広場へ帰り着いた時、ほとんど息も吸い込めないくらいだった。ガードレールに結び付けておいた自転車は、ちゃんと僕たちを待ってくれていた。僕は少女を抱きとめた。彼女の震えを鎮めるためには、そうするよりほか仕様がなかった。

広場をカーブしてゆく車のヘッドライトが、足元を照らしてはまた向こうへ去って行った。噴水は止まり、いつも水辺に群れている鳩もねぐらに帰ったのか姿が見えなかった。僕は少女の耳が無事かどうか、確かめたいと思った。けれどあまりにきつく抱き合っていたせいで、そこへ視線を向けることができなかった。

その夜、僕は村に来てから初めて、兄さんに手紙を書いた。もう、真夜中をとうに過ぎていた。

少女を部屋へ送り届け、一人洗濯室に降りて最新の形見を資料台帳に登録した。そこはまだまだ雑然としていたが、僕にとって馴染みの収蔵庫的雰囲気を漂わせはじめていた。戸棚の端にメスを置き、老婆専用の丸椅子に腰掛けてしばらくぼんやりしてから、自分の部屋へ戻った。くたびれ果てているはずなのに、すぐにはとても眠れそうになかった。

……手紙を出すのが遅くなってすみません、兄さん。すぐに書くつもりだったのですが、こちらでの生活に慣れるまで、少々時間が掛かってしまったのです。でも、元気でやっていますから、どうぞ安心して下さい。……新学期が始まりましたが、学校の方はいかがですか。新入生たちに手こずってはいませんか。今度帰省した時、また理科室の顕微鏡を貸してもらえるとうれしいのですが。たぶん、夏には一度帰れると思います。……義姉さんのお腹はそろそろ目立ちはじめる頃ですね。叔父さんになれる日が楽しみで仕方ありません。待ちきれないくらいです。くれぐれも身体をいたわるよう、義姉さんによろしく伝えて下さい。……新しい博物館はかなりユニークなものになるでしょう。かつて誰も経験したことのないスタイルを持っているんです。従来のやり方が通用しないので困難は多いのですが、その分、やりがいもあるというものです。今のところ、すべて順調です。隣人は心優しく、助手は優秀で、雇い主はたっぷりとお金を出してくれます。村は平和で、住まいは快適です。そう、何もかもがうまくいっています。……

次の日曜、庭師に誘われ、少女も一緒に三人で野球の試合を観に行った。養鶏場連合対精密機械組合だった。家政婦さんがどっさりサンドイッチを作ってくれた。

この一週間、僕はハードに仕事をこなした。同じ地下にあるビリヤード・ルームを提供してもらい、あちこち手を加えて作業場として使えるよう整えた。また、従来の形式では収蔵品の本質を正確に目録化できないと考え、独自の分類部門を編み出して台帳を新しく作り直した。さらに写真を現像し、形見一点一点に対しての正式な資料カードを作成していった。

しかしどんなに仕事に没頭しても、一〇九歳の元外科医からメスを盗んだという事実を、記憶の引き出しにおとなしくしまっておくことはできなかった。ビリヤード台に板を張った作業机に向かい、収蔵品の各部を採寸したり、破損や傷の有無を調べたりしている間でも、メスをつかんだ時の感触がまとわりついて離れなかった。

もともと、不正な手術に使っていたのだし、今はただの不用品なんだから、たぶん家族だって盗難にあったとは気付きもしないだろう。そう自分を慰めてみたが無駄だった。何層にも沈殿した罪の意識は重苦しい疲労感となり、僕を痛め付けた。

庭師から最初に誘われた時、正直気乗りはしなかった。ただ、いつも親切にしてもらっている人をがっかりさせたくなかったので、つい承知してしまったのだ。それに野球でも観て気分転換すれば、少しは疲れも取れるだろうという気がした。

天気は上々で、風はなく、いつも霞んでいる稜線がくっきりとした輪郭を空に描いていた。これ以上は望めない野球日和だった。

森林公園に入ってすぐ、以前少女と二人で来た時とは雰囲気が違うのに気付いた。球場へ続く遊歩道にはアイスクリームや綿菓子やリンゴ飴の屋台が並び、花火が打ち上げられ、遠くからはブラスバンドの音が響いていた。子供らは手に手にカラフルな風船を持ち、恋人たちはぴったり身体を寄せ合っていた。どこから人が集まってきたのかと思うほどの賑わいだった。

もう待ちきれないという様子で、少女は僕たちを急かした。巻きスカートにビーズ刺繡のついたブラウスを着て、つばの広い麦藁帽子をかぶっていた。通夜の晩に見せた、真剣でエレガントな横顔は姿を消し、普段の少女に戻っていた。

少女だけじゃない。球場に向かう村人たちは皆、春の暖かさを全身に浴び、これから始まる試合に胸を高鳴らせ、ついこの間、一〇九歳の元外科医が老衰で死んだことなど、誰一人気にも留めていなかった。

少女の言う通り球場はほぼ満員で、一塁側外野寄りの一番上段にようやく三つ空席を見つけた。早速庭師はサンドイッチの包みを開き、ビールを二本買い、少女にはポットに用意してきた紅茶をついだ。

「ずいぶん盛大なんですね」

僕は庭師に言った。

「春のトーナメントの開幕戦だからね。特に今年はしょっぱなから好カードじゃないか。養鶏は過去連続五回を含む最多の十二回優勝、精密機械は新しいチームだが、有力新人を補強して去年初優勝したんだ。さあ、遠慮せずにどんどん食べな」

「ありがとうございます。で、どっちを応援したらいいんでしょう」

「そりゃあ技師さんの好きな方でいいんだが、俺とお嬢ちゃんは断然養鶏だ。昔からファンなんだ。曾爺さんの代からそう決まっているのさ。パワーはないが、運動能力の高い選手を集めて緻密なプレーをする。ほれぼれ見とれるようなプレーをな」

庭師はサンドイッチを頬張り、ビールで流し込んだ。サイレンが鳴り渡り、プレーボールが掛かった。

どうせ草野球だからと期待していなかったのだが、レベルは驚くほど高かった。精密機械のピッチャーは左の本格派で球に伸びがあり、養鶏の方は細身だがサイドスローでいいシュートを投げた。守備もよく鍛えられていたし、主砲は両チームともかなりの長打力を持っていた。

試合は静かな滑り出しとなった。それぞれ一本ずつヒットが出たが、後が続かず、三回まで0対0だった。

「技師さん、あなたは野球はやらないの?」

ツーアウト二塁のチャンスがセンターフライで潰れ、がっかりして座り込んだあと少女は言った。

「運動はあまり、得意じゃないんだ」

僕は答えた。

「野球をやらない男の子がいるなんて、信じられないわ。ねえ」

少女は庭師に同意を求めた。

「男の子は誰だって、野球から人生を学ぶものでしょ?」

「その通りだ、お嬢ちゃん」

庭師は少女のカップに紅茶をつぎ足した。彼女はまだサンドイッチを食べていた。ツナやトマトがパンからはみ出して落ちそうになるのも気にせず、太ももの上に両肘をつき、全部の種類のサンドイッチを次々と平らげていった。

前の方で誰かが野次を飛ばし、小さな笑いが巻き起こった。回りの観客たちも皆、お弁当の包みを広げていた。ビールか、フライドチキンか、ポテトチップスか、何かしら口に運んでいた。精密機械の三番バッターがボックスに入り、サイドスローはキャッチャーのサインをのぞき込んだ。四回表の攻撃が始まった。

「じゃあ、技師さんに世界のあり様を教えてくれたものは何?」

「顕微鏡かな」

少し考えてから僕は答えた。少女と庭師は同時に「へえ……」と声を上げた。

「顕微鏡でどうやって、我慢や屈辱や犠牲や嫉妬を学ぶの?」

「そうだなあ、うまく説明できないけど、レンズに映る生物の細胞の中にも、例えば犠牲だって嫉妬だってあるんだ。今度、遊びにおいでよ。見せてあげるから」

「本当? 絶対に約束よ」

少女が最後に残ったチキンサンドを口に押し込めた途端、センター前のヒットが出た。ため息と歓声が混じり合い、スタンドが波のようにうねった。

太陽は真上にあり、スパイクに蹴られた土の一粒一粒までが輝いていた。子供が手を離してしまったのか、風船が一つ空を流れ、林の向こうへ姿を消そうとしていた。続く四番バッターはキャッチャーフライに仕留めたが、五番に一、二塁間を抜かれ、ピンチが広がった。

食べるのと、応援するのと、僕にいろいろ質問するので少女は大忙しだった。口が空っぽになると養鶏のピッチャーに声援を送り、ストライクが入るたび手を叩き、ちょっとした隙を見つけて今度はデザートのアップルパイに取り掛かるのだった。麦藁帽に結んだ赤いリボンは、彼女の背中でずっと揺れ続けていた。

六番の当たりは打ち損ないのショートゴロだった。庭師は「よし」と身を乗り出した。ショートはうまくさばいたが、打球の勢いのなさが災いし、惜しいところでダブルプレーが取れず、その間に三塁ランナーが返ってあっさり先制された。少女は悔しがって一段と大きな口でアップルパイにかぶりついた。僕と庭師はビールのお代わりと、ポップコーンを一袋買った。

「そうだ。これを返さなくちゃ」

僕は借りたままになっていたジャックナイフを取り出した。

「ありがとうございました。とっても役に立ちました。これがなかったら、形見は手に入らなかったでしょう。鍵を壊すのに使ったので、もしかしたら刃が欠けているのじゃないかと、心配なんです」

庭師はナイフを引き出し、宙にかざして刃の様子を眺めた。地下の手術室でそれは重苦しい金属の塊でしかなかったのに、光の中で目にすると、荘厳で麗しい装飾品のようだった。握り部分は彫刻の施された銀で覆われ、付け根には星形の象牙があしらってあり、刃先から続く曲線は計算され尽くしたバランスを保っていた。

「いや、大丈夫だ。刃は傷んじゃいない。引き出しの鍵くらいで欠けるような、やわなナイフじゃないさ。よかったら、技師さんにあげるよ。歓迎のプレゼント、何もしてなかったからね」

庭師は刃を収め、僕の手にそれを戻した。

「いいんですか。こんなに高価なもの」

「買ったんじゃない。自分で作ったんだ。だから気にすることはないさ。刃が傷んだらいつでも持って来いよ。研いでやるから」

その時、僕たちの方に向かってファールボールが上がった。少女は悲鳴を上げ、庭師にしがみついた。

「よし。任せとけ」

彼が右腕を高く差し出すと、あらかじめ約束してあったかのように、ボールがすうっと手の中に落ちてきた。その拍子に少女の麦藁帽が脱げ、僕の足元に転がった。

「ナイスキャッチ」

観客から拍手が沸き上がった。庭師は照れ臭そうにグランドの係員に向かってボールを投げ返した。よくコントロールされた鋭い投球だった。僕はジャックナイフをズボンのポケットにしまい、麦藁帽を拾って少女の頭に被せた。

七回まで1対0が続いた。回を追うごとに左腕の球威は増し、養鶏は打ちあぐねてチャンスらしいチャンスは巡ってこなかった。八回の表、サイドスローに疲れが見えだし、フォアボールと連打で一点追加された。なおもツーアウト三塁のピンチにキャッチャーがパスボールをしたが、運よく球はラバーの上のコンクリートに当たって跳ね返り、本塁はタッチアウトとなった。

「いじいじする試合だわね」

少女の頬は日に焼けて赤く火照り、口元にはアップルパイの粉が付いていた。

「我慢していれば必ずチャンスは来る。野球っていうのはそういうもんなんだ。大丈夫。心配はいらないさ」

野球場でもやはり、庭師の口癖は同じだった。僕は二本めのビールも飲み干し、空になった缶をベンチの下に置いた。袋からこぼれたポップコーンが、三人の足元にいっぱい転がっていた。

八回表のスコアーボードに1の数字が入った。くたびれたボードで、並んだ0と1はどれも傾いているか、ペンキがはげかけているかした。バックネット裏にある屋根の影は、少しずつ形を変えながら移動していたが、相変わらず太陽は僕らの真上にあった。

この頃になると僕も、だんだん養鶏場連合チームを好きになりはじめていた。確かに爆発力には欠けるが、地味で目立たないプレーを疎かにしない誠実さがあった。選手たちは皆、足と肩が強く、ボールに対する洗練されたセンスを持ち、そのことが一つ一つのプレーに美しさを与えていた。守備に入る前、内野でボールを回す時の信頼に満ちた様子も、ファインプレーをした選手を迎えるベンチの温かさも、ベースに滑り込んだ後、ユニフォームについた土を払ってやるコーチャーの仕草も、僕には好ましいものに思えた。

とうとう九回の裏まできた。先頭打者がフォアボールで出塁した。

「なあ、俺の言う通りだ。チャンスの来ない試合なんてないんだ」

庭師と少女が立ち上がったので、つられて僕もそうした。足が少しふらついて、初めて酔いが回っているのに気付いた。

最後になってやっと養鶏場連合の攻撃が活気づいてきた。精密機械の左腕の球威はまだ落ちていなかったが、微妙なコントロールに狂いが出はじめていた。それまで連続三振に倒れていたラストバッターが、ショートオーバーのテキサスヒットを打ち、続く一番はフォアボールを選んで、結局ワンアウト満塁に持ち込んだ。庭師と少女は次のバッターの名前を交互に叫び合った。セカンドを守る小柄な彼は、十四球粘った末、浅いライトフライを上げた。三塁ランナーがタッチアップし、ようやく一点を返した。

二人はまるで逆転したかのように大騒ぎした。飛び上がって喜んで、こぼれたポップコーンを踏み潰した。

「もう誰も、死ななければいいのに……」

僕はつぶやいた。誰に向かって、というのでもなく、ただ胸の奥からこぼれてきた言葉を、声にならない声でひっそりと吐き出した。

「それは無理な願いさ」

なのに庭師は振り向いて、僕をのぞき込みながら答えた。

「村人たちは順番に死んでゆく。生まれる前からちゃんと決まってるのさ。誰もその順番には逆らえない」

そして僕を慰めるように、背中に掌を当てた。

「この次も、またこの次も、ちゃんと本当の形見を手に入れることができるかどうか、不安なんです」

「分かるよ。でもたぶん、まだ慣れていないだけだ。そうやって、こっそり死者に近づくってことにさ。まだ村に来て日が浅いんだ。無理もないよ。しかし、たいていの心配事は、頭で考えるよりずっとあっさり片付いちゃうもんさ」

三番バッターが高めに浮いたカーブを叩いた。ライナーが三遊間を抜け、さらに伸びてレフトセンター間を越えていった。

芝生を一直線に突き抜けてゆくボールが見えた。その軌跡はあまりにも鋭く、胸に痛みが走るほどだった。庭師の手はまだ背中に置かれたままで、麦藁帽からはみ出した少女の髪は、僕の肩先でなびいていた。瞬間、僕たち三人は大事なことを一つ成し遂げたのだ、という一体感に包まれた。お互い助け合って、元外科医の肉体の証を保管したのだ。

三塁ランナーが返り、続けて二塁ランナーもホームへ向かってベースを蹴ろうとしていた。ボールは外野を点々と転がっていた。

5

老婆の暦によれば、六月は下草を刈り、花輪を作り、かがり火をたく月、一年で最も若々しい月、ということだった。暦どおり、六月に入ってからますます若葉の緑は鮮かさを増し、山から吹いてくる風には夏の気配があふれていた。

庭師は厩舎の改築工事に取り掛かった。村の若者を三人雇い入れ、手際よく指示を出して、まずは馬の仕切り用の壁をいくつか取り壊すところから始めた。三人は雨が降らないかぎり毎日自転車でやって来て、黙々と働いた。電気ドリルで壁に穴を開け、ハンマーで崩し、荷車に瓦礫を積んで庭のはずれまで捨てに行った。

僕は収蔵品を殺菌処理するため、厩舎の前庭にドラム缶で簡易燻蒸装置を作った。薪には林に生えているリンデンの木の枝を使い、針金でドラム缶の内側に収蔵品を吊り下げていぶした。もちろん温度調節の機能など備わっていないので、常に煙の具合を見張っていなければならなかった。

「どうしてリンデンの木なの？」

針金の束を解きながら少女は尋ねた。

「樹脂が少ないし、樹液には消毒作用があるからね。それに昔から、リンデンの木陰は旅人の避難場所だったんだ。清浄を象徴する木なのさ。シューベルトの『冬の旅』にも歌われているだろ？」

「へえ、そうなの」

少女は『冬の旅』は知らない様子だった。彼女は今、木彫りのフクロウの置物をどうやって吊り下げようかと、苦心しているところだった。羽根をふくらませた太ったフクロウは、どこに針金を巻き付けてもズルズルとずり落ちてしまうのだった。

「でも、なぜこんな面倒なことをしなくちゃならないの？」

少女はいつでもたくさんの質問をした。唇をなめ、瞬きをし、あなたの答えを聞かないではいられない、という目で僕を見た。

「水洗いで表面はきれいになったように見えても、奥に入り込んだ虫や黴の菌は生き残っているかもしれない。それらが収蔵庫で繁殖したら厄介だからね。念入りな処理が必要なんだ」

僕は資料カードをめくり、フクロウの登録番号を探した。妻よりも子供よりも鳥を愛したという、野鳥を守る会元理事長の形見だった。フクロウは会のシンボルマークで、その木彫りは理事長室の机に飾られていたものだった。

「ずいぶん慎重なのね」

「どんな博物館だってやっていることさ。僕のやり方がことさら几帳面っていうわけじゃない。本当ならもっと徹底的にやりたいくらいだよ。鉄製品は空気を遮断するために合成樹脂をしみ込ませて、表面に膜を作る。木製品は内部の水分を凍結させたあと一気に蒸発させて、反りやひび割れを防ぐ。あるいは……まあ、あれやこれや、いろいろ方法はあるんだけど、ここには設備も道具も揃っていないからね。贅沢は言えないよ」

「物を保存しておくって、考えていたよりずっとややこしいことね」

「当たり前さ。たいていの物は、放っておけばただのボロボロした粉になってしまう。虫、黴、熱、水、空気、塩、光、全部敵だ。みんな世界を分解したがっている。不変でいられるものなんて、この世にはないんだ」

「母は不変よ。私がここにもらわれてきた時からずっと、あのとおりのお婆さん」

「確かに……そうかもしれないね」

僕たちは顔を見合わせて微笑し、それぞれの作業の続きに戻った。少女はフクロウの足に針金を巻き付けるのに成功し、落とさないよう注意しながらそれをフックに引っ掛けた。僕はドラム缶の蓋を閉め、リンデンの枝を二、三本追加した。

日差しが眩しい、暑い午後だった。庭師と僕が住む離れは、開け放した窓のカーテンが時折そよぐだけでひっそりとし、勝手口のあたりでは、フラワーガーデンから迷い込んできた紋白蝶が飛び回っていた。左手に広がる林の縁には日陰が続き、その向こうに屋敷の姿が見えた。

厩舎からは絶えず電気ドリルの振動や、庭師の声や、レンガの崩れる音が聞こえていた。僕と少女は昔馬の水飲み場だった井戸の縁に腰掛け、フクロウが燻蒸されてゆくのを見守った。漏れ出した煙はゆらめきながら、やがて空のどこかへ消えていった。

初めて会った頃から比べると少女の髪は伸び、背中の半分を覆うほどになっていた。少女は汗ばんだ額を無造作に掌で拭い、資料カードが風で飛ばされないよう、レンガの瓦礫を拾ってきて重しに載せた。

一段と大きく電気ドリルの音が響いた。けれど少しも耳障りではなかった。むしろ活気にあふれた騒音を聞きながら、彼らの労働の様子を眺めるのが僕は楽しみだった。自分たちが作ろうとしている博物館について、どれくらい知っているのか分からないが、とにかく彼らは持っている力を惜しみなく注いでいた。ふっと遠くに目をやった時、林の入り口に積み上げられた瓦礫の山が、また一回り大きくなっているのを見つけると、目指す方角へ自分が間違いなく進んでいると実感できるのだった。

僕たちの足元にはビニールシートの上に収蔵品が並べて置いてあった。向かって右側が燻蒸が終わった形見、左側がまだの形見。宝石箱、毛糸玉、球根、サイの角、革靴、花崗岩、襟巻……みんなおとなしく順番を待っていた。

最初のうち、どうしようもなくアンバランスで、よそよそしかった収蔵品たちが、登録や修繕のため幾度となく僕の手に触れるうち、いつの間にか親愛の情を醸し出すようになっていた。莫大な量の収蔵品の中から、何の脈絡もなく一部を取り出してきても、そこには必ず調和が生まれた。形見の持つ時間と記憶が巧妙に組み合わさって、統一されたある空気を作り出すのだった。

「今、フクロウの中で小さな虫たちがもがいているのね」

煙の行方を目で追いながら、少女は言った。瓦礫を積んだ荷車を押して、若者が二人出てきた。図面を持った庭師が戸口から顔をのぞかせ、そっちの調子はどうだい、というふうに右手を上げて僕らに合図を送り、すぐまた厩舎の中へ引っ込んだ。

「そう。煙に含まれる成分と熱によって、死滅するんだ」

もう少し温度を上げるため、僕は火元を棒でかき回した。

「せっかくフクロウのお腹や羽根の付け根に潜り込んで、快適な巣を作って、いっぱい卵を生んだのに、みんな死んじゃうの？」

「そうだよ」

僕は答えた。

「でも心配はいらない。そうたいして苦しみはしないから。あれ、何だかおかしいな、と思っているうちに終わるんだ」

荷車は小石や窪みに車輪を取られ、何度も引っ繰り返りそうになったが、そのたび若者たちはバランスを取り合って、林の方に進んで行った。こぼれた瓦礫の粉が、芝生の上に点々と残っていた。太陽はさらに真上へ近づき、少女の白い頬を照らした。

「そして私たちも、世界にあふれる様々な物質によって、分解されつつあるというわけね」

少女は言った。

井戸の縁に広がったスカートは黄緑色のギンガムチェックで、風に舞い散ったリンデンの灰がところどころにくっついていた。眩しいからか、少し疲れたのか、少女は膝の上で組んだ自分の両手に、しばらく視線を落としていた。まるでそうしていれば、自分の身体が分解されてゆく様が、観察できるとでもいうようだった。

「そんなところで悠長に日向ぼっこなどして、一体全体どういうつもりなのじゃ」

突然、老婆の声がした。

「ちょっと目を離したらすぐにこの始末。油断も隙もあったもんじゃない」

老婆は茂みの陰から姿を現わし、例のごとく杖を振り回し、足元に生えているスミレの花びらをあたりにまき散らした。屋敷から一人で歩いて来たらしく、引きずったスカートの裾が土で汚れていた。

「お母さま、これは形見を消毒する装置よ。目に見えない内部まで、そっくり綺麗にしてくれるの。技師さんがご自分でお作りになったのよ」

少女が説明したが、老婆の勢いを押し止めることはできなかった。

「ふん。消毒だって？　怪しいもんだ。こんなものに放り込まれて形見の性質が変わってしまったら、ただじゃすまないからね。形見はありのままであらねばならん。余計な手を加えることは、死者への冒瀆に他ならない。お前の仕事は保存じゃ。それ以上でも以下でもない、ただの保存。自分なりの知識や感覚やアイデアを生かそうなどという、欲を持ってはならない立場なのだ。いいか？　お前に欠けておるのは謙虚さである。どんなつまらん形見の前でも、畏れ敬う気持でそれを胸に抱き寄せるような謙虚さがなければ、永遠に博物館は完成しないであろう」

老婆はゼロゼロと咳をし、喉に引っ掛かった痰を吐き出した。気紛れに彼女が姿を見せ、僕の仕事ぶりに毒づくのはいつものことだから、誰も驚かなかった。むしろこうした中断は、単調になりがちな作業に変化を与えてくれた。

「おまけに怠けてぼんやりしているようでは、お先真っ暗じゃな。馬小屋だって、いまだに馬小屋のままだ。一向にはかどっておらん。もうすっかり博物館に生まれ変わった時分かと、楽しみにしておったのに、何という期待外れ。忘れたとは言わせんぞ。私は愚図が嫌いなのだ。毛虫よりも下痢よりも酔っ払いよりも、愚図が嫌いなんじゃ」

いいえ、怠けているわけじゃありません、これはちゃんとした装置ですし、収蔵品のために是非とも必要な処理なんです、と説明したかったけれど、老婆は自分の言いたいことだけ言ってしまうと再び杖を振り上げ、くるりと背を向けた。

この暑さだというのに相変わらず厚ぼったい洋服で着膨れし、皺だらけのスカーフを首に巻き付け、頭には毛糸の帽子をのせていた。花を踏み付けようが芝生が傷もうがお構いなく、カッと前だけを見据え、もと来た道を引き返していった。世の中の不機嫌が全部、老婆の背中に吸い寄せられ、そこで凝り固まってしまったかのようだった。腰があんなに曲がっているのは、彼女自身でさえその重みに耐えかねているからじゃないだろうか、という気がした。

「さてと……」

僕は立ち上がった。リンデンの枝が燃えつきようとしていた。そろそろ、フクロウを取り出す時間だった。


その日の夜、夕食がすんだあと、少女が僕の部屋へ遊びに来た。顕微鏡を見せてあげる約束になっていたのだ。

「遅くなってごめんなさい。お母さんを説得するのに手間取ったの」

息を弾ませて少女は言った。

「顕微鏡なんて子供騙しの手品くらいにしか考えていないのね、きっと」

彼女は羽織っていたショールを取り、髪の毛を手で撫で付けた。

「何か飲む？」

僕は尋ねたが、少女はいいえ、ありがとうと言って、食卓の上の顕微鏡をもう興味深そうに見つめていた。

「あまり精巧な品じゃないし、デザインも時代遅れだけど、最低限の観察はできるよ。手入れも十分してあるからね」

少女は部品を一つ一つ指差して、名称を尋ねた。接眼レンズ、レボルバー、対物レンズ、ステージ、コンデンサー、レバークランプ、粗動ハンドル、微動ハンドル……。僕が答えるたび、彼女は感心したようにため息をついた。

どんな種類であれ、僕は彼女の質問に答えるのが好きだった。だからわざわざ顕微鏡を見においでと誘ったのだ。もしかしたら自分が口にするささやかな答えが、この人にとってこのうえもなく必要な言葉なのではないだろうか。自分は彼女が求めるものを、何でも差し出すことができるのではないだろうか。そんな錯覚を、少女は僕に抱かせてくれるのだった。

「まず、何を観察したい？　ニセアカシアの葉毛、ニワトリの軟骨、メダカの尾びれ、カエルの繊毛、タニシの精子、いろいろ準備してあるよ」

しばらく考えてから、少女はカエルを選んだ。夕方、庭の小川で捕まえてきたカエルだった。僕は傷を作らないよう注意しながら、それを特製のベニヤ板に紐でくくりつけた。彼女は気味悪がったりしなかった。もがくカエルの腹を、そっと押さえていてくれさえした。

「いいかい？　カエルの口腔上皮細胞には細かい毛が生えていて、食べ物を食道の奥へ運ぶ働きをしているんだ。ほら、こうするとよく分かるだろ」

僕はカエルの口を広げ、上顎に色チョークの粉末を振りかけた。ピンク色のそれは一斉に、何かから逃げ惑うように、食道の入り口へ向かって移動しはじめた。

「まあ」

声を上げて少女は口の中に見入った。カエルはまだあきらめず、どうにかして自由になろうと身体をくねらせた。僕の指は粘液が絡み付き、べとべとになっていた。粉末は最後の一粒まで残らず全部、暗い穴の底へ吸い込まれていった。

僕はピンセットの先で上顎の粘膜をかき取った。

「痛くない？」

「大丈夫。表面をほんのちょっとこするだけだから」

そしてスライドガラスに垂らした生理食塩水の中へ、ピンセットの先を浸し、カバーガラスを掛け、顕微鏡にセットした。不用意に声を掛け、この洗練された作業の流れを乱してはいけないと心配するように、少女は息をひそめて僕の指先のあらゆる動きを目で追っていた。部屋の中はしんとして、ただカエルの後ろ足がベニヤ板を打ち付ける音だけが聞こえた。

「こっちへ来てごらん」

僕は少女を椅子に座らせ、レンズに目を近付けるよう促した。少女は瞬きをし、そろそろと首をのばして顕微鏡をのぞき込んだ。

彼女の目に今何が映っているか、僕にはよく分かっている。初めて兄さんがカエルの細胞の観察方法を教えてくれた時も、まず色チョークの粉末を口に落とすところからはじめた。自分にもやらせてとせがんだ僕は、手を滑らせ、コップ半分ほどのチョークを全部振り掛けてしまった。それはピンク色の泥になって食道をふさぎ、どこにも行き場が見つけられないまま粘膜の上をうごめいていた。この失敗が原因だったのかどうか、慌てて兄さんがガーゼで口を拭ったけれど、ほどなくカエルは死んでしまった。

「これがカエルの上顎なの？」

アームを握り、レンズをのぞいたまま少女は言った。

繊毛はまだ揺らめいているはずだ。それは僕が知っているどんなものよりも細く、一本一本すべてが違う線を描いているのに、同時に全体として美しい秩序を生み出してもいる。細胞たちは寄り添い、決して離れず、透き通った液体を豊かにたたえている。誰だってそれを目にしたら、ほんの少しでいいから指先を浸してみたいと願うだろう。

「カエルとは似ても似つかない姿をしているのに、やっぱりカエルなのね」

「そうだよ。スライドガラスのそんな小さな水滴の中にも、ちゃんとカエルは存在しているんだ」

いつも兄さんがしていたように、僕は顕微鏡の脇に立ち、少女の背中に手を当てた。そうすれば二人一緒にレンズの向こう側を、好きなだけさ迷い歩くことができると知っていたからだ。

「もう少し見ていても構わない？」

振り向いて少女は言った。

「もちろんだよ」

僕は答えた。髪の毛にまだリンデンの木の匂いが残っていた。

「技師さんは誰に顕微鏡の使い方を教わったの？」

「兄さんだ。もともと兄さんの物だったのを、譲ってもらったんだ」

「気前がいいのね」

「歳が十も離れているし、父が早く死んだから、親代わりみたいなものさ」

「あんな素敵な機械をプレゼントしてくれるなんて、きっと優しいお兄さんに違いないわ」

「さあ、どうかな」

　月の光は弱々しく、花壇や茂みを抜けて屋敷へと続く裏庭の小道は、暗闇に沈んでいた。下草を踏む二人の足音が、低くあたりを漂った。老婆はもう眠ったのだろうか、屋敷の窓には二つ三つ、ぼんやりした灯りがともっているだけだった。

「今は理科の教師をしているよ。同じ学校の保健体育の先生と結婚して、ここからずっと遠い所に住んでる。兄さんは人に何かを教えるのがとても上手なんだ。偉ぶったりはしないのに、威厳があって頼もしい。仕草や表情で言葉以上の内容を伝えることができる。顕微鏡の使い方を教えてくれた時だってそうだ。標本を作り、ステージにセットし、焦点を合わせる――その確信に満ちた指の動きを見ているだけで、僕はすぐに手順を覚えたし、顕微鏡の虜になってしまった」

「技師さんとお兄さんは似てる？」

「あまり似てないな。兄さんは物を所有するってことに、重きを置かないタイプの人間なんだ。執着がないんだよ。たぶん、あらゆる物質の成り立ちを知っているからだろうね。どんなに高級な宝石も単純な原子の組み合わせでしかないし、どんな気色の悪い下等生物でも、美しい細胞の配列を持っている。外見なんてただのまやかしに過ぎない。だから目に見えない世界の方を大事にするんだ。〝人間の目の精度がいかに粗悪であるか、それを自覚することから観察は始まる〟っていうのが兄さんの持論さ」

「じゃあ、物を集めて、できるだけ長くその形を保つよう苦心している技師さんとは、正反対ね」

「うん、その通りだ」

僕は空を見上げた。一面に星が散らばっているのに、闇はどこまでも深く、一分の隙もなくあたりを覆い尽くしていた。少女は肩から落ちそうになったショールの端を握り、首元で結び目を作った。昼間の暑さはとうに消え去り、いつの間にか肌寒いほどになっていた。

「母さんが死んで形見を整理する時も、兄さんは全部手放すって言ったんだ」

「お母さまも亡くなったの?」

「僕が十八の時に、卵巣ガンで。もっとも、形見と言ったって、たいしたものがあったわけじゃない。洋裁の仕事に使っていたミシンと、ドレスの生地、大量の型紙、あとは安物の装飾品がほんの少し。仕方がないから、洋裁学校と教会へ寄付したんだ。でも僕は物に頼らず母さんの記憶だけを唯一大事にしたい、っていう兄さんのやり方に、どこかで抵抗していたんだと思う。荷物が家から運び出される時、ほとんど何も考えず、とっさに段ボールの中に手を突っ込んで、一つだけ抜き取った。どうしてもそうせずにはいられなかったんだ」

「ええ、私もそうすべきだったと思うわ。だってあなたは、形見の博物館を作らなければならない人なんですもの」

少女は言った。

「で、その唯一の形見は何？」

「本だよ。『アンネの日記』。読んだことある？」

少女は首を横に振った。

「よかったら、今度貸してあげるよ。僕は毎晩、ベッドの中で読むのを習慣にしているんだ。そうするとよく眠れる」

僕たちはそのまま真っすぐ屋敷へは向かわず、小道をそれて少し遠回りをし、小川の脇を歩いた。暗すぎて水の流れは見えず、ただせせらぎがほんのわずか耳に届いてくるだけだった。

「私もお兄さんに会ってみたいわ」

「そうだね。でも当分、兄さんは身動きが取れないと思うよ。もうじき、初めての子供が生まれるんだ。そろそろ、お祝いを用意しなくちゃいけないな」

「卵細工がいいわ」

少女は立ち止まり、僕を振り返って言った。夜の中にいると、彼女の体温がより近くに感じられた。遠慮気味にアームを握る手の白さや、半開きになった唇の形や、レンズに触れていた睫毛の曲線が、一つ一つよみがえってきた。

「赤ちゃんのお祝いに、これ以上ふさわしい品はないわ。ね、そうでしょ？　もし迷惑じゃなかったら、私が選んでもいいかしら。卵細工を見る目は確かなの」

「分かった。お願いするよ。今度の週末、一緒に買いに行こう。さあ、このへんでいいだろう」

僕は提げていたバケツを置き、カエルを両手ですくい上げた。ずっとバケツの隅でうずくまっていたのに、急に元気を取り戻し、足をばたつかせた。

「あなたもお家へお帰りなさい」

少女がつぶやいた。僕は小川のへりにかがみ込み、両手を離した。草むらの中を遠ざかってゆくその気配に、僕たちはしばらく耳を澄ませていた。


しかし、僕が赤ん坊のための卵細工を手に入れたのは、約束からかなり経った後のことだった。正直なところ、あの日曜日、あまりに突然降り掛かってきた混乱のために、出産祝いなどどうでもよくなっていたのだ。なのに少女は病院のベッドの中で、繰り返し僕にこう言った。

「卵細工を買うのはもう少し待ってね。お願いだから、私が元気になるまで待ってね。赤ちゃんがもう生まれちゃうんじゃないかと思って、とても心配」

「まだ生まれないさ」

そのたび僕は、包帯に包まれた手をさすりながら答えた。

「大丈夫だよ」

6

日曜日の午後、中央広場にはのんびりと休日を楽しむ人たちが集まっていた。役場の時計塔の影が斜めに伸び、鳩たちがその影に集まって羽根を休めていた。ロータリーを回って大通りへ抜けてゆく車の列に、太陽の光が反射して眩しかった。テラスのテーブルの間をウエイターが忙しそうに歩き回り、大道芸人がストリートオルガンを演奏し、子供たちはアイスクリームスタンドに行列していた。

噴水の前には、また沈黙の伝道師の姿があった。以前見かけたのと同じ人かどうか区別はつかなかったが、やはりシロイワバイソンの毛皮をまとい、両手を身体の前で組み、伏し目がちに裸足で立っていた。どんなざわめきも、伝道師が作る沈黙の輪を侵してはいなかった。

僕と少女は自転車をガードレールにつなぎ、広場を横切ってアーケードの入り口にある卵細工の工房まで歩いた。そこは村へ来たばかりの頃、やはり少女に選んでもらい、天使が透かし彫りにされた卵を買った店だった。彼女はレースの衿がついたノースリーブのブラウスに、いつもの子供っぽい赤いサンダルを履いていた。

「いい卵細工が買えたら、テラスで冷たいものを飲みましょうね」

少女は一人で小走りに道を渡り、振り向いて言った。

「喉がからからなの」

「何でもご馳走するよ」

そう言って僕も後を追おうとした時、オートバイが一台、走り抜けていった。新しい卵細工が飾られていないかと、少女はウインドーに顔を寄せていた。ストリートオルガンが新しい曲を奏ではじめ、拍手が起こり、鳩が羽ばたいた。そして次の瞬間、すべてのものが爆音に飲み込まれた。

間違いなく何かが起こったはずなのに、その正体が何なのか見当もつかなかった。気づいた時、僕は歩道に転がっていた。ただ一つはっきりしていたのは、耐えがたい頭痛がするのと、少女の姿が視界から消えていることだった。

僕は立ち上がろうとした。身体中の関節が強ばり、ぎくしゃくして思い通りに動かなかったが、頭痛のひどさに比べればまだ我慢できた。一歩踏み出すたび、硬い何かの欠けらが、澄んだ音を立てながら靴の底で割れていった。ガラスと卵の殻だった。それらが粉々になって混じり合い、そこら中を覆っていた。リボン、飾り金具、ビーズ、銀の台座、房飾り、何もかもが砕け散り、元の形を留めている卵細工など一つもなかった。

少女は店の入り口にうつぶせで横たわっていた。乱れた髪が表情を隠していたが、すぐに大変な事態であるのは察知できた。ブラウスのレースの衿が赤く染まっていたし、サンダルの脱げた足は不自然な形に折れ曲がっていたからだ。

「しっかりするんだ」

僕は少女を抱き起こした。声を出して初めて、これは頭痛じゃない、耳をやられたのだと気づいた。声は頭の中をぐるぐる渦巻いて外へは響いてゆかず、ただ痛みを増長させるだけだった。

「心配いらない。すぐに助けが来るからね。もう少しの辛抱だよ」

けれど僕は言葉を掛け続けないではいられなかった。不思議なほど、あたりはしんとしていた。払い除けても払い除けてもまとわりついてくるような、威圧的な静寂だった。さっきの爆音よりも、この静けさの方がずっと不吉な予感に満ちていた。

僕はジャケットを脱ぎ、それで少女を覆っている欠けらを振り落とそうとした。なのに何度やっても彼女の身体はきれいにならなかった。ガラスの破片が、むき出しになった肌一面に突き刺さっていたのだ。

「痛むかい？」

少女は目を開け、答えようとしたが、頼りなく唇から息が漏れるだけだった。僕はジャケットを下に敷き、再びそこへ少女を横たえた。

「救急車を。早く救急車を」

僕は大声で叫んだ。鼓膜の奥を痛みが貫き、頭蓋骨の芯にまで響いた。ウインドーのガラスは全部崩れ落ち、卵細工を吊り下げていたフックだけが天井に残っていた。レジの前に店の主人が座り込んでいるのが見えた。怪我がひどいのか、それともショックのためか、頭を抱えてただ震えるばかりだった。

「いいかい、すぐ戻ってくるからね」

助けを求めて僕は広場の方へ歩いた。さっきまでと同じように太陽は照りつけ、時計塔は涼しげな影を伸ばしているのに、風景はすっかり変わってしまっていた。アイスクリームスタンドは横倒しになり、転がったケースからチョコレートクリームが溶け出していたし、ストリートオルガンは潰れて鍵盤が飛び散っていた。そのうえ噴水の縁が崩れて地面は水浸しだった。

うめき声と啜り泣き、悲鳴、怒声、クラクション、様々な音が重なり合い、霧が立ち昇るように少しずつ耳へ届いてくるようになった。凝固していた感覚が元へ戻ろうとしているのが分かった。同時に火薬の匂いが鼻を突き、僕は気分が悪くなって街灯にもたれ掛かった。

「大丈夫ですか。店のソファーで横になっていた方がいい」

カフェの若いウエイターが肩を支えてくれた。

「アーケードの入り口に女の子が一人倒れているんだ。先に彼女を助けてやってくれませんか」

耳の痛みを紛らわすため僕は額を街灯に押し当て、深呼吸をした。ウエイターはすぐに駆けて行った。

広場には何人もの人たちが倒れていた。誰かにしがみついて泣き叫んだり、安全な所へ避難しようと足を引きずって逃げ惑ったり、傷口を押さえてじっとうずくまったりしていた。煙とも埃ともつかない白く濁った空気のせいで、誰もがぼんやり霞んで見えた。

ふと僕は、広場の真ん中に伝道師が仰向けに倒れているのを見つけた。ついさっき立っていたのと同じ場所で、身体をまっすぐに伸ばし、両手を組んだまま横たわっていた。シロイワバイソンの毛皮の裾も少しも乱れていなかった。彼の回りだけは何も変わらず、今も沈黙の伝道が続けられているかのようだった。

僕は傷を負った人々をまたぎ、折り重なったテーブルやごみ箱を押し退けて伝道師の所へ近寄ると、その脇にひざまずいた。彼に注意を払っている人は誰もいなかった。まるでそこだけが空白になって風景から抜け落ちたように、視線さえもが素通りしていった。

声を掛けようとしてすぐに僕は言葉を飲み込んだ。彼が伝道する沈黙の前では、言葉など役に立たないと思ったからだ。そこにあるのは、爆発直後に僕が味わったあの不吉な静寂とは全く違う種類の静けさだった。無音なのに冷淡でなく、どんな醜い音でも包み込んで浄化する包容力を持ちながら、同時に慎ましやかでもあり、忠実な従者のように伝道師のそばに寄り添っていた。

噴水からあふれた水で髪と背中が濡れている以外、伝道師の様子に変わったところはなかった。厳しい修行の跡か、足はたこだらけでひび割れ、脂肪の削ぎ落とされた顔は髭で覆われていた。痩せてはいたが、むしろ全身にしなやかさがみなぎっていた。どこからも血は流れておらず、目は半ば閉じられ、苦痛をこらえている気配はなかった。

なのに僕は悟った。理由は説明できない。少女だった老婆が生まれて初めての形見を庭師から手に入れた時も、たぶん僕と同じ気持だったのではないだろうかと思う。

伝道師は死んでいた。沈黙の行を成就させていた。

僕は伝道師からシロイワバイソンの毛皮をはぎ取った。咄嗟の出来事だった。身体が意識と無関係に動くのを、自分でも止められなかった。裾を引っ張り、背中に手を差し込んで腰を浮かせ、少しずつめくり上げていった。毛皮は思ったより重く、もともとの白い毛の色などとうに消え失せていたが、温もりと柔らかさはまだ残っていた。

沈黙の塊に両手を沈めているような気がした。心地よく、安らかだった。いつの間にか耳の痛みが薄らいでいた。僕は伝道師の頭を持ち上げ、毛皮をすっかり全部脱がせると、小さく丸めて腕の中に隠した。

伝道師は粗末な下着一枚の姿となりながら、祈りの形を崩してはおらず、すでに埋葬の時を待っているようだった。救急車のサイレンが響き渡り、広場はますます騒然としてきた。幾人もの足音が僕たちの回りで交錯していた。けれど僕の胸は完全なる沈黙で満たされていた。それを抱えて僕は少女のもとへ走った。


予想に反して老婆は僕の報告を冷静に受け入れた。爆弾を仕掛けた犯人にも、少女を連れ出した僕にも、そしてこんな不運に出会ってしまった巡り合わせに対しても、怒りの言

葉は一切口にしなかった。ただ黙ってうなずき、かすれた声で、

「ああ、分かった」

と呟いただけだった。

庭師に連れられて老婆が病院へ到着した時、少女は全身に突き刺さったガラスを取り去る処置が終わったところで、麻酔薬のためにうつらうつらしていた。老婆はいつもより目深に毛糸の帽子を被り、庭師の腕につかまりながら、長い病院の廊下を歩いてきた。リノリウムの床のせいで、ことさら大きく杖の音が響いた。

屋敷の外へ出ると、老婆はいっそう矮小に、老い衰えて見えた。彼女とすれ違う人は誰もが、その奇抜な服装と体型のために、振り返らないではいられない様子だった。しかしもちろん彼女の方は他人の目など気にしてはおらず、いつもの有無をいわせない雰囲気を、全身からまき散らしていた。

「お前はどこを怪我したのじゃ」

まず老婆は僕に向かって尋ねた。

「鼓膜を痛めた以外は、ほんのかすり傷です」

「ほお、耳か。ちょっと見せてみなさい」

僕が病室の床にひざまずくと、そんなことをしたって破れた鼓膜が見えるわけでもない

のに、老婆は耳たぶをぐいと引っ張り、しばらく耳の穴を凝視していた。

「鼓膜は自然にふさがるそうです」

老婆は「うん」と言ったきり感想は何も述べず、耳たぶから手を離した。それから、少女の枕元に腰掛けた。

少女の顔は目と口と鼻を除いて、ぴっちりと包帯で覆われていた。そのわずかな鼻の先でさえかすり傷を負っていた。ところどころ消毒液が染み出し、くすんだ黄色い斑点模様になっているのが、余計痛々しい印象を与えた。

庭師はどうしたらいいのか見当もつかない、という表情で扉の前にたたずみ、僕は耳鳴りの止まない耳を押さえながら、老婆の後ろに控えていた。みんな少女の眠りを妨げないよう、細心の注意を払い、息をするのさえ遠慮しているように見えた。すっかり日は暮れ、開いたままの病室の窓から夜の風が忍び込んでいた。

老婆は手を伸ばし、包帯の間からはみ出した少女の髪を撫でつけた。埃を拭い取り、もつれを直し、枕の上に綺麗に広がるよう整えた。大怪我を負ったにもかかわらず、髪はいささかのダメージも受けていなかった。くぐもった病室の明かりの下でさえ、艶やかに光っていた。皺だらけの干涸びた指が、その髪の間を見え隠れしていた。これほどの優しさにあふれた仕草を老婆が示せるとは、思いもしないことだった。

少女が入院したために、博物館の仕事は急速にリズムを失っていった。思わぬところで小さな不都合が発生したり、何かが故障したり紛失したりして、せっかく軌道に乗りかけていた流れが、あちこちで滞ってしまった。改めて僕は少女が博物館のために果たしてくれていた役割を、認識しないではいられなかった。彼女は形見たちにとっての水先案内人であり、心を許せる可愛い番人でもあったのだ。

爆発事件のあと天候が崩れ、雨の日が続いた。林の下草に隠れたか細い雑草までずぶ濡れにし、広場に残っていたガラスと卵の破片を全部排水溝へ押し流す、容赦のない雨だった。ようやく晴れたかと思うと今度は強風が吹き荒れ、一日中屋敷の窓を揺らした。

天気が回復するまで燻蒸作業は中断せざるをえなかった。厩舎の改築工事も、アルバイトのうち一人が腰を痛め、もう一人が足を捻挫して来られなくなり、手順が狂ってしまった。そのうえ新しく雇った二人は勤務態度が悪く、一週間もたずに勝手に辞めてしまう始末だった。

僕は家政婦さんと交替で少女の看病に通った。家政婦さんは着替えを運んだり、食事の手助けをしたり、好物のお菓子を焼いて届けたり、親身になって身の回りの世話をしてくれた。それに引き替え、僕ができるのはほんのわずかなことだった。せいぜい枕元に腰掛け、彼女が退屈しないよう話相手になるか、散歩の時車椅子を押すくらいだった。

間違いなく少しずつでも傷は治っているはずだった。両手足に巻かれた包帯の分量は日々減ってきていたし、少女が痛みを訴えることもなくなった。しかし顔を覆う包帯が解かれる気配はなく、僕の不安は消えなかった。皆同じ気持だったと思うが、もちろん誰もそのことを口に出したりはしなかった。

一週間たっても十日たっても犯人は捕まらなかった。爆弾は本格的な技術を要すると思われる時限式で、噴水の下に仕掛けられていた。新聞に載っていた被害のまとめは、店舗の損壊が十一、車両が六、重軽傷者三十四、死亡が一、以上だった。

亡くなったのは伝道師一人だった。あの混乱の中、どうして伝道師だけが特別な光を受けたもののように僕の視界に映ったのか、しかもなぜ少女を放っておいてまで彼の側に近づいたのか、不思議でならなかった。

彼が死んでいると最初から気づいたわけではない。生死の問題は意識になく、その証拠に僕は胸に耳を押し当てたり、脈を調べたりはしなかった。ただどうしても、今自分はそこに居なければならないという、強い思いに囚われたのだった。

もし僕が形見を収集する博物館技師でなかったとしても、やはりシロイワバイソンの毛皮を手に入れようとしただろうか。たぶん、しただろうと思う。

毛皮を脱がせることができた時、僕は安堵し、それを胸に抱き締めた。無事に形見を入手できたからというのではなく、目の前にある死体がすがり求めていることを、自分はちゃんとやり遂げた、という安堵だった。回りの皆が怪我人の手を握り、背中をさすって励ましていたのと同じように、僕は伝道師から毛皮をはぎ取ったのだ。

雨と風がおさまる短い時間を見計らい、厩舎の前庭に燻蒸装置を運び出してシロイワバイソンの毛皮を殺菌した。リンデンの枝は湿ってなかなか火がつかなかったが、やがていい香りの煙を出しはじめた。燻蒸が終わると通し番号をつけて台帳に登録し、寸法を測り、すり切れや綻びの状態をスケッチし、写真を撮って資料カードに貼付した。そして耳縮小手術用メスの隣の棚に収蔵した。

……村へ来てからこれが二通めの手紙になります。その後、お変わりございませんか。義姉さんの体調はいかがでしょう。生まれたら必ず、すぐに連絡を下さい。心待ちにしています。

さて、夏の初め、赤ん坊が生まれた頃を見計らってそちらへ帰省するつもりでおりましたが、ちょっとしたアクシデントがあり、しばらくは村を離れられない状況になりました。実は爆弾騒動に巻き込まれ、依頼主の娘さんで僕の助手でもある女の子が、怪我をしてしまったのです。村の中心部へ買物へ行った折り、中央広場に仕掛けられていた爆弾が爆発したという次第です。命に別状はありませんが、完治するには時間がかかりそうで、いまだに入院しています。

僕の方は軽傷でしたのでご心配なく。鼓膜が破れただけで、それも今はふさがりました。わずかずつですが、博物館の建設も進んでいます。大方、収蔵品の登録は終わりました。しかしやるべきことはまだまだ無限にあり、道のりは遠そうです。手紙ではうまく説明できませんが、今回の博物館の場合、資料の収集に最も困難が付きまといます。今まで僕が蓄えてきた専門知識も、職業的勘も、役に立ちません。ましてやお金さえ積めば手に入るという次元の話でもないんです。もし、頼りにできる何かがあるとすれば、老いた世界に対する敬愛の情……とでもいうべきものでしょうか。

博物館が完成した折りには、是非とも見学にいらして下さい。義姉さんと赤ん坊と一緒に休暇を過ごすには、のんびりとしていい村です。

少女の傷が癒え、もろもろの事が落ち着いたら、帰省したいと思います。その時を楽しみにしています。返事をいただけると、とてもうれしいのですが……

僕は収蔵品を文書化し、記録として固定化するため、形見一つ一つが持つ背景についての詳しい聞き取り調査を開始した。と言っても、調査対象は老婆一人であり、形見のあらゆる情報は彼女の記憶の中にのみ保管されているのだった。果たして老婆が自分の記憶庫にすんなりと僕を招き入れてくれるかどうか、不安だった。形見というかつて経験したことのない収蔵品が、どんな形の文書になってゆくのか見当がつかなかったし、それにやはり、彼女と一対一で向き合うのは気が重かった。しかし、いつまでも先延ばししているわけにはいかなかった。

少女の看病に通う都合から、聞き取りは午前中の三時間、きっかり九時から十二時までと定められた。場所はその日の老婆の気分によって変わった。たぶん例の暦が関わっているのだろう。

朝、その日聞き取りを行なう予定の形見を数個抱え（抱えきれないものは資料カードを持参し）、玄関ロビーで待っていると、老婆が一人で階段を降りてくる。僕を一瞥し、挨拶代わりに咳払いをしてから、顎をしゃくってあとについてくるよう促す。床板の継目やカーペットの縁に杖を取られ、つまずいたりよろめいたりしながら、老婆は僕を目指す部屋へ導く。

もちろん馴染みの書斎やサンルームが選ばれることもあったが、屋敷には僕の知らないもっとたくさんの種類の部屋が隠されていた。客間、寝室、ティーサロン、育児室、ワインセラー、舞踏室、ギャラリー、朝食室、応接間、階段ホール、喫煙室……。

しかしたいていどこも、当時の機能はとうに失われていた。ワインセラーにはワインは一本も見当たらず、客間のベッドカバーは虫食いだらけで、舞踏室のオーケストラボックスは物置きになっていた。

ある部屋は迷路のような廊下の角を、幾度となく曲がらなければたどり着けなかった。またある部屋は、狭い隠し階段を登りきった奥にあった。道順が覚えられず、仕事が終わって退出したあと僕はしばしば迷子になった。

老婆の後ろをついて行きながらふと、この屋敷はどれくらい広いのだろうと考え、途方も無い気持になった。こうして老婆がよたよたと歩き回るその軌跡とともに、屋敷は膨張しているのではないかという錯覚に陥った。

大広間であれ召使の控え室であれ、聞き取り作業のスタイルに違いはなかった。部屋の中央にこぢんまりしたテーブルがあり、向かい合わせで椅子が二つ置いてある。背もたれの高い、布張りの肘掛がついた座り心地のいい椅子だ。僕はその日最初の形見をテーブルに載せ、ノートを開き、老婆が最初の一言を発するのを待つ。

明かりは僕たちの手元を照らす古びた電気スタンドが一つついているだけで、窓にはカーテンが引いてあり、部屋は薄ぼんやりしている。老婆の息遣いと、雨の気配以外、何も耳には届いてこない。

聞き取り調査を行なっている間、ずっと雨が降っていたような気がするのはなぜだろう。天気の悪い日が続いたのは事実だが、太陽がのぞいた時ももちろんあったはずなのに、形見について語る老婆の声の底には、必ず雨音が流れていた。それは僕と老婆二人きりの作業を、誰にも邪魔させないために張り巡らされた、とばりのようなものだった。

テーブルに置かれた形見を、老婆はじっくりと見つめる。輪郭、色、匂い、たたずまい、凹凸、汚れ、引きつれ、欠損、影、あらゆる部分を網膜に映し出してから話し始める。決して焦らない。

恐らく彼女のことだから、話は脱線し、まとまりを欠き、気紛れでだらだらと長引いたかと思うと、突然打ち切られたりして、きちんとした形の資料として書き留めるのは大変だろうと覚悟していたが、実際は違った。いったん口を開くと、毛糸玉を一つ解くように、言葉が滑らかに紡ぎ出されてきた。途中で糸が切れたり、絡まったりすることなく、最初と最後がちゃんと一続きになっていた。しかもその毛糸玉に、求める情報は全部含まれていたし、余分なものは何一つ混じっていないのだった。

僕はただ老婆の言葉をそのまま書き写すだけでよかった。質問を差し挟む必要などなかった。不思議にも、老婆が喋るスピードと僕が鉛筆を走らせるスピードは見事に釣り合っていた。僕が追い付かなくなってくると、老婆は息継ぎをして間を開け、僕の態勢が整うのを見計らってから、次のパラグラフへ移った。声と鉛筆はまるで、重なり合った恋人同士の手のようだった。

老婆が最後の言葉を吐き出し、僕が鉛筆を置いた段階で、すでにノートには完全な背景資料が出来上がっていた。文脈の乱れも、矛盾も言い間違いもなかった。それは老婆の記憶に刻み込まれた、形見を巡る一つの物語だった。

一つ資料が完成すると、彼女は目を閉じ、こめかみを指圧して小休止する。その様子から、彼女のエネルギーをもってしても、形見の物語を語るのは重労働であるのが分かる。

「今日はこのあたりでやめにしておきましょうか」

気を遣ってそう提案するとすぐさま、

「余計な口出しをするんじゃない」

と言い返される。

僕はテーブルを片付け、次の形見を袋から取り出す。そしてノートの新しいページを開いて、老婆の呼吸が整うのを待つのだ。

「どこかの病室で、子供の泣き声が聞こえるわ」

「そうかい?」

「痛い、痛いって泣いてる」

「何も聞こえないよ。気のせいさ」

「消灯になると、いろいろな音が聞こえてきて眠れないの」

「大丈夫。心配いらない。とっても静かな夜だよ」

すでに病室の電気は消され、ベッドサイドの小さな明かりが一つ灯っているだけだった。包帯のすき間からのぞく少女の瞳は、黒い水滴のように潤み、宙の暗闇をただじっと見つめていた。

「きっと、包帯で耳がふさがれているせいね。だから、自分の心の中の音が聞こえるの。母がよく言ってるわ。未来が知りたかったら、耳の穴をふさげって。そうすれば、遠く未来にいる自分の内なる声を、聞くことができるの」

僕は毛布の皺を伸ばし、少女の額に掌をのせた。病室の窓には、霞のかかった三日月が映っていた。いつの間にか昼間の雨は止み、しんとした暗がりがあたりを満たしていた。いくら包帯に覆われていても、僕はその下に隠れた彼女の体温や、透明な産毛や、すべすべとした皮膚の手触りを感じ取ることができた。

「泣いてるのは私なんだわ。泣きじゃくってる自分の声が恐くて、眠れないのよ」

「どこか痛むのかい？」

少女はゆっくりと首を振った。

「いいえ。どこも痛くなんかない」

「そうだ。『アンネの日記』を持ってきたよ。貸してあげるって、約束しただろ」

「ありがとう。大事なお母さんの形見なのに」

「気にしなくていいさ。だって僕らは、形見の扱いに関しては専門家なんだから」

僕は額から手を離し、毛布を少女の首元まで引き上げた。サイドテーブルにはレースの編み針と、化膿止めの軟膏と、家政婦さんが持ってきたらしいキャンディーの袋が並べて置いてあった。ベッドを囲むカーテンに、背中を丸めた僕の影が映っていた。すき間風が吹き込んでくるのか、時折その影が揺らめいた。

「毎日毎日、さまざまな種類の形見に触れていて気づいたんだ。形見は人々が生きていた証の品であるはずなのに、なぜか、死後の世界にいる彼らの姿を物語っているように見えることがある。過去を閉じ込める箱じゃなく、未来を映し出す鏡なんじゃないかと思うことがね」

「鏡？」

宙を見つめたまま少女は尋ねた。

「そうだよ。こんなふうに母さんの本を手にしていると、どこか遠くに漠然とあって、恐怖の霧に包まれていたはずの死の世界が、自分の掌にすっぽりと心地よく納まっているのを感じるんだ。ページをめくったり、書込みをなぞったり、紙の匂いをかいだりしているうちに、恐怖なんてすっかり消え去ってしまう。ああ、死っていうのはこんなにも懐かしいものだったんだという気分にさえなる。だから、形見に触れると呼吸が楽になって、気分が落ち着いて、それでうまく眠りにつけるのさ」

「死ぬことと眠ることとは、そんなに密接に関わり合っているの？」

「ああ、僕はそう思う。右手と左手みたいに、すごく似通っていて、ばらばらに切り離そうとしてもできないんだ」

「もし迷惑でなかったら、もう少しここにいて、その本を読んで聞かせてくれないかしら」

申し訳なさそうに、少女は言った。

「もちろんいいよ」

と、僕は答えた。そして『アンネの日記』を開き、深く腰を折り曲げて少女の耳元に顔を近づけた。

神経を張り詰めてくたびれ果てたアンネが、翼を切られた小鳥のように隠れ家をさ迷い歩く場面だった。誰かのために本を読むなど生まれて初めてだったのに、もうずっと昔から同じことを繰り返しやっているような気がした。こんなにも上手に自分が本を朗読できるとは、思いもしなかった。病室の暗闇を乱さない、静かな声を出すことができたし、言葉を一つ一つ耳元へ運び、少女を悩ませる心の音を消し去ることもできた。

やがて少女は目を閉じ、寝息をたてはじめた。それでも僕は、その眠りが動かしがたい強固なものであると確信できるまで朗読を続けた。看護婦の足音も、隣人の気配も僕たちのところには届いてこなかった。包帯が取れたばかりのふやけた指先から、睫毛の一本一本まで、身体中のあらゆる部分が僕の声に包まれたまま眠りに落ちようとしていた。

7

少女が入院している間、二人の村人が亡くなった。一人は同じ病院の、一つ上の階に皮膚ガンで入院していたおじいさんだった。これ以上痩せようがないというほどに痩せ細っていたが、案外元気に病院内をあちこち散歩していたので、僕とも顔見知りだった。

昔は教会のオルガン奏者で、合唱隊の指導をしていた人らしい。しかし誰も信用はしていなかった。賛美歌にはあまりにも不釣り合いな、むしろ悪魔を連想させるしゃがれ声をしていたからだ。もしかしたらそれは、治療の副作用のせいだったかもしれないけれど。

彼はよくロビーに子供たちを集め、たわいないお化けの話などを聞かせて恐がらせては、おもしろがっていた。少女の病室へ行くためには必ずロビーを通らなければいけなかったから、僕も何度かその場面を目撃した。眉間に皺を寄せ、骨張った指をくねらせ、ちょっと声色を使うだけで子供たちはたやすく騙されてしまい、泣きだす子まで出る騒ぎだった。

おじいさんの最後の取って置きは、

「さあ、ビービー泣いている弱虫は誰だ。お化けに目玉を食べられても知らないぞ」

と言いながら、自分の左目をぐるりと取り出して見せる芸当だった。そこでたいてい子供たちは悲鳴を上げ、散り散りに走り去っていった。

小学生の頃、林で遊んでいて棘が眼球に突き刺さり、それが原因で義眼になってしまったという噂だった。子供たちがみんないなくなると、おじいさんは愉快でたまらんといったふうに声を上げて笑い、二、三度掌で義眼を転がしてから、慣れた手つきでそれを元に戻した。笑いはやがてかすれ声となり、咳込みとも嗚咽ともつかない奇妙な音に変わり、おじいさんは再びふらふらと、どこへともなく去ってゆくのだった。

おじいさんが死んだ時、そばにいたのは病院の関係者だけだった。だから僕がおじいさんにお別れが言いたいと申し出た時、看護婦は怪しみもせず、むしろ進んで許可してくれた。

ようやく病から解放されたというのに、顔に白い布をかぶせられて横たわるおじいさんは、いっそう痩せていたわしげに見えた。僕は枕元の椅子に腰掛け、目を閉じ、心の中で祈りの言葉を唱えた。

神へ捧げる音楽のために奉仕し、病の苦痛によく耐え、自らの傷ついた身体を恨むことなく、むしろそのハンディによって子供らを活気づけた、勇気ある名もなき人に安らかな眠りを……

祈りの言葉が途切れたあとも、僕はしばらく目を閉じたままでいた。彼の死を悼む気持からではなく、次に自分がなさねばならないアクションを、少しでも先延ばしするためだった。

しかしいつまでも愚図愚図しているわけにはいかなかった。もうすぐ老人ホームの職員が、遺体を引き取りにやって来るはずだった。僕は白い布をめくり、左の目蓋を引っ張り開け、おじいさんの手つきを思い出しながら眼窩に人差し指をねじ込んだ。子供たちの前で何度も出したり入れたりしていたせいだろうか、それはあっさりと、たいした手応えもないまま掌の上に滑り落ちてきた。

近くで見ると古ぼけたビー玉のようだったが、表面に残るわずかな粘液の感触が、ついさっきまで間違いなくそれが肉体の一部であったという事実を物語っていた。僕は目蓋を元どおりにし、どこにも不自然な痕跡がないことを確かめてから、再び顔を白い布で覆った。そうして義眼をポケットにしまった。

もう一人の死者は、息子と一緒に文房具店を経営している、五十代半ばの未亡人だった。店で接客中、心臓の血管が詰まってそのまま息を引き取った。

老婆の話によれば、未亡人は文房具店のかたわら占いをやっていたらしい。宣伝もせずお金も取らず、半分趣味のようなものだったが、よく当たると評判で、遠方から希望者が集まって来ていたということだった。

「どういう占いなんです？　占星術とか、カードとか……」

僕は尋ねた。

「タイプライター占いさ」

いつもの口調で老婆は答えた。

「売り物のタイプライターをお客が試し打ちする、そのアルファベットから未来を占うというわけさ。ふん、馬鹿馬鹿しいお遊びに過ぎん」

そしていつものように、鼻を鳴らすのも忘れなかった。

僕が文房具店を訪れた時、他に客の姿はなく、息子らしい男が一人で店番をしていた。品揃えが豊富で整頓の行き届いた、きちんとした店だった。ノート、便箋、万年筆、定規、と見て歩き、タイプライターの売場まで来た時、ごく自然な感じを装って僕は言った。

「お母さま、残念でしたね」

「ええ、突然のことでしたので……」

静かに息子は答えた。

僕は飾ってある三台のタイプライターに視線を落とした。一台にだけ試し打ちできるよう紙がセットしてあり、誰かが残した意味不明のアルファベットが印字されていた。僕はキーの感触を確かめたり、レバーの滑り具合を調べたりする振りをしながら、チャンスをうかがった。

「最近発売された新製品です。どうぞご自由にお試しになって下さい」

親切にも息子はそう言って、レジの前で伝票の整理をはじめた。僕は用紙を抜き取り、素早くそれをジャケットの内ポケットに滑り込ませた。ただそれだけのことなのに、動悸がして背中を汗が伝っていった。

「時間がないので、今度ゆっくり見せてもらいます」

声が震えていないかと、僕はひやひやした。

「どうぞ、またいらして下さい」

なのに息子は何も気づいていない様子で、口元に笑みさえ浮かべながら僕を見送ってくれた。

元ビリヤード・ルームの作業場で、僕はそのタイプライター用紙を台帳に登録し、クリアファイルに密封して保存した。あらゆるアルファベット、数字、記号が印字してあった。一つとして意味のある単語はなく、アンバランスで、好き放題で、どこか人を不安な気持にさせる紙切れだった。

ここに、彼女の死は予言されていたのだろうか。僕は会ったこともない文房具店の女主人のことを考えた。彼女が占うはずだった未来を代わりに読み取ろうとするかのように、しばらく形見を指でなぞっていた。

収蔵品の文書化作業がスタートしてから、夜、夕食のあと庭師の家に立ち寄り、一時間かそこら一緒にウイスキーを飲んで過ごすことが多くなった。いつ邪魔しても、庭師夫婦は僕を歓迎してくれた。

表向きは、少女の看病について家政婦さんと連絡を取る必要があったからだが、本当の理由は、形見の文書化が老婆にとってと同じくらい、僕にとっても疲れる仕事だったからだ。老婆と二人、形見を間に挟んで向かい合い、それが抱える物語を彼女の言葉を借りつつ書き写してゆくというのは、頭で考える以上に繊細で緊迫した作業だった。一日分の予定が終わると神経が妙な具合に強ばってしまい、誰か気心の知れた人と酒でも飲まなければ、熟睡できない気分になった。

たいてい庭師と僕が飲んでいる隣で、家政婦さんはソファーに腰掛け、縫い物をしていた。時折、彼女は針を置いて台所に立ち、ハムを切ったり、氷を割って運んだりした。

「どうも、すみません」

僕が恐縮して言うと、家政婦さんはこんなこと何でもないわという様子で、遠慮せずお代わりをするよう勧めてくれた。

他愛ないお喋りと、琥珀色の飲み物と、糸が布の間を擦り抜けてゆく気配は、僕を安らかな気持にした。針を操る家政婦さんの手は、死んだ母を思い出させた。遠い昔、仕事に精を出す母親の隣で、同じような衣擦れの音を聞きながら、静かな夜を過ごした記憶がよみがえってきた。今自分は、あの時とそっくり同じ時間をなぞっているのではないかという、幸福な錯覚に陥るのだった。

家政婦さんが老婆の世話で遅くまで屋敷に残っている時は、庭師と僕は離れの西側にある納屋へ場所を移した。そこは彼のホビールームになっていて、ハンマー、鉄敷、研磨機から炉まで、ジャックナイフを作るためのあらゆる道具が揃っていた。

「すごいですね」

僕が誉めると、庭師は得意げにナイフが出来上がるまでの工程を説明した。いかにそれが崇高な芸術性を帯びているかについて、強調した。

「ナイフなんて単なる道具の一つじゃないか、と思ってしまったらそれでお仕舞いだ。話は先へ進まない。博物館だってそうだろ。ただの陳列倉庫だと思っている人間は大勢いる。ついこの前まで、俺もそうだった。でも、技師さんにとってみれば、それは複雑で果てのないものなんだ。博物館には博物館の、ちゃんとした世界がある。なのにたいていの人間は、その入口あたりをうろうろするだけで満足してしまう。本当に世界の奥深くへ足を踏み入れることができるのは、ほんの一握りなのさ」

僕はうなずいた。作業机は道具類であふれ、濡れたグラスの外側には鉄粉や木屑や埃がまとわりついていた。庭師は汗で汚れたシャツの腕をまくり上げ、氷を鳴らして三杯めを飲み干した。

「ジャックナイフについても同じことが言える。人間が十本の指をもってしても成し得ないことを、ナイフはやってのけるんだ。一ワットの電力さえ使わずに、一瞬のうちに、すぱっ、とな。しかも、美しく冷ややかな光を放ちながら……。これほどまでに完成された切断面が、この世にあるだろうか。そう、思わないかい？」

庭師は机に転がっていた作りかけのジャックナイフを取り、刃を水平に向け、手首をしならせながらチーズの塊を削り取った。そしてナイフを僕の口元へ近付け、刃の上に載ったチーズを勧めた。唇を切らないよう、僕はそっとそれを口に含んだ。よく冷えた、匂いのきついチーズだった。

納屋は粗末な木造で、風が吹くたびどこかがミシミシと軋んだ。窓はガラスにひびが入り、床板はところどころ腐敗して穴があき、天井から吊された白熱電球には虫の死骸が張りついていた。ただ一つ、壁一面に飾られたジャックナイフの数々だけが、彼の説く完成された美しさを証明して見せていた。

「これを全部あなたが？」

僕は立ち上がり、壁の作品に近寄った。庭師は、まあね、というふうにうなずいた。

「もっとも、この一角にあるのは、親父と爺さんと曾爺さんがこしらえたもんだ」

そこだけは特別、木の枠で囲ってあった。古いものとは思えないくらい、よく研ぎ込まれていた。

「我が家の血に流れる、遺伝病みたいなもんだな」

「あなたにいただいたナイフ、大事にしています。時々、錆防止用の布で磨いているし、形見収集の際には、必ず持って行くようにしてるんです」

「そりゃあ、ありがたい。自分の作ったナイフが、どこかで何かの役に立っていると思うだけで、気分が休まるよ」

少し酔ったのか、庭師は頭の後ろで両手を組み、気持よさそうに半分目を閉じた。

作品は皆刃を開き、規則正しく壁に打ち付けられたフックに掛かっていた。柄はそれぞれ、人工石やメッキや彫刻で彩られていたが、あくまでも主役は刃の部分で、その計算され尽くした曲線をより引立てるようデザインされていた。納屋の冴えない明かりでさえ、刃に映し出されると、途端に意味深い光に変化した。どれも思わず手に取り、何かを切断してみたくてたまらない気持にさせるナイフばかりだった。

「作り方はお父さんに？」

「ああ。いずれにしても、ものを作るっていうのは、人間に与えられた中で最も尊い営みだ。神様が花や星をお作りになったのを真似して、人間もナイフや博物館を作るのさ」

「さあ、どうでしょう。僕は神様のことなんて、考えたこともなかったですよ」

「技師さんが生まれて初めて作った博物館は、どんなのだった？」

「えっと……、そうだ、十歳の頃。持ち運びできる博物館を作った。それが最初です」

しばらく考えてから、僕は答えた。庭師は「ふーん」と言いながら、椅子の背にもっと深くもたれ掛かった。

「母さんがボタン入れに使っていた、小さな引き出しがたくさんついた五十センチ四方の箱に、いろいろな種類の物質を収集して分類、保管していました。「植物（種）」、「植物

(実)」、「鉱物」、「金属」、「昆虫」……なんてラベルに書いて、引き出しに貼って、例えば植物の実だったら、麦やサンザシやブルーベリー、鉱物だったら、石英や雲母や長石をしまっておくんです。身の回りにある、珍しくも何ともない物質ばかりですけれどね。でもちゃんと引き出しの底には脱脂綿を敷くんです。そうしておくと、どことなく貴重なコレクションに見えるから。目新しい物質を見つけて、どの引き出しに入れたらいいか分からない時は、兄さんに聞くんです。暇があると引き出しを開けたり閉めたり、中身を出して日光消毒したり、飽きずにやっていました。どこへ行くにもそれを提げて、友だちに見せびらかしたものです。たいがいの子は、そんながらくたを集めて何がおもしろいのか、理解できない様子でした。でも僕はお構いなしです。まるで世界の成り立ちの摂理をすっかり解き明かしたかのように、ノアの方舟を手にしているかのように、自信満々だったのです。そう、あれが確かに、僕にとっての初めての博物館でした……」

いつの間にか庭師は寝息を立てていた。いかにも気持よさそうな寝息だった。

僕は椅子からずり落ちそうになった上半身を支え、彼を立ち上がらせた。

「風邪を引きますよ」

声を掛けると薄目を開け、

「すまないね」

と言って、肩にもたれ掛かってきた。僕は苦心して庭師を寝室のベッドまで運んだ。まだ家政婦さんは屋敷から戻ってきていないようだった。

「俺が死んだら……」

寝返りを打ちながら庭師はつぶやいた。よく聞き取れなくて、僕はひざまずき、口元に耳を近付けた。

「俺が死んだら、ジャックナイフを博物館に収めてくれよな」

寝言だと思ったけれど、僕はちゃんと返事をした。

「ええ、分かっていますよ。もちろん、そうします」

その日の文書化作業には、三階の北側にあるギャラリー・ルームが選ばれた。もともと渡り廊下だったのを、いつの時代にか客に美術品を見せるためのギャラリーに改装したもので、長さが三十メートルもある細長い部屋だった。漆喰の天井には十二の星座を表わす模様が彫刻され、壁の羽目板は大理石風のペンキで装飾されていたが、ここも例外にもれず、華やかな時代の名残はどこにも見当らなかった。わずかに残る数点の絵画と彫刻も、手入れが行き届かないために変色しているか、ひびが入っているかしていた。

部屋の中ほどには、いつものテーブルと椅子がすでに用意してあった。老婆が奥側に、僕が手前に腰掛けた。床から天井まで届く張り出し窓が三つもあるのに、差し込んでくる光はぼんやりとして頼りなかった。老婆は足にまとわりつくスカートを、忌々しげに引っ張ったり手繰り上げたりしていた。毛糸の帽子が斜めにずれているせいで、左側の耳のひきつれが覗いて見えていた。とにかく僕は、彼女の態勢が整うのを黙って待った。

僕は最初の形見をテーブルの上に載せた。

「登録番号　E－416」

そして書き取り用のノートを開き、鉛筆を握っていつでもスタートできるよう神経を集中させた。

それは木製の箱に入った三十六色の油絵の具だった。把手のところに、少女の筆跡で登録番号を記した札が巻き付けてあった。

それぞれの仕切りに全色きちんと収まっていたが、どのチューブも最後の最後まで絞り出され、わずかでも残っていそうな色は一つとしてなかった。徹底的に折り畳まれ、押し潰されたチューブたちは、それ自体が一個一個死の形を体現しているかのようだった。

老婆が最初の一言を発するまで、しばらく時間が掛かった。白いノートに視線を落としながら、その瞬間が訪れるのを待つのが、僕の喜びだった。この時ほど素直に、老婆が僕を必要とする気持を表に出すことはなかったからだ。彼女は僕のよく働く指と、よく聞き分けられる耳を必要とした。老婆、形見、僕、その三つが、親愛に満ちた空気でつながり合う瞬間だった。

老婆は瞬きもせず、ただひたすら形見を見つめ続けた。この時の表情を目のあたりにすれば、日頃彼女が振り撒く悪態など、かわいいお遊びみたいなものだということが分かる。本当に真剣になれば、彼女は荘厳でさえあるのだ。

どういうやり方で老婆が形見とコンタクトを取るのか、外から見ているだけでは分からない。老婆の方が何か働きかけをしているのか、それとも反対に、形見が発する信号をただ解読しようとしているだけなのか。しかしいずれにしても、両者が侵しがたい交流を持っているのは間違いない。僕はそれを、ちゃんと感じ取ることができた。

怖いくらいに部屋は静かで、どんな物音も届いてこなかった。天井の星座、毛羽立った絨毯、ブロンズのビーナス、煤だらけのランプ、そこにあるものが皆、僕たちの邪魔にならないよう息を殺していた。

老婆が形見から視線を外し、痰の絡まった咳払いをして、カチカチと入歯を鳴らした。それが、スタートの合図だ。僕は鉛筆を持つ手に力を込めた。

女は六十九歳。売れない画家で独身。詐欺による前科一犯。死因は衰弱死、あるいは毒物による中毒死、いずれかは判定不能。

女は美術系の学校を卒業したあと、高校の非常勤講師をしながら絵を描いていたが、結局死ぬまで、世間から満足のいく評価を与えられることはなかった。三十代の半ば、一度だけ小さなコンクールに入賞したものの、画商、評論家、マスコミ、誰もその事実を心に留めはしなかった。

女の作品も、そして彼女自身も、人々にとっては車窓を流れる風景のようなものであったと思われる。アトリエに残されたおびただしい数の油絵を見れば、素人でも容易に想像がつく。それらはどれも丁寧で、こぢんまりとし、バランスが取れているが、観る者に毒気も驚愕も与えない。ただそこにある、という事実以外、何の意味も含んでいない。もし風が吹いてどこかへ飛ばされていったとしても、慌てて追い掛ける人間などいないだろう。「ああ……」とつぶやいて振り向いた時には、それがどんな絵だったかもう誰も思い出せないはずだ。そういう類いの絵なのである。

コンクール入賞は女の人生をステップアップさせるためのジャンプ台になるどころか、反対に転落への入口となった。高校で美術部の男子生徒と肉体関係を持ち、免職になったのは、ちょうどこの頃であった。以来、一度も定職に就かず、貧しい生活が続くこととなる。さらに慢性関節リウマチを発症し、不摂生と適切な治療を怠ったのが原因で、年々関節の変形が進み、死ぬ前十年ほどは、包帯で右手に絵筆をくりつけ、創作していたようであった。

しかしそうした困難にもかかわらず、影の薄い、自己主張のない女の作風に、最後まで変化はなかった。頑なな控えめ、とでも表現したらよいのだろうか。

そんな彼女が生涯に一度だけ起こした反乱、それは贋作による詐欺事件であった。自分で描いたデッサンと油絵を、今世紀初頭、パリに渡って活躍したある画家の習作と偽り、美術館に売ろうとしたのである。一時、貴重な発見として新聞に取り上げられたりもしたが、やがて贋作の疑いを持つ者が現われ、購入した美術館、鑑定家、遺族を巻き込んでちょっとした騒動となった。

一番の問題は、いくら習作とはいっても、あまりに技術がお粗末な点であった。ところが皮肉なことに、未熟だからこそ余計に真実味が増してしまった。本物を主張する人々は、詐欺を働くなら、もう少しまともな贋作を持ち込むはずだ、と考えたのである。

絵の具の化学分析が行なわれた結果、彼女が習作と主張する作品はすべて偽物であるという断定がなされた。絵の具の成分に、時代と矛盾する新しい化学物質が含まれていたのだ。

懲役刑が下り、以後、画壇からは完全に追放される。

形見収集のため、かつて赴いたあらゆる場所のなかでも、あのアトリエほど強烈な印象を放っていたところは他にない。ただ言葉で説明するならば、廃屋寸前の小屋、ということになるのだろうが、そこにはもっと手強い不気味さが満ち満ちていた。戸口で後退りし、ため息をつき、思わず神に祈りたくなるような種類の不気味さなのだ。

とにかくアトリエには、絵とそれを描くための道具以外一切見当たらなかった。そんなことは当たり前じゃないかと言われるかもしれないが、コーヒーカップ、目薬、請求書、写真立て、煙草、クッキーの食べこぼし、口紅……何もない。心を慰めたり、日常を思い起こさせたり、緊張をほぐしたりするものが、何もないのだ。

威圧的で、冷酷で、薄ら寒い風景だった。イーゼルやスケッチブックやカンバスが床を覆い尽くし、毛先の固まった絵筆が何十本と転がり、壁と天井には一面絵の具が飛び散っていた。完成作品なのかまだ途中なのか、あらゆるサイズの油絵が棚に押し込まれ、さらにそこから崩れ落ちていたるところで重なり合っていた。

一歩足を踏み入れると、吐き気を催す嫌な臭いがした。一ヵ月近く放置されていたという死体のせいかもしれないし、あるいは女が生きていた頃からずっとあった臭いかもしれない。どちらにしても、同じことだ。

ある日、女は脳疾患の発作を起こし、アトリエで倒れる。しかし麻痺した身体で助けを呼ぶことができず、がらくたの山に埋もれたまま飲み水も食料もなく、徐々に衰弱してゆく。

唯一女が口にしたのは、絵の具であった。わずかに動く指先に触れたチューブを歯でこじ開け、絵の具をなめて一日、一日やり過ごしたのである。

異臭とハエの発生に閉口した隣人が警察に連絡し、死体を発見した時、女は半ば白骨化していた。わずかに残った口元の皮膚には、絵の具の塊がこびり付いていたという。結局、餓死なのか、それとも絵の具に含まれる有害物質による中毒死なのか、断定は下されなかった。

女が死んでいた場所はすぐに分かった。そこだけ人の形に床が腐っていたからだ。幸いなことに、絵の具はまだその回りに散らばっていた。警察にも身元引受人の遠い親戚にも、持ち去られてはいなかった。

私は絵の具を拾い集め、色の名前を確認し、一個一個木箱の仕切りの中へしまっていった。チューブには女の歯形が残っている。唾液の臭いもする。一ミリグラムでも中身を絞り出そうとした執念が、刻み付けられている。形見の救出を神が祝福するように、三十六色、一つも欠けることなくすべての絵の具が揃った。

以上が、登録番号　E―416の記録である。


老婆は口をつぐんだ。もうこれ以上、新しい言葉が発せられないのを確かめてから、僕は鉛筆を置いた。

ノートはびっしり文字で埋まっていた。間違いなく自分の字であるはずなのに、僕はそのページを、自分でない何者かが成したもののように眺めた。張り出し窓に映る光の具合から、思わず長い時間が過ぎてしまったことが分かった。老婆はスカートのポケットからぼろ切れを取り出し、それで口元を覆い、たまった痰をまとめて吐き出した。

「何か冷たいものでも持ってきてもらいましょうか」

僕は声を掛ける。

「余計なことはせんでいい」

文書化作業中とは明らかに違う普段の口調で、老婆は僕の気遣いを拒絶する。

三十六色絵の具は相変わらずテーブルの上でじっとしていた。けれど、さっきまで老婆との間に存在していた交流は、すでに途絶えていた。絵の具は絵の具、老婆は老婆、それそれのやり方で疲労を癒していた。

「さあ、次」

彼女の声がギャラリー・ルームの向こうの隅まで、一直線に響いた。僕は絵の具たちを動揺させないよう、そっと木箱の蓋を閉じ、番号札の皺をのばしてから、袋の中にしまった。

8

七月に入って間もなく、少女が退院した。老婆はお祝いの食事会を催した。

家政婦さんから聞いたのだが、この屋敷でそういう類いのものが最後に開かれたのは、少女がここへもらわれてくるずっと前の話で、老婆の母親の五十回忌に親戚が集まった会であったらしい。もっとも食事会と言っても、招待されたのは僕と庭師夫婦の三人だけだし、そのうえ晩餐会用の大食堂をそれらしい雰囲気に整え、どうにかこうにか使えるようにしたのも僕たち自身だった。家政婦さんは部屋中に積もった埃を拭き取り、銀食器のセットを磨き上げ、僕と庭師は協力してシャンデリアの故障を直した。

皆いつもよりお洒落をして大食堂に集まった。庭師は慣れないネクタイを締め、家政婦さんは胸に造花の飾りをつけていた。老婆でさえ、毛糸の帽子の代わりに絹のスカーフで頭を覆っていた。

ただ主役の少女だけは、少々変わった恰好だった。白い麻のワンピースを裏表反対に着ていたのだ。

しかし僕は驚かなかった。奇妙なこと、突拍子もないことが起こる時は、必ず老婆の暦が犯人だと、経験上学んでいたからだ。

「大怪我、大病の癒えた者は、次の満月まで衣服を裏返しに着ていなければならない」

案の定、老婆は暦の一節を高らかに暗唱した。

「油断すると悪魔にあの世へ連れ去られる。服を逆さまにすることで、自分はこの世とは反対の人間、あちら側の人間だと示し、悪魔を欺くのじゃ」

庭師夫婦はいかにも感心したというようにうなずき、少女はねじれて留めにくいボタンが外れていないか、何度も確かめていた。

料理は村のレストランから出張してきたコックとウエイターにより、本格的なフルコースが用意された。洗練はされていないが、堅実で好感の持てる料理だった。

「退院おめでとう」

僕たちは乾杯した。老婆は横柄にうなずき、少女は恥ずかしそうに小さな声で「ありがとう」と言った。

少女の左頬には星形の傷が残っていた。身体の傷はすべて目立たない程度に治ったのに、ただ一つ頬のガラス片だけがあまりにも深く突き刺さっていたため、取りきれず埋まったままなのだった。

定規を当てて下書きしたかのように、五つの頂点が等分の角度でつながり合った、完全な形の星だった。それはまるで、白く柔らかい頬に刻み付けられた天の啓示だった。少女を愛するものなら誰でも傷跡を愛撫し、そこに隠された意味合いを、感じ取ろうとしないではいられないはずだ。皆その気持を、掌の中でじっと温めていた。

少女は心持ち痩せていたが、旺盛な食欲を見せ、朗らかに振る舞った。病院で出会ったユニークな患者や医者について、身振りをまじえつつ喋り、僕と庭師夫婦、誰かが退屈していないかと気を配った。と同時に、老婆がスープをこぼすとナプキンで拭いてやり、メインディッシュの肉料理が運ばれてくると、彼女の口に合わせて小さく切り刻んでやったりした。

老婆はほとんど喋らなかった。新しい料理が目の前にサービスされると、毒でも盛られているのではと疑うような目付きでじっと眺め、それでもまだ安心できないという様子であちこちフォークでつつきまわし、もうほとんど冷めかけた時分になってようやく、ほんの少しだけ口に入れるのだった。その一口一口を、据わりの悪い入歯で苦心しながら飲み込んだ。

家政婦さんは時折声を上げて笑い、庭師と僕はワインを何杯もお代わりした。ウエイターは柱の陰に控え、絶妙のタイミングでテーブルに近付いてきては、皿を取り替えたり水を注ぎ足したりした。夜は更け、窓には何も映っていなかった。ずっと遠くまで目を凝らしても、林の輪郭さえ、花の一輪さえ見えなかった。

その時、村に来て初めて、自分がどれくらい長い旅をしてここまでやって来たのか、気付いたように思った。以前、いくつかの博物館を建設し、収蔵庫で史料と格闘し、展示効果について議論を重ねていた頃には、考えもしなかった遠い場所に、今、自分は居るのだった。

屋敷は広大で、静寂に満たされ、あまりにも濃い闇に取り囲まれていた。僕たちは皆、群れから外れ、空の縁に追いやられた星屑のように肩を寄せ合っていた。闇の向こうがどうなっているのか、僕には予想もできなかったが、だからといって不安に陥ったりはしなかった。僕たちは形見に対して等しい情熱を分かち合っていたし、そのことで揺るぎない結びつきを築き上げてもいたからだ。形見を追い求め、慈しんでいるかぎり、一人縁から滑り落ち、闇に飲み込まれてしまうようなことなどないと、分かっていた。

ウエイターがテーブルのパン屑を取り去り、デザートの皿を配り終えた時、不意にシャンデリアが点滅しはじめた。デザートスプーンを手に持ったまま、皆が一斉に天井を見上げると、シャンデリアは一度パチンと火花を散らして消えた。

「やっぱり駄目だったか……」

庭師がつぶやいた。家政婦さんは食器戸棚から燭台と蠟燭を探し出し、テーブルの真ん中に置いて火を灯した。

蠟燭の炎は弱々しく、ちらちらと揺らめいていた。暗がりが広がった分だけ、五人の距離が縮まったような気がした。五つの影が白いテーブルクロスの上で、触れ合ったり重なり合ったりしていた。

デザートは果物のシロップ煮だった。どろりとした甘そうなシロップの底に、桃や無花果や葡萄や枇杷が沈んでいた。皆それをゆっくりとスプーンでかき回していた。

たとえ洋服が裏返しでも、少女の愛らしさは少しも損なわれてなどいなかった。初めて出会った頃から変わらず、彼女の手足はしなやかで、瞳は澄んだ光を放ち、耳はまだ十分に壁の穴をすり抜けられる未成熟さを保っていた。蠟燭の明かりのもとで頰の星形は、ますます深い影を落としていた。

「我々は感謝せねばならない」

老婆がグラスを持ち、震えるシャンパンの泡を見つめながら言った。

「爆弾事件を恨んではならん。我々の身の上に起ることで、何一つ無駄なものはない。世界のすべてには理由があり、意味があり、そして価値があるのじゃ。形見の一つ一つがそうであるようにな」

老婆は精一杯高く、グラスを掲げた。僕たちはもう一度、乾杯した。


少女が退院してからまず一番にやったのは、もちろん兄さんにプレゼントする卵細工を一緒に買いに行くことだった。アーケードの入口にある例の土産物屋はすっかり修理され、ガラスも入口の回転扉も元通りになっていた。ただ商品の数はまだ少なく、ウインドーにはすき間が目立っていたが、少女は構わず店内を隅々まで見て歩き、全部の卵細工を手に取って吟味した。

僕はレジの脇の椅子に腰掛け、そんな彼女の様子を眺めていた。卵細工であれ、形見であれ、老婆であれ、彼女が何かを壊れないよう大事に扱う姿を見るのが、僕は好きだった。その華奢な指先は、実に慎重で忠実だった。僕自身あんなふうに誰かに抱き留めてもらえたら……という気持にさせるようなやり方で、卵細工を掌にすくい上げることができるのだった。

彼女が選んだのは猫脚形のスタンド付きで、全体が淡いクリーム色に彩色され、縁には飾り金具が埋め込まれている、精巧な品だった。真ん中の小さな突起をつまむとドアのように殻が開き、中から天使の人形が姿を現わす仕組みになっていた。天使は僕が持っている卵細工に透かし彫りされたのとお揃いで、背中の羽根を遠慮気味に開き、目をなかば伏せていた。

僕はそれを真綿で何重にもくるみ、箱の内側にはビロードの布を敷き、それでもまだ安心できずにすき間にスポンジを詰め込んだ。そしてグリーティングカードを一番上にのせ、箱を両手で抱えて郵便局まで運んだ。

いつしか季節は夏になっていた。風の肌ざわりが変化し、眩しい光がそこら中で弾け、野原は緑の匂いにむせていた。林を横切る小動物たちは皆夏毛に生え変わり、農夫たちは干し草作りに精を出していた。時折、弱い雨が降ったり、山の稜線が靄で霞んだりする日もあったが、空を覆う熱気を押しやることはできなかった。何物にも損なわれない、本物の夏が訪れたのだった。

　少女は僕が老婆から聞き取った記録を、清書する仕事に励んでいた。午前中、僕と老婆が屋敷のどこかに籠って文書化作業をしている間は自分の部屋で休養し、午後になると元ビリヤード・ルームへ降りてきた。

「無理をしなくていいんだよ」

　僕が心配すると、少女は平気な顔をして言った。

「博物館のために役立つことをしたいの。その方が、元気が出るの」

　そして、自分の入院中に新しく収集された義眼とタイプ用紙を手に取り、丹念に観察した。

　少女は形見の文書化を完成させるのに、最もふさわしい筆跡の持ち主だった。ただ単に、字がきれいだとか読みやすいというのではない。僕がノートに書き取った老婆の声の流れをつかみ、形見との間に通い合う空気を見事に再現するだけでなく、隠れたところに彼女なりの工夫を凝らしてより完全な記録を作り上げた。

　作業台に向かい、厩舎改築の図面を書き直したり、形見の補修をしたりしている僕の隣で、少女は清書をする。元ビリヤード台だったテーブルは広く、どんなに散らかっていても、二人が作業をするスペースは十分に残っている。

　彼女は壜にたっぷりブルーのインクを用意し、左手側に僕のノートを置き、ナンバーを振ったケント紙を一枚、自分の正面に広げる。ケント紙はタイプライター占いの女主人が経営していた文房具店で、形見の正式文書専用として、最上質の品を買い揃えたものだった。少女はまず書き写すべきページに目を通し、形見全体の雰囲気を思い描くようにしばらく一点を見つめたあと、ペンにインクを含ませる。

一つの記録に取り掛かれば、紙を取り替えるのとペン先をインク壜につける以外、途切れることのないリズムで最後まで手は動いてゆく。僕は自分の手元に集中しながらも、視界の片隅に映る彼女の姿を無視できないでいる。

「これで、いいかしら」

彼女は僕の仕事の邪魔にならないよう、仕上がった用紙を遠慮気味に差し出す。

「うん、とてもよくできてる」

僕が誉めると、ほっとしたように微笑み、まだ乾ききっていないインクに風を送るため、紙に息を吹き掛ける。

その息の気配を感じるたび、僕は形見が一つ一つ、間違いなく博物館に保護されてゆくのを実感することができた。形見が存在し、老婆が語り、僕がそれを聞き取り、少女が清書する――それで一続きだった。どこか一ヵ所が欠けても、サークルは完成しなかった。少女が書き付けたブルーの文字のつながりは、僕たちに課せられた仕事のワン・クールが、無事に終了したことを証明していた。

　やはり少女にとっても、清書は本人が思う以上の疲労をもたらした。だから僕は彼女がくたびれていないか、常に気を配っていた。その日、早めに仕事を切り上げて散歩に誘ったのも、新しい季節の空気を吸い込んで、体力を回復させなければと感じたからだった。

　雲は山並みのずっと向こうを緩やかに流れ、太陽はまだ空の中ほどで輝いていた。僕たちは屋敷を囲む林を抜け、野原の一本道を北へ北へと歩いた。あちらこちらにワスレナグサが群れて茂り、その合間に、名前の分からない白や黄や紫の小花たちが、絵の具を散らしたように咲いていた。

　光に照らされた木々の影は濃く、風が吹き抜けてもその影だけは、地面にしみ込んだままそよぎもしなかった。小道は丘を登り、茂みに入り、小川を横切ってさらに北へとのびていった。どこまでも小鳥のさえずりがついてきた。夏がこんなにも美しい季節だったことを、僕は生まれて初めて知らされたような気分だった。

「疲れないかい？」

　僕は何度も尋ねたが、彼女はそのたび、

「心配いらないわ」

　と答えた。

あいにく月が満ちるまでもう少し間があったので、少女の洋服はブラウスもスカートも全部裏返しだった。

「残念だわ。ここのところに、とってもかわいいウサギの刺繡がしてあるのに。これじゃあ、台無しだもの」

そう言って彼女はブラウスの左胸を指差した。そこには刺繡糸の切れ端が何本ももつれ合っていた。

僕たちは木陰に腰を下ろし、しばらく休憩した。蔦の絡まった古い檜の木がそびえ、その根元に柔らかい草がびっしりと茂っていた。時折、鳥の羽撃きが聞こえ、すぐにまた遠ざかっていった。二人の足元を木漏れ日が照らしていた。

「ふと、不思議に思うことがあるの」

少女は言った。

「今までたくさんの形見を手に入れてきたけれど、一度もトラブルになったことがないのよ」

「どういう意味？」

僕は尋ねた。

「つまり私たちは、それらを盗んだわけでしょ？　なのに盗難届けが出されたこともなければ、警察が調べに来たこともない。遺族は誰も、気づいてさえいないのよ。大事な何かが、姿を消しているっていうのに」

　少女は背伸びをし、草の上に寝転がった。一段と濃い土の匂いが立ち上った。小さな昆虫たちが一斉に飛び跳ね、草陰に潜り込もうとしてもがいていた。

「人が死んだ直後は、多かれ少なかれ皆気が動転して、細かいところにまで神経が行き届かないものだよ」

「まあね」

「僕たちが求める形見はどれも、金銭的な価値があるわけじゃない。あれっ、と変に思ったとしても、それ以上深くは追及しないよ。どさくさに紛れてどこかへ行っちゃったんだろう、そのうち出てくるさ……っていう程度の話で終わるのさ」

　それでもまだ納得しきれないという様子で少女は、

「そういうものなのかしら」

　とつぶやいた。

　羽根を持った生き物のように、木漏れ日は絶えず揺らめいていた。彼女は両手を頭の下に滑り込ませ、目を閉じた。

「きっと、皆納得してしまうのね」

少女は続けた。

「私たちの選択があまりにも的確だから。たった一つしかない中心点を、見事に射抜いているから。だから誰も文句が言えないの」

「形見の選択のこと？」

僕は少女の顔を覗き込みながら言った。

「そうよ。もし、誰かが死ぬとするでしょ。長く患ったのちの病死でも、急な事故でも構わないんだけど、とにかく死ぬの。すると、例えばその人の子供同然だった猫が行方不明になるとか、可愛がっていたインコが餌を食べなくなって餓死するとか、ちょっと不思議な出来事が起こることがあるわ。そういう場合、残された人々は、一緒に天国へついて行ったんだな、と思うことで自分を納得させるはずよ。たぶん、私たちが形見を奪ったあとの空洞を目にした人も、同じように考えるんじゃないかしら。ああ、死者が持ち去ったんだ……とね」

「だとすると、僕たちの企みは成功していることになる」

「ええ、そう。でも本当は、天国になんて行かないのよね。その反対なの。永久にこの世界に留まるために、博物館へ保管されるんだもの」

「ああ、その通りだ」

僕は答えた。

少女は目を開け、まぶしげに瞬きをしてから身体を起こした。どこか遠くで鐘の音が響いていた。僕は腕をのばし、背中や髪についた草の切れ端を払いのけてやった。

それから僕たちはもう少し野道を先へ進んだ。次第に木立は深くなり、さっきまで枝の間からのぞいていた麦畑や、農家の納屋や、通り過ぎるトラクターの姿も見えなくなっていた。いつかの雷に打たれたのか、古木が一本根元から裂けて倒れ、道を塞いでいた。そこをまたいで顔を上げると、水の気配がし、視界が開けた。葦に囲まれた、深緑色の沼だった。

「こんなに遠くまで来たのは初めて」

少女は言った。

「君でも知らない場所がまだ残っているんだね」

僕は沼に滑り落ちないよう、足場を確かめた。

「本当のことを言うと、母に禁止されていたの。村は北へ行くほど奥が深くて、それにつれて空気の流れ方まで変わってくるから危ないって」

少女は木の枝から垂れている蔓を握った。

水の色が濃い分だけ、深そうな沼に見えた。手ですくうと、その深緑がどろりと指に絡みついてきそうな色合いだった。そこここの淀みには葦の茎を包むように水草が浮き、中央のあたりには睡蓮がまだ花をつけていた。花びらと水面のすき間を、いくつもトンボがすり抜けていった。羽根に黒い斑点のある、か細いトンボだった。

「よろしかったらどうぞ」

すぐ近くで声がし、僕と少女は不意をつかれて顔を見合わせた。言葉遣いの礼儀正しさには不釣り合いな、幼さの残る声だった。

「遠慮なさらなくてもいいんです。ちょうど修道院へ戻るところですから」

ブナの幹の向こうから、ようやく十五か十六になったばかりと思われる年頃の少年が姿を現わした。まだ真新しい、シロイワバイソンの毛皮を着ていた。

ボートはほとんど朽ちかけ、今にも底板の継目から浸水してきそうな代物だったが、オールを漕ぐ少年の手つきは確かで、舳先から広がる小波は力強く沼を横切っていった。オールが沈むと睡蓮が傾き、トンボが水面を切って逃げていった。

「突然、僕たちみたいな部外者がお邪魔して、失礼にならないだろうか」

少年の誘い方があまりに無防備だったため、ついボートに乗ってしまったものの、心配が拭いきれずに僕は尋ねた。

「大丈夫です。何の問題もありません」

少年は感じよく答えた。

「修道院の門はいつだって開かれているし、誰でも自由に出入りできるんです。雑貨商、薬屋、研ぎ師、旅人、獣医、レンガ職人、役人……いろいろな人が、いろいろな用事のためにやって来ます。彼らをこうしてボートで運ぶのが、僕の仕事なんです」

少年は痩せて背が低く、顎や首筋や肩先はまだ十分に成長していなかった。どう見てもシロイワバイソンの毛皮は大きすぎ、オールを握り直すたび、指先まで垂れてくる袖口をいちいち引っ張り上げなくてはいけないほどだった。ただ、二重まぶたで黒目がちの瞳は、物怖じせず真っすぐにこちらへ向けられ、引き締まった口元には利発さが感じられた。それに何といっても、僕が今までに目にした、あるいは形見として手に入れたのとは違う、まだ十分に動物の匂いを残した毛皮の真新しさが、彼の初々しさを象徴しているようだった。

「修道院へはこの沼を渡って行くしか他に道はないの？」

ボートの縁からじっと水面を見つめたまま少女は言った。

「迂回するとなると、一時間ばかり森のけもの道を歩かなくちゃなりません。沼を渡るのが一番の近道です。もっとも伝道師のなかには、修行のためにわざわざ森を歩く者もいますけれどね」

そしてもう一つ印象的だったのは、少年が彼女の服装と頰の傷について何のこだわりも見せなかったことだ。むやみにびくつくでも、冷静さを装うでもなく、そうした外見を昔からそこにあるものとして受け入れているのだった。

底板から水の冷たさが伝わってきた。沼はほとりから眺めるより大きかった。中ほどでいったん幅が狭まり、ゆっくりと左にカーブしてさらに楕円形に広がっていた。少年は流木や水草の群落をよけながら、慣れた手つきでボートを操った。オールの軋む音が心地よく響いた。

「一つ質問してもいいかしら」

少女が言った。

「沈黙の伝道師なのに、どうしてあなたは喋っているの？」

なんだ、そんなことか……というふうに、少年は親しみのこもった笑顔を見せた。

「まだ修行中だからですよ」

「じゃあいずれ、あなたも沈黙するの？」

「ええ。少しずつ。近いうちに」

と、少年は答えた。

修道院はボートを降り、険しい坂道を登った丘の頂上にあった。石造りの箱を無理矢理そこへ載せたような、頑丈だがバランスの悪い建物だった。覗き窓のある円柱の鐘楼だけが唯一のアクセントであり、同時に釣り合いを保つ支柱になっていた。

親切にも見習い伝道師の少年は、勤めを終えて戻ってくる先輩たちを、夕方迎えに行くまでは用がないからと言って、中を案内してくれた。門を入るとすぐ、かなり広い中庭に出た。枝を広げる数本の落葉樹と、自然のままに花をつけているアザミやヒナゲシの他には何の飾りもない庭だった。ただ中央にレンガで囲った泉水があり、そこで一人伝道師が足を洗っていた。

中庭の周囲は、天井がアーチ形にくり貫かれた回廊になっており、石の柱によって屈折した光が、さまざまな形の影を作り出していた。ところどころに置かれた長椅子には伝道師が腰掛け、ある者は読書をし、ある者は繕い仕事をし、ある者は瞑想していた。しかし何をしていようとも、そこを支配しているのはただ一つ、沈黙のみだった。

僕たちは三人、少年を真ん中にはさんで回廊を歩いた。少年は裸足で、ただ毛皮の裾が床を掃くわずかな気配を漂わせるだけだったが、少女と僕の靴底はことさらに大きな音を響かせた。自分たちが無礼な騒々しさをまち散らしているのではないかと、気が気ではなかった。

「ここは伝道師にとって、居間のようなところです。口をすすぎ、髭を剃り、思索を巡らせ、内的会話を交わす。彼らが最も愛する場所でもあります。つまりここは、四辺の美徳に守られた、天の陣営なのです」

しかし少年は声をひそめるでもなく、さっき沼にいた時と同じ調子で喋った。伝道師たちは僕らに気づくと、表情を変えずに会釈し、すぐにまた自分の世界へ戻っていった。

「修道院の中で言葉を発するのは、タブーじゃないの？」

僕は尋ねた。

「決してお喋りが禁じられているわけではありません。外部の人間や、僕みたいな見習いは当然話をします。伝道師が求めているのは言葉の禁止じゃなく、あくまでも沈黙です。沈黙は自分の外側にあるのではなく、内側に存在すべきものなんです」

少女は息を殺し、回廊の奥に目を凝らしていた。規則正しく並ぶ扉はどれも閉ざされ、手垢のついたノブが鈍く光っていた。泉水のそばの伝道師はまだ盥に足を浸し、十本の指を丹念に清めていた。水の滴る音と、蜂の羽音が混ざり合って聞こえた。

爆弾で死んだ伝道師の毛皮をはぎ取った時感じたのと同じ沈黙が、やはりあたりを覆っていた。僕は懐かしい気分にさえなった。けれどそれはもっと濃密で、柱の一本一本、小石の一個一個にまでしみ込み、掌で押せば手応えが伝わってきそうなほどだった。

思いのほか修道院は広かった。いくつもの部屋が連なり、菜園や薬草園、穀物庫、粉挽き所、さらには養魚場まであった。どこでも伝道師の姿を見かけた。労働に従事しているか、そうでなければ集会室の片隅で、倉庫の裏で、一人たたずんでいた。どんなささいな場所でも、彼らはすぐさま行に励むことができるのだった。

「伝道師の間ではどういうふうに意志を伝達し合っているの？　特別なサインでもあるのかしら」

少女は自分の声が石の壁に反響しないよう、注意を払いながら喋った。さっきまで陽の光を浴びて赤らんでいた頬は、いつの間にかひんやりとした影に沈んでいた。

「いいえ。決まったサインがあるわけじゃありません。ちょっとした目くばせとか、手の動きとか、彼らが使うのはその程度です。ここでの実務的な労働は単純なものばかりだし、長い間にわたって受け継がれてきた方法を繰り返すだけだから、情報を伝達させる必要なんてないんです。作物を育て、調理し、毛皮を繕い、寝床を整える。だいたいそれで全部です。修道院には討論も提案も調整も、存在しません」

少年はどんな質問にも丁寧に答えた。

「喋らなくても、別に誰も困らないのね」

「はい。そもそもここは、言葉なしですべてがうまく収まるような成り立ち方をしている場所なのです」

どの部屋も、外の雑音を防ぎ、中の沈黙を浄化させるかのように、天井が高く、窓が小さかった。聖堂では数人が祈りを捧げ、図書室では老いた伝道師が綻びた本の綴じ糸を直し、台所では青年伝道師が豆の莢をむいていた。

彼らは似通った風貌をし、見分けるのが難しかった。身体を印象づける要素が、全部毛皮の下に包み込まれているせいだった。その代わり、毛皮はどれも一つ一つ個性を持っていた。毛足の長さ、色の明度、汚れのつき方、裾のカーブの具合、どこかが違っていた。まるでそれ自体が皮膚と同化しているかのようだった。

裏庭のはずれ、岩がむき出しになった崖下に、苔のむした小屋があった。

「氷室です」

少年が指差して言った。

「冬、沼に張った氷をここの地下に保存しておきます」

「あの沼が凍るの？」

僕は尋ねた。

「はい。毎年じゃありませんけれど。三年か四年に一冬、といったところです」

中は食料貯蔵庫を兼ねており、ベーコンや虹鱒の薫製や卵が、作り付けの棚に並べられていた。一歩足を踏み入れると、思わず声が漏れるくらいに寒かった。床は地下の冷気を取り込むため格子状になっていて、歩きづらかった。

「ここが下とつながる出入口です。おもしろい物はないですけれど、降りてみますか？」

少年は麻で編んだ足拭きマットをめくった。確かに梯子が掛かっているのが見えた。

「ええ、ぜひ」

と、少女は答えた。

暗さに慣れるまでしばらく時間がかかった。やがて少しずつ、床に敷き詰められた氷の塊が姿を現わしてきた。どれくらいの日数そこに貯えられているのか分からないが、それらは同じ大きさの正立方体で、整然と冷気を放っていた。

「沼と同じ匂いがするわ」

寒いからか、それとも暗くて不安なのか、少女は僕に身体をすり寄せるようにして立っていた。

匂いばかりではない。氷はさっき僕たちが渡ってきたあの深緑と同じ色をしていた。不透明で、底知れない色だった。よく見ると、水草や枯れた小枝や落葉も一緒に凍っているのが分かった。何かの切れ端なのか、薄っぺらいものが一枚、古生代の化石のように閉じ込められていた。ちぎれたトンボの羽根だった。

ふと、壁際に置かれた小さな木製の踏み台が目に入った。長年使われているものらしく、黒ずんで木目はとうに消え、真ん中は足の重みで窪みができていた。

「あれは……」

僕は指差して言った。

「懺悔の踏み台です」

少年は答えた。

「ここは氷室であると同時に懺悔室でもあるのです。沈黙の掟を破った伝道師は、この台に膝をつき、頭を垂れ、氷に舌を押し当てます。過ちを犯した舌に罰を与え、誤って発せられた言葉を凍らせて封じるのです」

少年は毛皮の中から腕をのばし、氷の上に掌を載せた。

「ここのところ。少しへこんでいるでしょ。最近誰かが懺悔に訪れた証拠です。舌の熱で溶けたんです。へこんでいるだけじゃない。はがれた舌の皮まで残っていますよ。ほら……」

そう言うと少年は氷の表面を爪の先でカリカリと引っ掻いた。薄っぺらな舌の皮は粉々になって足元に舞い落ちた。

夕方の五時を知らせる鐘の音が流れてきた。僕と少女は同時に顔を上げ、天窓からのぞく鐘楼のてっぺんを見やった。間近で聞くとそれは思いのほか荒削りな音だった。残響はいつまでも消えずに、僕たちの頭上で渦巻いていた。

修道院を出て沼へ引き返す途中、丘の斜面の岩場でシロイワバイソンを見た。生きているシロイワバイソンだった。それらは適度な間隔をあけて五、六頭の群れをなし、一様に首を垂れて岩のすき間に生える草を食んでいた。

もともと毛皮は伝道師たちのものではなく、彼らの所有物なのだ、ということに、僕はその時初めて気づいたように思った。いつしか僕は毛皮を、生まれつき伝道師に覆いかぶさっている身体的目印か何かだと思い込んでいたらしい。だから形見の毛皮を手にした時の記憶は、服を脱がせたというよりも、皮をはいだ感触として残っていた。

しかし実際、シロイワバイソンの様子は、さっきまで修道院で目にしていた伝道師たちの姿と何ら変わりはなかった。彼らは皆一頭一頭、自分だけの殻に閉じこもり、人間の気配に警戒も関心も示さなかった。うなり声も上げず、仲間同士で角を突き合わせたり身体をこすり合わせたりもせず、涎を垂らしてもいなかった。ただ時折、巨体には不釣り合いな貧弱な尻尾を、クルリ、クルリ、と力なく回すだけだった。

そう、彼らはあまりにも大きかった。そして不恰好で、アンバランスだった。尻は骨が浮いてゴツゴツしているのに、腹は地面に触れそうなほど何重にも垂れ下り、背中にはいびつな形の瘤があった。頭部はいかつい三角形で、瘤の付け根にめり込んでいたが、伸びすぎた毛に覆われて表情は見えなかった。側面にはほとんど役に立ちそうもない小さな耳と、くの字に曲がった角がのぞいていた。

沼へ続く脇道へ入る前、僕はもう一度丘を振り返った。相変わらず彼らは草を食んでいた。岩場に爪を立てて踏ん張り、決して顔を上げようとはせず、瘤の重みに耐えきれないとでも言うように、じっとうな垂れていた。まるで神様の手元が狂ったせいで、図らずも誕生してしまった生物のようだった。

9

村へ来てからも時々、僕はかつて自分が手掛けた博物館のことを、あれこれとよく思い出した。閉館時間を過ぎ、その日最後の見学者が出ていったあと、保安係が鳴らす鍵束の音を聞きながら、しばしば当てもなく展示室をうろついたものだった。

展示ケースのスポット照明は消され、通路を照らすダウンライトも、ぽつぽつ灯っているだけだ。受付を手伝っているアルバイトの女子学生が、裏口から帰ってゆく。学芸員たちは事務所の中で、業務の後片付けに追われている。

「何かご用でも？」

保安係が声を掛けてくれる。

「いや、いいんだ。ちょっと気になる資料があってね」

と、僕はごまかして答える。

コレクションたちは僕が手当てし、分類し、レイアウトした通りの姿で並んでいる。ローマ時代の貨幣、中世ヨーロッパの聖遺物、中国古代王朝の霊廟に捧げられた器物。あるいは、ナウマン象の骨格、毒草の標本、生け贄となった少女のミイラ。どれも皆、僕が考え抜いた秩序を、従順に守っている。

僕は誰かが落としていった入場券の切れ端を拾い、不届き者が【展示品には手を触れないで下さい／Please Do Not Touch Exhibits】の札に落書などしていないか確かめる。特別企画展示のコーナーが他の展示物たちとうまくなじんでいるか、見渡してみる。もうほとんど暗記しているはずの解説パネルを、小さな声で朗読する。

一日の勤めを終え、展示物たちは昼間と違うたたずまいを見せる。人々の視線を浴び、強ばってしまった身体を休め、明日の開館まで、かつて自分が存在した遠い時間に思いをはせながら過ごす。そうしていると、展示物たちの思慮深さはいっそう密度が増してくる。

もちろん僕はよく知っている。どんなに広大な博物館であろうと、そこにあるのはほんのささやかな、世界の断片の寄せ集めに過ぎないのだということを。しかしだからと言って、その断片たちを配置した僕が、多少誇らしい気分になったとしても、誰がそれを非難できるだろう。混沌の中から彼らを救い出し、忘れられたはずの意味を取り戻したのは、間違いなく僕なのだ。閉館後のほんのひととき、世界の縮図を手に入れた錯覚に浸る権利くらい、僕にもあるはずだ。

「メインの電源は僕が切っておくよ」

保安係に言うと、彼は愛想よく鍵束を振り、

「どうもすみません。じゃあ、お先に」

と、何の未練も残さず展示室を出てゆく。

僕はもう一度、矢印が示す見学コースの最初に戻る。もう一周だけ世界を漂う許可を、自分に与える。

反対に、思い出したくない記憶もある。博物館に勤めていて一番辛いのは、コレクションが処分される時だ。

博物館にとってコレクションは生命であり、哲学であるというのに、どういういたずらな巡り合わせか、しばしばそのうちのいくつかは破棄されてゆく。

もしその博物館の愛用者が、処分の現場をのぞき見してしまったとしたら、恐らく彼は博物館への愛情を一遍に失うこととなるだろう。それくらいに残酷でいたわしいのだ。だから処分する資料を決定する時は、慎重な議論がなされ、選択の余地がないものだけが選

ばれるし、実際の破棄の現場は最重要秘密事項となっている。

しかし、そんなことがどれほどの慰めになるだろう。せっかく収集された断片が失われてゆくことに変わりはない。処分資料決定の会議では、僕はいつも不機嫌に黙っていた。自分がどこか場違いな所に押し込められているようで、落ち着かなかった。

修復不可能に陥った植物標本が、シュレッダーにかけられる。複製途中でひび割れた、アクロポリスの神殿の台座がハンマーで打ち砕かれる。ただ単にありふれているからという理由だけで、ミツバチの生態ジオラマが炎にくべられる。

それらは新薬開発の犠牲となった実験動物ほどにも、手厚く葬られはしない。祈りも花もない。新米の学芸員が機械的に一つ一つ処理してゆくそばで、もう一人の若手がバインダーに挟んだ書類に必要事項を記入してゆく。もっともそれだって、消えゆく資料の名残をとどめるためのものではなく、きちんと予定どおりの方法で処分が完結したかどうか、博物館規約にのっとってチェックしているに過ぎない。

僕は少し離れた場所にたたずみ、飛び散る欠けらや舞い上がる灰をどこまでも目で追い掛けながら、一人彼らに別れを告げる。彼らだって必ずや、どんなにさびれた辺境の地であろうとも、世界を構成する断片になれたはずなのに。

その日の文書化作業は予定より長引いた。僕の選択した形見の組み合わせが、少しヘビーすぎたようだった。

形見の中には、あっけなく平板な物語しか持っていないものもあれば、たどってもたどっても出口に行き着かない困難な物語を隠し持っているものもあった。そうしたバランスを予測して一日分の組み立てを考えるのが、僕の役目だった。

しかし老婆はそのことで僕を責めはしなかった。ただいつもより長く喋ったせいで、痰がなかなか吐き出せず、苦しげにゼロゼロと喉を鳴らしていた。僕は老婆に寄り添い、背中を撫でた。

考えてみれば彼女の身体に触れるのはそれが初めてだった。見た目より、触れている時の方がよりその小ささは強調されるようだった。洋服のすぐ下に背骨があり、僕の指先は一個一個の骨片をとらえることができた。毛糸の帽子からはみ出した耳の付け根は、頬と首から続く皺のうねりに飲み込まれ、余計複雑な襞を作り出していた。襞の中に、垢がたまっているのが見えた。ようやく老婆はハンカチの中に、大量の痰を吐き出した。

僕は経験から、文書化作業について、使われる部屋が広ければ広いほど、老婆にもたらされる疲労も大きいのではないかと気づきはじめていた。部屋が狭ければ、老婆と形見の間に通い合う信号も濃密になる。けれどスペースが広がると、老婆は信号が部屋の片隅に拡散しないよう、より集中して形見と向き合わなければならなくなる。

その日使われたのは舞踏室だった。吹き抜けになった天井は高く、殺風景なフロアーは百人が踊ってもまだ余裕がありそうなほどだった。ダンスシューズのヒールのせいだろうか、床は傷だらけでニスがはげていた。そこに小さな老婆と、古びた形見と、僕が居るだけだった。

でも作業の場所を決めるのは老婆だ。僕は口出しできない。そこにどんな法則と必然性があるのか、屋敷にあるすべての部屋を巡ってすでに二順めに入っているのか、それともまだ未使用の部屋が残っているのか、僕には分からない。

とにかく文書化は屋敷のあらゆるところで行なわれる。僕は形見とノートを抱え、老婆について屋敷中をさ迷い歩くしかない。

「今日は博物館の設計図やら予算案やらを見せてもらう約束になっていたはずじゃ。さあ、もたもたするでない」

老婆は僕の手をうっとうしそうに払いのけ、痰のついたハンカチを丸めてスカートのポケットに押し込めた。

「はい。申し訳ありません」

僕は慌てて用意してきた書類をテーブルに広げた。

「まずポイントとなる見直し課題ですが、見学者の動線計画を洗い直した結果、多少設計図に変更が生じました。エントランスホールとは別に、この東端にある納戸をつぶしてソファーを配置し、休憩スペースにしたいと思います。そうすれば見学通路にアクセントができて、いわゆる〝博物館疲れ〟を解消できるはずです」

「博物館に来て、どうして疲れなければならん？　重労働をするわけでもないのに」

老婆は床にまで届かない足をぶらぶらさせた。

「はい確かに、歩行距離だけみれば大した消費エネルギーじゃありません。ただ、博物館というのは、ある特殊な緊張感を強いる場所なのです。静寂の中での、展示物と見学者、一対一の対面ですから。それが形見となれば、なおさらです」

「ふん。次」

老婆はいつでも上手に鼻を鳴らすことができた。微妙な息の漏れ具合によって、自分の不機嫌さを自由自在に表現できるのだった。

「従って、改築の見積もりも、材料費、人件費とも増額となっています。数字はここに示した通りです。次に取り上げたいのは照明関係ですが、やはりいくら厩舎の窓が高いところにあっても、紫外線防除の加工をしたガラスに取り替えて、拡散光とした方が無難でしょう。さらに集中型スイッチ盤を取り付けて、入館者の状況に合わせ、こまめに照度調節できるようにしたいんです。できるだけ光による傷みを防ぎたいものですから。もちろんそうなると、費用もかさむわけですが……」

「そんなに光が悪いなら、ここも、ここも、ここも、電灯など取り払ってしまえばよい」

「それは無茶ですよ。暗すぎて歩けません。通路の照度は展示ケースの五十パーセント以下に落とすとしても、見学者がメモを取れる程度の明るさは必要です」

「メモを取るだって？　ふん。そんな見学者が来れば、の話じゃ」

今度の〝ふん〟は、自尊と自虐を含みつつ、鼻孔の奥から喉へと抜けていった。

「次に移らせていただいても、よろしいですか」

僕は書類を一枚めくった。

「詳しく検査したところ、問題は光よりむしろ湿度にあることが分かりました。排水設備に欠陥があって、じめじめしているんです。排水管は整備し直すとしても、建物全体を二十四時間空調するためにはかなり大規模な工事が必要となって、厩舎の特徴が生かせなくなります。むしろ僕は、展示ケースごとに個別に空調するのが適切だと考えます。湿度については、ケースの中に調湿剤を含ませた中性不織布を敷き、相対湿度をコントロールするようにすれば……」

説明しながら僕は、老婆が言う通り、メモを取る見学者など訪れるはずがないと思った。一体誰が、何のためにメモなど必要とするだろう。死亡年齢と形見の形態を列挙し、その間に潜む関連性を探るのだろうか。気に入った形見をスケッチし、家に帰って彩色するのだろうか。

いや、開館前から見学者の傾向を決め付けてしまってはいけないと、すぐに僕は思い直した。これまでだって、ほとんど誰からも見向きもされない、学芸員でさえおざなりな視線しか送らないコレクションの前で、一心に鉛筆を走らせている見学者を発見することが、少なからずあったはずだ。そしてその発見は、いつも僕を勇気づけてくれた。博物館が誰に対してどんな役割を果たしているのか、それはたぶん、僕の想像をはるかに超えているのだ。

「つまりお前が言いたいのは、もっともっと金がかかる、ということだな」

老婆は額のおできを押しつぶし、出てきた膿をスカートの脇になすりつけた。僕ははっきりした数字を示そうとして急いで書類をめくった。

けれど彼女は、口で文句を言うほどお金の問題にこだわっている様子ではなかった。その証拠に僕が予算案の数字を読み上げても、退屈そうに聞き流すだけで、老眼鏡を掛けようともしなかった。

確かに、いくら博物館に関わることと言っても、図面や数字になどたいした魅力はなかった。形見を見いだし、誰にも悟られないよう運び出し、博物館に登録してその存在を固定するという、ゾクゾクする作業に比べれば……。

「ところで、前から引っ掛かっていたんだが……」

老婆は僕の説明を途中でさえぎり、椅子の背に頭をもたせ掛け、煤だらけの天井を見上げて言った。

「形見の聞き取りはどれくらい片付いた？」

「えっと、五、六十、というところでしょうか」

僕は少女が清書したケント紙の枚数を、頭の中で大雑把に数えた。

「そんなものか……。もう少しいってると思ったんだが……」

「正確に数えてみましょうか。すぐに分かりますけど」

「いや、構わん。全部の形見を語り終わるには、まだまだ途方も無く時間がかかりそうじゃな」

珍しく老婆が弱気な言葉を吐いたので、僕は戸惑ってしまった。老婆が見上げている視線の先にあるのは、配電線の切れ端と、クモの巣だけだった。

「間に合わんかもしれん……」

「いいえ、ご心配には及びませんよ」

黙っていることができずに、僕は口を開いた。

「博物館の完成までに間に合わせようとする必要などありません。厩舎の改築が済めば、博物館はいつでもオープンできます。言ってみれば文書化は、コレクション充実のための業務です。語り終わる時は来ないのです。博物館が存在するかぎり、村人が死んでゆくかぎり、我々は文書化作業を続けてゆかなければならないんです」

老婆が間に合わない、と言った本当の意味は、もっと別のところにあると僕は知っていたが、気づかない振りをした。彼女は両手を胸に当て、口を半開きにし、荒い息を漏らした。唇は血の気がなく、ひび割れてカサカサに乾いていた。また、鼻を鳴らしたように思ったが、ただの聞き間違いだったかもしれない。

「昼食の用意ができているはずですよ。食堂までお供します」

僕が腕を取ると、老婆は素直に立ち上がり、身体を預けてきた。僕は彼女を抱き留め、図面も予算案も形見もそのままにして、一緒に舞踏室を後にした。


八月に入って晴天が続いていた。村には観光客の姿がちらほら見られるようになり、畑では小麦の刈り入れがはじまった。ムクドリは放牧された牛たちにまとわりつき、林のツグミはナナカマドの赤い実をついばんでいた。雲は時折空の縁に姿を見せるくらいで、決して太陽を覆うことはなく、夕方わずかな風が吹き抜ける頃になっても、暑さはなかなか去らなかった。

爆発事故のあと中央広場は元通りに修復され、あの時の痕跡はもうどこにも残っていなかった。噴水は一日中子供たちの遊び場となり、時計塔の陰では大道芸人が真新しいストリートオルガンを演奏していた。

社会保険事務所に勤める二十歳の女性が殺害され、散歩中の老夫婦によって死体が森林公園で発見された日の朝も、太陽は照り輝いていた。事件は村に少なからずざわめきをもたらした。五十年前、ホテルの一室で娼婦が殺されて以来の殺人事件であったし、また、当時と同じように、女性の乳首が切り取られていたからだった。

「殺された人の場合、何か特別な配慮がいるのでしょうか」

僕は老婆に尋ねた。

「いいや」

老婆は言下に否定した。

「我々は死因になど左右はされない。もちろん、どんな死に方をしたかが、その人物の存在に逆光として跳ね返ってくることはあるだろう。だから我々は形見の記録事項の一つに、死因の欄を設けておる。しかし、感電死だろうが圧死だろうが発狂死だろうが、ひるんではならん。死は死であり、他のなにものでもない。その死という事実のみに依って、形見を選ぶのだ。お前にはもう、それができるはずじゃ」

ええ、その通り。あなたならできるわ、とでも言いたげに、少女は僕を見てうなずいた。星形の傷がある方の頬を、こちらに向けていた。

僕たちはバルコニーでお茶を飲んでいた。柱から手すりにかけて絡まる蔦が日差しを和らげ、ちょうどテーブルを陰にしてくれていた。厩舎では庭師が指揮を取って改築工事が進んでいるはずだったが、その気配もここまでは届いてこなかった。

「いったい、何を取ってくれば……」

僕はぬるくなった紅茶を口に含んだ。形見の手触りにはもう十分慣れたけれど、正直に言って、それを死者のもとから運び出すことには、いつまでたっても慣れそうになかった。毎回僕は躊躇し、息を飲み、手を震わせる。死者を悼む気持さえ忘れたまま、立ちすくんでしまう。

「よいか。はじめから形見が決まっているとは限らん。そこへ足を踏み入れて初めて、自分が何を求めていたのか分かる場合だってある。例えば、五十年前の娼婦の時がそうだった。彼女が骨になって出てくるまで、私には何を形見とすべきか、見当もつかんかった」

老婆はクッキーを食べながら喋った。唇の両端から粉がこぼれ、ティーカップの中に落ちた。

「まあ、焦る必要はない」

少女がナプキンで口元を払ってやった。

「くだらん野次馬どもが騒ぎ立てているようだから、しばらく落ち着くのを待つのが得策じゃ。それからでも十分間に合う。形見はどこにも逃げはせん」

「私も一緒に行くわ」

ナプキンを握ったまま、少女が言った。

「いや。今回は僕一人の方がいい」

「うん、それがよかろう」

老婆は二枚めのクッキーに手をのばした。

「心配などせんでよい。これまでだって一度として、形見の獲得に失敗したことはないのじゃ。今度だってうまくいく。うまくいくに決まっておる」

殺された女のアパートは植物園の裏手にある、細い通りに面していた。犯人はまだ捕まっていなかったが、警察の捜索は一段落し、野次馬も去ってあたりは静けさを取り戻していた。葬儀はすでに実家でとり行なわれ、アパートの部屋は月末までに両親が荷物を運び出す約束になっているらしかった。

僕は通りに面した柵を乗り越え、ベランダへ入った。街灯はなく、植物園の緑は闇に沈み、ただ月がか弱い光を投げ掛けているだけだった。僕は庭師に教えてもらった手順を、一つ一つ思い出すことだけに集中した。誰かに見つかりやしないか、怪しい物音を聞かれやしないか、などという余計な心配にとらわれない努力をした。

まずガラスに二十センチ四方、ビニールテープを貼り、テープの内側に沿ってガラスカッターで切り込みを入れる。カッターは強く握り、大胆に一気に動かすこと。次にハンマーの柄を、四方の中心に真上から打ち付ける。そうすればガラスは音もなく、きれいに外れる。あとはそこから腕を差し入れ、鍵を外すだけだ。いいか、ハンマーの頭じゃない。柄だ。そうしないとガラスが粉々に砕けて音が響く。庭師はそこのところを、幼い子供に言い聞かせるように、二度も三度も繰り返した。

部屋の中はさっぱりと片付いていた。もともとがそうだったのか、手がかりを探して幾人もの人々が手を加えた結果なのか、僕には分からなかった。理不尽な死に方とは不釣り合いに、何もかもが行儀よく整然としていた。

ためらいがちに僕は懐中電灯をベッドに向けた。そこもたった今整えられたばかり、といった感じで、女の子らしい模様の入った清潔なカバーが掛けられていた。僕は安堵してため息をついた。女性は森林公園をジョギング中に襲われ、公衆トイレの脇で息絶えていたと頭では分かっていたはずなのに、死体がまだベッドの上にあり、流れ出た血の中に乳首が二つ転がっているのではないかという、錯覚に陥っていたのだ。

僕は部屋を見回した。洋服ダンスとライティングデスクと座り心地のよさそうなロッキングチェアがあった。デスクの上には友人たちと一緒に写った写真が飾られていたが、どれが彼女本人なのか、見分けはつかなかった。タンスの中の洋服は年齢の割にどれも地味で、おとなしいデザインのものばかりだった。裁縫箱には作りかけのパッチワーク、本棚には簿記の教科書と料理の本、鏡の前には決して高価ではない化粧水とクリーム……。

きっと感じのよい女性だったに違いない、と僕は思った。毎朝一番に事務所へ出勤し、カウンターの花の水を替えて、皆の机を拭いてあげるような人だ。来る日も来る日も書類をめくり、数字を書き込んだり判を押したりする。刺激的な仕事とは言えないが、そのことで愚痴をこぼしたりはしない。難癖をつけてくる柄の悪い男にも誠意を尽くし、耳の遠い惚けたおじいさんにも辛抱強く応対する。同じ職場にこんな人がいたら、たぶんデートに誘いたくなるだろう。五時のチャイムが鳴ると寄り道せずに真っすぐアパートへ帰り、一人静かに時を過ごす。そして気分転換に、ほんの何気ない思いつきから、森林公園へ出掛けてゆく……。

僕は形見を探さなければならなかった。変質者に乳首を切り落とされ、胸を刺されて血まみれで死んでいった彼女のために、たった一つ、何かを選び出さなければならなかった。ようやく僕は、部屋がひどく暑いのに気づいた。淀んだ空気がまとわりつき、身体が重くて息苦しかった。ベランダの向こうを一台オートバイが走り去っていったが、すぐにまた静寂が戻ってきた。

いつまでも愚図愚図していられないのは確かだった。僕はもう一度、外に光が漏れないように慎重に懐中電灯を一周させた。さっきと同じだった。光の先にはただ、どこにも綻びのない、健全で平凡な風景が映し出されるだけだった。僕は老婆と少女の期待に応えたかったし、何よりも社会保険事務所の彼女を、忌まわしい死の記憶から解き放ちたかった。そのためには、博物館の展示ケースを飾る形見が、とにかく必要なのだった。

上の部屋で足音がした。手が痺れ、感覚がなくなってきた。いくら待っても、沈黙の伝道師から毛皮を脱がせた時のような確信は訪れてくれなかった。肋骨が軋むほどに、動悸がひどくなってきた。やみくもに腕をのばしたが、指先には何も触れず、じっとりした暗がりがますます身体をがんじがらめにするばかりだった。

そうだ、乳首なんだ。僕はつぶやいた。彼女に最もふさわしい形見は、それしかないはずだった。ベランダの向こうで人の動く気配がした。僕は懐中電灯を消し、ズボンの後ろポケットにねじ込んだ。犯人が羨ましかった。その小さな二個の肉片をつまみ上げ、掌に包んで持ち去った犯人が嫉ましかった。

僕はベランダに這い出し、手すりによじ登って通りへ飛び降りた。逃げようとして振り向いた瞬間、何かにぶつかってよろめいた。相手が短い悲鳴をあげるのと同時に、ポケットからジャックナイフがこぼれ落ちた。鼓膜に真っすぐ突き刺さるような音が響き渡った。思わず聞き入ってしまうほどに、美しく澄んだ響きだった。

僕はそれを拾い上げ、方向さえ確かめず、顔を伏せたまま走り去った。相手は呼び止めもしなかったし、追い掛けても来なかった。ナイフをつかんだ時、なぜか足元だけが目に焼き付いた。安物のパンプスを履いた、右のくるぶしにたこのある、太った中年女性の足だった。その足の表情から、彼女の方が僕よりもずっと怯えているのが分かった。僕はナイフを握り締めたまま、どこまでも走り続けた。

アパートでの収集に失敗したあと、僕は森林公園へたどり着いた。最初からそうと決めていたわけではないのに、走り疲れて立ち止まると、そこが公園の入口だった。

僕は社会保険事務所の女性が死んでいたという、公衆トイレの裏まで行ってみた。そこにはもう、事件を連想させるものは何一つ見当たらなかった。ほとんど無意識のうちに、僕は死体が転がっていたと思われるあたりの草を、ジャックナイフで切り取り、ハンカチにはさんで持ち帰った。

珍しくもない、名前も分からないただの雑草だった。そんなものが乳首の代わりになれるとはとても思えなかったが、僕はすでに疲れきって、これ以上考えを巡らす気力が残っていなかった。動悸はなかなか治まらず、女とぶつかった時の感触は気持悪く残ったままだった。

冷静に考えれば、他にいくらでも方法はあったはずなのに――事務所を訪れるとか、実家の方に当たってみるとか――結局僕の手に残ったのは、枯れかけた雑草の切れ端だけだった。それでも僕は、もしかしたら彼女の血で濡れた草かもしれない、乳首が切り取られる瞬間、握り締めていた草かもしれないと、自分を慰めた。

屋敷に帰り、雑草は標本処理をしてから老婆のもとへ届けた。その方が少しでも形見らしく見えると思ったからだった。

「ご苦労じゃった」

予想に反して老婆は形見の選択について一言も文句をつけなかったばかりか、ねぎらいの言葉さえ掛けてくれた。

「何度経験しても、新しい形見を手に入れた日は、特別な一日を与えられたような気分になる。そうは思わないか？」

そして杖の柄に顎を載せ、僕を見上げて同意を求めた。


兄さん、暑い日が続きますが、お元気にお過ごしでしょうか。初産は遅れるという話ですが、いくら何でももう生まれているでしょう。連絡がないので少し心配です。男か女か、名前は何か、一人でやきもきしています。でもたぶん、初めての赤ん坊が生まれた直後は、何もかもがいろいろと大変なのだろうと察しています。どうか義姉さんのこと、いたわってあげて下さい。

……雇い主の娘さんは先日、無事退院しました。仕事のペースも元に戻り、今は滞っていた作業を急ピッチで進めています。建物の方は本格的な改築工事がスタートし、コレクションは分類、固定化を充実させているところです。

最初考えていたより、今回の仕事は長引きそうです。まだ当分、ここを離れられそうにありません。本当は赤ん坊を見に、一度帰省したいのですが、いつコレクション収集の必要性が発生するか分からないので、なかなか自由に動くことができないのです。最近特に、発生頻度が高くなっているようで、やや疲労気味です。

けれど心配はいりません。どうにか自分なりに、新しい博物館の概念に溶け込もうと努めています。とにかく僕は、うまくやっています。

……お祝いに送った卵細工の飾りは届きましたか？　割れていなければいいがと案じています。娘さんが選んでくれた最高の質の細工です。村の人々は再生のシンボルとして、この卵細工を交換しているようです。赤ん坊と兄さん夫婦の幸運のお守りとなってくれれば、こんなにうれしいことはありません。

走り書き一行でもいいですから、便りを待っています。毎晩仕事から帰って、空の郵便受けをのぞくのは、とても辛いのです。どうか、お願いします。……

10

その日の午後、少女は少し遅れて作業場へ降りてきた。僕はいつでも清書がはじめられるよう、彼女のためにケント紙とインクを補充し、自分は午前中の聞き取り用ノートを読み返したあと、登録台帳を洗い直してコレクションの索引表を作っているところだった。

遅れた理由はすぐに見当がついた。少女は客を一人連れていた。修道院の見習い少年だった。

「ここを案内してさしあげてもいいかしら」

彼女は言った。すでに満月を迎えたので、洋服は本来の姿に戻っていた。

「ボートに乗せてもらった、お礼がしたいと思って」

「もちろん、構わないよ」

僕は答えた。そして少年と握手し、よく来たね、と言った。

見習いとはいえ沈黙の伝道師であるにもかかわらず、少年は好奇心を抑えきれずに思ったままを素直に口に出した。登録カード、補修用のエポキシ樹脂、ラベリングシール、熱線吸収フィルター、展示ガラスケースの見本……ビリヤード台に散らばるあらゆるものについて質問し、感想を述べた。

「つまりここは、主に細かい手仕事をする場所なの。さっき見た元洗濯室の収蔵庫から形見を出してきて、写真を撮ったり、サイズを測ったり、修理したりするの。もっと大掛りな作業の場合は、例えば収蔵品の消毒などは屋外も使うわ。家はスペースが余っているから安心よ。いくら形見が増えても大丈夫。そうだ、見て。私にも大切な仕事があるのよ。このノートはね、形見一つ一つの文章記録で、私はそれを清書する係なの」

ここへ来る前に、大方の説明は終えているらしかった。質問にはほとんど少女一人が答えた。僕が口を挟まなくても、彼女は博物館について正確に表現することができた。少女は惜し気もなく形見を少年に手渡し、ノートを広げてどこでも好きなページを読むよう勧めた。

「お仕事の邪魔になるようだったら、言って下さい。すぐに失礼しますから」

見習い伝道師は修道院にいる時より無邪気な表情をしていたが、それでも礼儀正しく振る舞った。シロイワバイソンの毛皮の裾があたりの物に引っ掛からないよう、注意深く動いたし、何かに触りたい時は、目で少女に合図を送って了解を求めた。

「いや、構わない。ゆっくりしていくといいよ」

なのに僕は居心地の悪さを感じて落ち着かなかった。作業場にたった一人少年が紛れ込んだだけで、妙な具合にバランスがずれてしまうのだった。

彼はノートに視線を落としていた。形見の物語をそんなにもたやすく部外者に読ませてしまっていいのだろうかと、僕はひやひやした。ページがめくられるたび、僕と少女と老婆しか足を踏み入れたことのない形見の世界に、余分な指紋がついてしまう気がした。

ひやひやしながら同時に、老婆からは一度も、博物館に関する事柄を秘密にするよう命じられたことはなかったと気づいた。その発見は僕をがっかりさせた。

「何か、興味ある形見はあったかい?」

平静を装って僕は言った。

「ええ、どれもこれも」

見習い伝道師は顔を上げて答えた。毛皮の真新しさと呼応するように、少年の髪も肌もみずみずしく、裸足のかかとにはまだどんな傷も刻まれていなかった。

「正直、博物館はただ物を展示しておくだけの場所だと思ってました」

「仕方ないよ。たいていの人はそうだから。倉庫と区別がつかないんだ」

「こんなふうに文章にして残しておくのは、何のためなんでしょう」

「資料の存在を補強するためだよ。文章だけじゃなく、写真やスケッチや数字や、あらゆる方法でその物体に意味を与えるんだ。登録台帳が戸籍だとすると、文書化記録は履歴書だね。でも履歴書よりずっと魅惑的だし、奥が深い」

ふうん、と考え込んで、少年はノートを元に戻した。彼が身体を動かすと、汗で湿った動物の体臭がした。僕は岩場でうな垂れていた、不恰好なシロイワバイソンの姿を思い出した。

「存在の補強とは、つまり保存ということなんでしょうか」

「そうなの。保存するのが一番重要な博物館の役割なの。放っておくと、この世界のものは何であれすべて、いずれは破壊されてしまうから」

今度は少女が口を開いた。いつか僕が説明したとおりに答えた。

シロイワバイソンの毛皮を剝ぐのもやはり、伝道師たちの仕事なのだろうか。なぜかその動物のことが、頭から離れなかった。彼らが着ているのは白い毛皮だから、冬の毛に生え変わった時期のバイソンを使うに違いない。しかしどうやってあの大きな動物を射止めるのだろう。それとも辛抱強く、自然死するのを待つのだろうか。

「君たちは、言葉を紙に書くことは許されているの？」

僕が質問したのは、答えが知りたかったからではなく、シロイワバイソンの姿を追い払うためだった。

「いいえ。禁じられています」

「まあ、厳しいのね」

同情を隠さずに少女は言った。

「沈黙の行に入れば、手紙も日記も書けません。ただし、読むのは自由です。外から入ってくるものを拒絶はしないのですが、自分の中からは外へ出て行かないのです。肉体を放棄して、心の内へ亡命するようなものなんです」

分厚い脂肪の溜まった肉から、毛皮を剝ぐのは重労働だ。手は血で汚れるし、髪には腐敗臭がしみつく。それを少年は、まだ十分に成長していない青白い手で、やってのけたというのだろうか。

「じゃあ、私たちの博物館とは正反対だわ。だって博物館は肉体を保存するために形見を展示するんだもの。ね、そうでしょ？」

少女は僕の方を振り向いた。

「うん、そうだね」

僕は彼女の目を見てうなずいた。

目を見つめると必ず、頬の傷跡も視界に入った。まるでそこも瞳の一部であるかのようだった。

「正反対だからひかれ合うのかもしれない。修道院の聖堂と、博物館の収蔵庫と、とてもよく似た匂いがしたんだ」

僕が修道院で感じたのと同じことを、少年は言った。

「で、あなたがいつ、沈黙の行に入るか、それはもう、決まっているの？」

少女が沼のボートの上でも似たような質問をしたのを、僕は覚えていた。

「はっきりいつからと決められる問題じゃない。完全な沈黙が得られるまで、少しずつ時間をかけて言葉を消し去ってゆくんだ。それがいつ完了するか、僕にも分からない」

「すでに今もう、消えつつあるの？」

「さあ、どうだろう。目に見えて、というほどじゃないけど……」

あいまいに少年は答えた。

「また是非遊びに来てほしいわ。言葉が消えないうちに」

「沈黙していたって、博物館は見学できるよ」

「沼のボート漕ぎが、お休みの日はいつ？」

「毎日ボートだけ漕いでいるわけじゃない。他にもいろいろ、やらなくちゃならないことがあるんだ。でもまた今日みたいに、空いた時間を作って遊びに来るよ」

「帰りに、厩舎も案内してあげたらどうだい？」

僕が提案すると、少女は目を伏せて、そうねと答えた。

「今日するはずだった清書は、明日でもいいかしら」

「もちろんだよ」

二人は並んで部屋を出て行った。

階段を登る彼らの足音が遠ざかるのを待ってから、僕は登録台帳を広げ、索引表の作成に戻った。


夜、顕微鏡をのぞいた。少女とカエルの口腔上皮細胞を観察して以来だった。

仕事の帰り、小川で採取してきたタニシを食卓に並べ、ハンマーで殻を割ってオスだけを選り分けた。いくつか失敗して中身まで潰してしまった。

精巣はくすんだ黄土色で、殻の形に合わせて渦を巻いている。そこをハサミで切り取ると、痛みを訴えるように、渦の先端がピクピク震える。僕はそれを小皿の中の三パーセント食塩水に沈め、ピンセットの先で皮を破り、精子を解き放つ。

兄さんはよく僕のために、いろいろな動物の精子の絵を描いてくれた。

「有性生殖をする動物の精子は、種類によって皆形が違うんだ」

「その形は誰が決めるの？　神様？」

僕は無邪気な質問をして、いつも兄さんを苦笑させる。

「計算上、その動物にとって最も合理的な形になっている。効率よく子孫を残せる形にね。神様は合理主義者なのさ」

兄さんは僕のリクエストに応え、どんな細かい特徴も逃さず、つぶさに精子を描くことができた。それらは新種の寄生虫か、異星人の空想画のようだった。

僕はスポイトで食塩水を一滴吸い上げ、スライドガラスに載せてカバーをかける。食卓に転がるタニシはどれもぐったりとし、息絶えようとしている。僕は倍率を四百に合わせる。

思ったよりもたくさん精子が映っていた。僕の眼球に収まるほどの小さな海を、いまだたどり着けない未知の場所を探索するように、せわしなく動き回っていた。

正型精子より、異型精子が目立った。十数本のべん毛に飾られた、より複雑で優雅な方が異型なのだ。

「そんなのつまらないよ」

僕は兄さんに異議を唱えた。

「正常な精子には、たった一本しか紐がついていないし、形も地味でぱっとしないよ」

「さっきも言っただろう。正しいものには、無駄がないんだ。余分を抱えていればいるほど、早く弱る」

僕たちはこの小さな装置のそばで、多くの時間を過ごした。僕が薬品の種類を間違えて、どんなに貴重なプレパラートを駄目にしてしまっても、兄さんは許してくれた。それにたいていの失敗なら、兄さんはうまく取り繕うことができた。同じ部屋で母さんはミシンを踏むか、型紙を切るか、縫い目にアイロンを当てるかしていた。僕たちの会話を耳にして、時折くすくすと笑った。

兄さんとの思い出は必ず、まつげが接眼レンズに当たる感触と一緒によみがえってくる。顕微鏡などなかったはずの思い出にさえ、それは登場してくる。例えば、母さんの葬式の日、僕たちが手にしていたのは母さんの写真だったはずなのに、本当は顕微鏡を二人で大事に抱えていたかのような気がする。

タニシの精子はまだ元気を失っていなかった。べん毛たちはもつれ合ったりもせず、不規則なリズムで揺らめいていた。僕は微動ハンドルでピントを調節した。

いつしか僕は、思い出が接眼レンズに映し出されているのに気づく。べん毛の動きを目で追いながら、その向こう側に兄さんと、僕と、母さんがいる。食塩水のせいで少し潤んでいる。

長い時間顕微鏡をいじっていると、しばしば自分がレンズの外側でなく、スライドガラスとカバーガラスにはさまれた、小さな一滴の中に入ってしまった気分になる。それが一番幸せな瞬間だ。自分の記憶を、自分の目でたどれるのだから。

「やあ、まだ起きてるかい？」

玄関の扉が開いて庭師が入ってきた。

「明かりがついていたんで、一緒に一杯やろうと思ったんだ。仕事なら失礼するよ」

「違うんです。これはただのお遊びですよ。さあ、座って下さい」

僕は顕微鏡を脇によけ、庭師に椅子を勧めた。

「タニシだな。博物館に関係あるのか？」

「いいえ。ただ顕微鏡をのぞいて、喜んでいるだけです」

「へえ、変わった趣味だな」

庭師は食卓に散らばる砕けた殻を払い、ウイスキーの瓶を食卓に置いた。僕はグラスと氷を用意した。

「工事の方、任せっぱなしですみません。時間のやり繰りができなくて」

「気にすることはない。こっちは今のところ順調に進んでいるから。毎日帰りが遅いようだけど、忙しいのかい?」

「これまでに作った博物館とは、種類が違いすぎますからね。もたもたばかりして、要領がつかめないんです」

「いや、そんなことはない。着々と計画どおり運んでいるじゃないか」

庭師はタニシの死骸を転がしながら、いかにも美味しそうにウイスキーを一口飲み込んだ。

「無理はしちゃいけない。先は長いんだから。な、そうだろ? あんたはよくやってるよ。疲れたら休むことだ。遠慮せずにな」

「ええ。ありがとうございます」

僕はうなずき、タニシの体液がまみれたままの指で、氷をかき回した。

爆弾犯も殺人犯も捕まらないままだった。路地の奥やカフェテラスの片隅で耳にする、村人たちの不安気なささやきが途絶えることはなかったが、太陽の日差しはそれを覆い隠すほどに鮮やかで眩しかった。

観光客たちはさほど面白いとも思えない風景を写真におさめ、土産物屋で卵細工を買い、リュックを背負ってハイキングに出掛けていった。そこかしこに子供たちの歓声が響き、広場やレストランやバーや、どこからか音楽が流れていた。山の緑は時間とともにその色合を刻々と変え、一日眺めていても飽きなかった。

屋敷のフラワーガーデンも、庭師が改築工事で忙しく手が回らないにもかかわらず、すっかり夏の花に入れ替わっていた。ブルーベル、ヒース、ミヤコグサ、リンドウの花弁の間を、ミツバチが飛び交っていた。林は朝方セミの鳴き声に包まれるが、日が高くなるにつれておさまってゆき、午後の一番暑い時分には、木の葉一枚さえそよがない完全な静寂が訪れた。

「こんなに暑い夏は初めてですよ」

家政婦さんは屋敷中の窓を開けて回り、こまめに老婆を行水させ、栄養のある料理をせっせと作った。

さすがにこの暑さは老婆にこたえているようだった。形見と向き合い、語り終わった時の疲労の様子は、日々無視できないほどになっており、午前中の作業が終わるとあとは夕方まで、涼しいところで身体を休めなければならなかった。痰はしつこく喉に絡みつき、僕が背中を撫でてもなかなか息は鎮まらず、顔色も冴えなかった。

しかし老婆の語り口調に衰えはなく、その確かなリズムと、形見の間に流れる緊張感は以前のままだった。最初の言葉を発してしまえば、あとはおしまいまで、小さな息継ぎ以外どこにも淀みはなかった。むしろ僕の方が、汗で手が滑り、老婆のペースに置いていかれそうになる始末だった。どんな暑い日でも毛糸の帽子で耳を隠すのは忘れず、杖を振り回して悪態をつき、僕の意見にはいちいち鼻を鳴らして答えた。

むしろ気掛かりなのは、清書の方が思い通り進んでいないことだった。毎日僕が準備するケント紙の束は、あまり減っていなかった。少女は見習い伝道師に会うため、修道院の沼へしばしば出掛けていた。

半地下の元ビリヤード・ルームは、壁から地中の冷気が伝わり上の部屋よりは過ごしやすかった。仕事中、僕たちは余計なお喋りはしなかった。ただ少女の手が紙の上を滑ってゆく気配にだけ耳を澄ませていた。そうしていると、形見が着々と自分たちの手の中に収まってゆくのを確認できたし、少女がすぐそばにいて、僕のために力を貸してくれているという事実を実感することができた。

「あの……」

まだほんの一ページが終わっただけだというのに、もうペンの音が途切れている。

「ちょっと、出掛けてきてもいいかしら」

少女は心の底から申し訳なさそうな顔をする。星形の傷跡さえ歪んでいる。

「ああ、構わないよ」

僕は答える。

「夜、頑張って取り戻すわ」

「焦らなくたっていいんだ。先は長いんだから」

僕は庭師に言われた言葉を真似する。

「じゃあ、行ってきます」

少女は小走りに駆けてゆく。ペンの気配が消えただけで、作業場は淋しくがらんとしてしまう。


僕は散らばった書類から視線をそらし、埃のたまった明かり取り用の窓を見上げた。外はまだ真昼の太陽が照りつけているようだった。午後からは厩舎の様子を見に行く約束になっていたが、もうしばらく一人でじっとしていたかった。足元には、明日文書化記録を取る予定の形見たちが控えていた。

　こんな暑い日にもシロイワバイソンたちは、あの岩山に張りついてうな垂れているのだろうか。せめて氷室のあたりまで降りてくれれば、木陰だってわき水だってあるのに……。僕は目を閉じ、氷室の風景をよみがえらせた。そこは沼の地底に隠された洞窟のように冷え冷えとし、孤立している。光も風も届かない。ほんのわずか気配がしたと思っても、それはただ修道院へ向かうボートの舳先が、水面を揺らしただけのことだ。

　伝道師が一人、氷の塊の前へ踏み台を引きずってゆく。床を覆う霜が削られ、耳障りな音を立てる。伝道師は踏み台の窪みに片膝をあてがい、氷の上に両手をのせる。

　あの見習い少年だ。大きすぎる毛皮と、たやすく壁の穴をすり抜けられる耳の形で分かる。怯えるように、いとしいものに口づけるように彼は唇を寄せ、そろそろと舌をのばし、氷に押し当てる。

　舌は濁りのない薄紅色で、彼のあどけなさに相応しい姿をしている。まだ十分に言葉を含んだ舌だ。

　長い時間が流れる。いつしか僕は顕微鏡をのぞいている錯覚に陥る。少年の舌を、プレパラートに閉じこめられた細胞のように眺めている。

　やがて唾液が渇き、表面は色を失って、引きつれを起こす。懺悔室の掟をよく守って、彼は身じろぎしないでいるが、どうしてもこらえきれない痛みのために、時折踏み台が軋んでしまう。

沈黙を破った彼の言葉、少女のために発せられた言葉が、沼に沈んでゆく。二度と浮き上がってこられないよう、一番深い底に封印される。

鐘楼の鐘が鳴り、シロイワバイソンたちが寝床を求めて移動し始める頃、ようやく懺悔は終わる。舌はもうほとんど喉の奥から抜け落ちてしまうのではないかと思うほどに、ぐったりとしている。舌の形どおりに窪んだ氷の表面には、はがれた皮が張りついている。打ち砕かれた言葉の残骸のように、頼りなくただ干涸びている。少年は沈黙で満たされた、血のにじむ舌を、そっと元へ戻す……。


「今日も一日、暑かったですね」

僕が声を掛けると、老婆は寝椅子に横になったままこちらをちらりと見上げ、小さな欠伸をした。

「夏が暑いのは今に始まったことじゃない」

バルコニーは日が陰り、支柱に絡まる蔦の葉がそよいで、いく分過ごしやすくなっていた。うたた寝していたのか、老婆はしょぼしょぼした目をこすり、帽子を真っすぐかぶり直した。僕はずり落ちたタオルケットを拾い上げ、老婆の足元に戻した。

「ここからの眺めはすばらしいですね」

一日のうちで、屋敷は一番美しい時間を迎えようとしていた。太陽は稜線に掛かり、雲のすき間を飛び去ってゆく鳥の影から、空の中ほどに姿を現したばかりの欠けた月まで、あたりのものすべてを夕日の色に染めていた。夜はまだ遠いが、木立の奥に闇の気配が潜んでいるのは感じ取れた。

ポプラの並木は蛇行しながら丘を縁取り、芝生の柔らかさと、アプローチの砂利の灰色がコントラストをなし、あちらこちらの茂みからは、可愛らしい花がのぞいていた。林の果てに何があるのか目を凝らしても、雲が邪魔をして何も見えなかった。日が沈むにつれて少しずつ、風景が遠のいてゆくような気がした。

「夏ももう終わる」

老婆が言った。

「今が真っ盛りじゃありませんか」

僕は手すりにもたれ、老婆を振り返った。

「お前はこの村に、どういう具合に冬がやって来るのか知らん。だからそんなのんきなことが言えるのじゃ」

「山々の険しさを見れば、ある程度見当はつきますけれどね」

「もう何十年もこの同じ場所に座って、同じ景色を眺めているのだ。どんな巧妙な手口を使おうとも、私の目は誤魔化せん」

サイドテーブルには老婆が飲み残した紅茶のカップと、バニラのアイスクリームが入っていたらしい器がそのまま置いてあった。枯れた蔦の葉が何枚か、寝椅子の下に散らばっていた。石造りの手すりは、鳥の糞で汚れていた。

「ほら、あそこを見てみよ。林の入口にある楡の切り株に、茸が生えようとしている。やがてヌルヌルした茸にびっしり覆われるはずだ。その向こう、小川の中州では時計と反対回りで渦が巻いている。そしてあそこ。山猫が早くも発情しておる。全部、夏の終わりが近い合図なのだ」

老婆はバルコニーの向こうを指差しながら言った。けれど僕には茸も渦巻きも山猫も見えなかった。夕焼けはさらに濃く、低く垂れ籠めようとしていた。

「夏は突然終わる。何の未練も残さず、きっぱりと。気づいて振り返った時には、もう遅い。誰一人その後ろ姿さえ思い出すことができない」

「ええ、覚悟しておきましょう」

「ところで、防寒用のコートは持ってきたか？」

老婆が尋ねた。

「いいえ。冬まで仕事が長引くとは、思っていなかったので……」

僕は首を横に振った。

「それはいかん。とびきり上等のものを、村で仕立てるがいい。アンゴラかカシミアの生地をたっぷりと使った、長持ちする品をな。これから何度でも冬はやって来る。冬にはたくさんの人間が死ぬ。たくさんの形見が残される」

小さな影の塊となって、老婆は寝椅子に身体を沈めていた。再び眠りに落ちようとしているふうでもあったし、夏の終わる合図で見逃したものはないかと、目を凝らしているようでもあった。

「お心遣い、ありがとうございます」

僕はお礼を述べた。老婆は鼻も鳴らさず、痰も吐き出さず、ただ寝返りを打っただけだった。

「明日の文書化作業も、いつもの時間でよろしいでしょうか」

「分かりきったことを聞くんじゃない」

「お疲れの時は、いつでも言って下さい」

「親切ぶるのはやめることじゃ。私には通用せん」

「今から、お嬢さんを迎えに行ってこようと思います」

僕は手すりを離れ、カップとアイスクリームの器をトレーにのせてテーブルを片付けた。

「あの娘はどこへ行った？」

上半身を起こして老婆が聞いた。

「友だちと人形劇を見物に行かれました。森林公園に移動劇団が来ているんです。遅くなると、あのあたりは心配ですから」

太陽は半分姿を消していた。ついさっきまで芝生にくっきりと映っていた林の影が、薄暗がりに紛れようとしていた。いつの間にか月が乳白色の光を取り戻し、その隣で一番星が瞬きはじめていた。

「ああ、済まない。よろしく頼む」

そう言って再び老婆は横になり、星に目をやった。

11

博物館の看板を掲げる日がやって来た。まだ改築工事は途中で、もちろん形見は一つも展示されておらず、オープンのめどは立っていなかったが、例の暦の問題から、老婆がどうしてもこの日でなければならないと主張したのだった。シンボルの星と完成の月が出会う、滅多に巡ってこない一日だというのが理由だった。

いくら立派な博物館でも、看板はたいていが退屈でよそよそしく、建物の中身ほどには魅力的でないのが普通だ。僕が勤めてきた博物館で、看板がどんなだったか思い出せない例はいくらでもある。

ところが今回は違っていた。数々の僕の経験に照らしてみても、それは例外的に印象深い、コレクションの本質を忠実に映し出す看板だった。

　仰々しい赤い絨毯も、センスの悪い薬玉も、テープカットもカメラのフラッシュもなかった。代わりに、瑞々しく茂った草花が彩りとなり、小鳥のさえずりが音楽を奏でた。老婆と少女、庭師と家政婦さんに僕の五人が、久しぶりに全員顔をそろえた。元厩舎の中も周囲も工事用の道具やレンガの欠けらで雑然としていたが、家政婦さんが入口の付近だけ掃除をしてくれたお陰で、いくらか晴れがましい気分になることができた。

　庭師は梯子に登り、真っすぐ看板を取り付けようと苦心していた。両足でバランスを取り、扉の幅を目で計りながら、釘の位置を微妙にずらせていった。

「このあたりでどうです？」

　庭師がそう言うたび、必ず誰かが疑問を呈した。

「もうちょっと左じゃない？」

　家政婦さんはエプロンのポケットに両手を突っ込んで、首をかしげたり目を細めたりした。

「少し下すぎないかな」

「斜めになっちゃったみたいよ」

　少女は髪を一つに束ね、いつもより大人びて見えた。皆眩しい太陽に目を細めていた。

こういう場合、一番口出ししそうなのは老婆なのに、意外にも彼女は水飲み場の縁に腰掛けたきり、無言で成り行きを見守っていた。杖を握り締め、両足を踏張っていた。いつ老婆のエネルギーが噴火するか予測もつかなかったけれど、誰もびくついてはいなかった。博物館については自分にも意見を述べるそれなりの義務がある、とでもいうかのようだった。

「落ちないで下さいよ」

僕は安定の悪い梯子を押さえて言った。

「曾爺さんの二の舞になったら、洒落にならないからなあ」

愉快そうに庭師は言った。家政婦さんはエプロンの裾をパタパタさせた。

「曾お爺さんの剪定バサミの隣に、あなたのジャックナイフを展示してもらえば、絵になるじゃないの」

「庭師一族から二人も梯子の転落死が出るなんて、不名誉極まりない」

「私たちの形見には、やっぱり特別な展示ケースが用意してもらえるのかしら」

少女が口をはさんだ。

「例えば、金モールで縁取りした台座を付けてもらえるとか……」

「君が望むなら、そうしてあげてもいいよ」

「この博物館の欠点は、自分の形見を見学できないっていうことだわね」

　家政婦さんが言った。

「自分の葬式に出られないのと同じさ」

「博物館において、図らずも展示物に序列ができてしまうのは、避けられない現象なんです。まあ、コレクションをできるだけ平等に扱うのが、上質な博物館の条件とされていますけれどね」

「でもせめて自分の展示場所くらい、好きにアレンジしたいの。私たちにはその程度の特権、あるはずよ」

「ああ。お嬢さんの言う通りだ」

　日光は僕たちに等しく降り注いでいた。庭師の頭上を雲が流れ、家政婦さんのブラウスは汗ばんで背中に張りつき、少女の頬の傷跡はきらめきの中にあった。

「さあ、これでどうだ」

　庭師が声を張り上げた。

「よおし」

　初めて老婆が口を開いた。

「そこでよし」

僕らは水飲み場を振り返り、彼女のために通路を開けた。老婆は少女の腕につかまって立ち上がった。

「はい。かしこまりました」

ズボンのポケットから庭師はハンマーを抜き取った。

建物全体の大きさからすると、看板は小さめだった。何の飾り気もない真鍮の楕円形で、庭師の手により一点の曇りもないよう磨き上げられていた。


——沈黙博物館——


字体は老婆の筆跡であるのが信じられないくらいに慎ましく、ずっと昔から厩舎の壁に刻まれていた印のように、そこに馴染んでいた。しかしふっと日が翳った瞬間には、黄銅色の真鍮から一文字一文字が浮き上がり、逃れられない厳粛な視線をこちらに向けて発するのだった。暇つぶしに何気なく立ち寄った見学者でさえ、この入口の前では足を止め、看板の文字に目を留めないではいられないだろうという気がした。

釘を打ち付けるハンマーの音が遠くまで響き渡った。レンガの粉が降ってくるのも構わず、僕らは皆じっと立ちすくんでいた。その響きを、博物館を祝福するファンファーレのように聞いていた。

同じ日の午後、八割方進んだ工事の様子をうかがい、さらに展示ケースの最終的なサイズ計測をするため、現場を点検した。中はまだ瓦礫の山で、あちこちの壁に穴が開いたまだったが、看板を一つ掲げただけでどことなく博物館らしい空気が漂いはじめていた。僕はその空気を肺いっぱいに吸い込もうと、ゆっくりと隅々を見て歩いた。設計図を持って、庭師が後ろからついてきた。

コレクションの展示されていない博物館にどんな魅力があるか、知っている人間はそう多くないだろう。確かにそこは、殺風景な出来損ないの部屋にすぎない。けれどやがて、世界の縮図を受け止める大事な入れ物になるという予感は芽生えている。壁際に広がる空間、柱の影、一面の真っ白い壁、みんな魅惑的な品々が舞い降りてくるのを、心待ちにしている。

僕の頭の中では、だいたいの形見の配列は固まっていた。一つ一つの空間を目の前にすると、ケースに納まった形見たちの姿をリアルに思い浮かべることができた。作業の進行と共に自分のイメージが少しずつ明らかになってゆくのを自覚するのは、博物館技師として最も安堵できる瞬間だった。一番最初、老婆に元洗濯室へ連れて行かれ、がらくた同然の形見を目の前にした時のことを思い出せば、飛躍的な進歩だった。

配線の具合や展示ケースを固定する金具や非常灯の位置について、僕は気になった問題をチェックしていった。庭師は現状を説明し、僕の指示を設計図に書き込みながら、より的確な改善策を提案した。しかしいずれの問題も結局は、庭師の、

「大丈夫。心配はいらない」

という一言で片がつくのだった。そのたび彼は丸めた設計図で、石の壁をポンポンと叩いた。

「ところで、ちょっと相談があるんです」

全部の点検が一段落したところで僕は切り出した。

「近々休みをもらって、一度帰郷したいと考えているんだけど、どうでしょう……」

「なんだ、そんなことか。奥様に申し出ればいい。何の問題もないさ」

「ほんの数日で構いません。展示品の搬入が始まると動けなくなるし、今なら少しくらい留守にしても影響がないと思うんです」

「ああ、遠慮なく休めばいい。奥様だって文句が言える筋合いじゃない。確かに技師さんはここへ来てから働き通しだ。ここらで休息が必要だよ。俺が先に手回しして、奥様に頼

んでやるべきだったな。余計な気を遣わせて申し訳ない」

「とんでもない。単なる僕のわがままなんですから」

「で、故郷には恋人が待ってるのかい？」

庭師は設計図で僕の背中を突いた。

「いいえ。残念ながら、そういうわけじゃありません。兄貴夫婦の赤ん坊の顔を見たいと思って、ただそれだけなんです」

正直に僕は答えた。

庭師が言ったとおり、老婆は呆気ないくらいにあっさりと休暇を認めた。「よかろう」の一言で許可が下された。嫌みも漏らさなければ、舌打ちもしなかった。

「せいぜい、気をつけて帰ることじゃ」

と、思いやりの態度を示しさえした。

実際荷造りをはじめてみて、自分がいかに大人げなく浮き浮きしているかが分かった。ここでの暮らしに苦痛を感じていたわけではないのに、帰郷しても待っていてくれる人はほんのわずかなのに、洋服を畳み、顕微鏡を分解して箱詰めしている間、知らず知らずのうちに鼻歌が出てきた。少女も庭師も留守中万事うまくやってくれるだろうし、休暇が明けて戻ってくれば、一気にペースアップして博物館をオープンさせる自信もあった。

村へ来てから持ち物はほとんど増えていなかった。壊れないよう顕微鏡を衣類の間に押し込めば、あとはその上に『アンネの日記』を載せるだけだった。朝一番に庭師が車で駅へ送ってくれる約束になっていた。僕は休暇の過ごし方についていろいろ思い浮かべてみた。兄さんには連絡していないが、きっと歓迎してくれるはずだ。いつものように義姉さんはどっさりと料理を用意し、僕がギブアップするまでもっと食べるよう勧めるだろう。もし義姉さんが育児でくたびれている様子なら、僕がベビーシッターになって二人を外出させるのもいい。たぶん赤ん坊が生まれてから、好きな音楽会にも出掛けていないだろうから。でも果たして僕に子守などできるだろうか。ミルクの匂いのする柔らかすぎる身体に触れるのさえ、恐くて震えてしまいそうだ。真新しいベビーベッドの中で、赤ん坊は何の心配もせず眠っている。僕は手すりに肘をつき、飽きずにいつまでも赤ん坊を眺める。唇をすぼめておっぱいを吸う真似をしたり、小さなくしゃみをしたりする、わずかな変化にもいちいち微笑んでしまう。枕元には僕の贈った卵細工が、大切に飾られている……。

予定の時間になってもなかなか庭師は姿を見せなかった。僕はもう準備万端整い、靴紐を締め、旅行鞄の持ち手を握って待っていた。急行の時間に間に合うのかどうか、少し心配だった。

「技師さん」

ようやく玄関に現われた庭師は、息が弾み、朝早いというのにすでに作業服は汗まみれだった。母屋から大急ぎで駆けてきた様子だった。

「残念だけど、休暇は延期になったよ。奥様からの言い付けだ」

息を整えてから、彼は続けた。

「また人が、死んだんだ」

申し訳なくてたまらないというふうに、庭師は言った。


いつだったか医者になった友だちに聞いたことがある。一番忙しいのは診察している時でも治療している時でもない、患者が死にそうな時だ、特に助かる見込みがない場合はなおさらだ、と。

死ぬ間際に他人の手を煩わせなきゃならないなんて、憂鬱な話だ。どうしたって心臓が止まるのは避けられないし、自分でも覚悟はできているのだから、たとえ主治医であろうとも誰かに忙しい思いをさせるのは心苦しい。

「どうかもう、僕のことなど構わないで下さい」

自分だったらたぶん、そうお願いするだろう。

死者が出る時忙しくなるのは、沈黙博物館も同じだが、技師は誰からも心苦しく思ってなどもらえない。死者はすでに冷たい塊となり、遠くへ旅立ってしまった後だ。こちらを振り返ってさえくれはしない。

今度は編み物の先生をしている、二十七歳の独身女性だった。死因は失血死。夜九時半頃、勤め先の文化交流会館でその日最後の授業を済ませ帰宅する途中、人気のない資材置場に連れ込まれ、首と胸を刺されて倒れているところを、翌朝仕事にやって来た作業員によって発見された。乱暴されたり所持金を奪われたりした形跡はなかったが、社会保険事務所の女性と同じく、もっとさかのぼればホテルで殺害された娼婦と同じく、ただ乳首だけが取り去られていた。

僕は情報を集め、成り行きを観察し、最も適切と思われるタイミングを見計らって文化交流会館へ赴いた。形見収集の時いつも悩まされてきた、後ろめたさや恐怖や後悔を、なぜか今回は少しも感じなかった。むしろ僕の心を占めていたのは、言いようのない苛立ちだった。

いつかの外科医のような年寄りならばまだ気が楽なのに、どうしてよりにもよって若い娘ばかりが続くんだ。僕がここへ来る前は、五十年以上殺人事件は起きていなかったのに。しかも乳首は切り取られている。彼女の死を何より的確に表現できるはずの形見は、すでに犯人の手に渡り、僕が収集できるのは、脱け殻のような形見に過ぎない……。

そういうことの何もかもが腹立たしかった。いや、もしかしたらただ単に、休暇を台無しにされて苛々していただけかもしれない。とにかく僕は自分でも呆れるほど冷徹に、あるいはぶっきらぼうに、一つ一つの手順を片付けていった。休暇なんて別に大した問題じゃない、とつぶやきながら。

文化交流会館は名前のわりには貧相で、陽当たりの悪い四階建てのビルだった。編み物の他にもいろいろな講座が催されているらしかったが、あらかじめカリキュラムを調べ、比較的男性の出入りが多いと思われる〈オリエントの歴史〉と、〈カメラ撮影術・中級〉が重なる金曜日を実行日に選んだ。

思惑通り、ビルの中には難なく入り込むことができた。前回同様、形見を何にすべきか決まってはいなかった。僕は講座が始まるまでの時間を潰す振りをして、ロビーや受付や講師控え室と書かれた扉のあたりをぶらついた。何にしたって、森林公園の公衆トイレ脇に生えてる雑草よりはましだろう、という気がした。

ロビーの一角に、各講座の作品が展示してあった。版画、染色、フランス刺繍、彫金、油絵、ドライフラワー、どれもささやかなものだった。編み物教室のコーナーに飾られた先生の作品は、レース編みのテーブルセンターだった。生徒たちが編んだベストやカーディガンの中にあって、それは何ら特別な光を放ってはいなかった。ごく当たり前のレース編みだった。長くそこに展示されているらしく、蜘蛛の巣状に広がった模様には埃がたまっていた。

押しピンを抜き取り、テーブルセンターを壁からはがす時だけ、いつもの後ろめたさがよみがえってきた。ためらいの気持に逆らえず、端を握ったままほんの一瞬だけ動けなくなった。いくらささやかだとは言っても、そこが一つの博物館であるのは間違いなかった。技師である僕が、自分の収集のために余所の博物館の展示物を盗むなんて、恥ずべきことだという気がした。

柱時計が鳴り、階段を降りてくる足音が聞こえ、書き物をしていた受付の女性がこちらに顔を向けようとしていた。ためらいを振りはらうように僕は素早くテーブルセンターを引っ張り、上着の内側へ押し込めた。押しピンに引っ掛かったのか、引きつれるような音がして縁が裂けた。僕は受付に背を向けたまま、呼び止められないよう祈りつつ、堂々と見せるためにわざと大股でロビーを横切った。振り返らなくても、僕が手を下した場所に、本来博物館にあってはならない理不尽な空白が残されている様は、容易に思い浮かべることができた。

博物館技師の手によって破損された収蔵品ほど哀れなものはない。文化交流会館を出て自転車に乗り、中央広場まで走り着いたところで、僕はサドルにテーブルセンターを広げてみた。亀裂はそれを二つに分断するほどの深い切り込みとなり、縁に触れるたび、さらに横方向へほつれを広げていった。解けたレース糸は、頼りなげに縮れていた。

僕は舌打ちした。最初から最後まで、何もかもがちぐはぐとして収まりが悪かった。達成感もなければ、安堵も得られなかった。失敗の原因がその形見にあるとでもいうかのように、僕はレース編みをくしゃくしゃに丸め、ポケットへ突っ込むと、屋敷に向かって力いっぱいペダルを漕いだ。

その夜から僕は熱を出し、結局十日近くベッドを出られなかった。こんなにひどい病気をするのは、子供の頃百日咳に罹って以来だった。

何度寝返りを打っても寝付けないのは、うまくいかなかった形見収集のせいだと思っていたが、やがて寒気がして震えが止まらなくなり、身の置き所がないほどの不快感を覚えた。少しでもうとうとできれば楽なのに、意識は冴えるばかりでとても眠りなど訪れそうになかった。

仕方なく僕は身体を丸め、奥歯を噛み締めて、窓ガラスの卵細工に視線を送っていた。

時間とともに色合を変えてゆく天使のシルエットを見やりながら、夜明けまであとどれくらいかかるか計っていた。

時間が経つにつれ頭痛がひどくなり、やがてその痛みは耳から首、胸、腰へと広がっていった。天使の羽根の模様が朝日に浮かび上がってくる頃には、全身が痛みの塊に押し潰されそうになっていた。

僕を発見したのは、いつもの時間に朝食を運んできた家政婦さんだった。大急ぎで庭師が医者を連れてきたが、僕の苦しみに見合うほどの治療はしてくれなかった。大雑把に診察したあと、質の悪い夏風邪でしょう、と言って薬を置いて帰っただけだった。

看病は家政婦さんがしてくれた。

「どうもすみません」

自分ではそう言っているつもりなのに、実際は胸がゼイゼイするだけだった。

「病人が遠慮なんてするもんじゃないわ」

なのに家政婦さんは僕の気持を汲み取って、背中を撫でてくれた。

最初の三日間は、水分以外口に入れる気になれなかった。痛みを和らげる薬がきつ過ぎて、昼なのか夜なのか、目が覚めているのかいないのか判然としないまま、一日中頭がぼやけていた。

時折、玄関の扉が軋み、階段を昇ってくる足音が聞こえた。薄目を開けると、枕元に立っている誰かの姿を認めることができた。普段ならごく自然にやってのけてしまうそんな意識の推移に、うんざりするほど時間がかかった。息を一つ吸い込むにも、残った体力を身体中から寄せ集めなくてはならない状態だった。でも訪問者たちは皆忍耐強く、控えめだった。あの老婆でさえもが。

「夏の風邪は、冬より厄介なのじゃ」

僕の耳元に顔を寄せて老婆は言った。

「この暑いさなかに生き残って悪さをするくらいじゃから、相当に強烈な毒素なのであろう。村の風土に慣れるまでは、しばらく病気をするかもしれん。まあ、余所から来た者はたいてい誰でもそうだ。そのうち免疫力がつけば、何でもなくなる」

老婆の息は湿っぽく、入歯の消毒液の匂いがした。彼女の後ろで家政婦さんが、身体を拭くためのお湯が入った盥を抱えて立っていた。

「しかし、寝込むのが帰省中でなくて幸いだった。もしそうなったら、せっかくの休みが台無しになるばかりでなく、何より家族に心配をかける。私らだって、お前がいつになったら戻って来るかと、やきもきさせられたんではかなわん。だが、ここにこうしておる限り安心じゃ。根気よく養生しておれば、病気は癒える。また、形見のために働けるようになる」

　僕は相づちを打とうとしたが、めまいがしてそれ以上目を開けていることができなかった。

「では、またな」

　ゴツンと杖で床を突いてから老婆は立ち上がり、覚束ない足取りで階段を降りていった。少女も一日に一度は必ず顔をのぞかせた。彼女の足音には他の人たちにない遠慮深い響きがあったので、すぐに聞き分けられた。

「昨日より、唇の色がいいみたい」

　まず一番に少女は、僕を元気づけるような言葉を掛けた。

「呼吸だって、うんと楽そうだわ」

　そして身体を乗り出し、僕の胸に耳を当てた。髪の毛が顔に振り掛かってくすぐったかった。

「博物館のことは心配しないでね。溜まってた文書化記録の清書を、がんばってやっているから。あとは庭師さんと相談して、あなたが元気になった時スムーズに仕事に戻れるよう、万事うまく取り計らっておくわ」

「夜遅く、出歩いちゃ駄目だよ」

まだ喋るのは苦しかったが、そのことだけはどうしても言っておきたかった。

「分かってる。例の殺人事件のことでしょ？　私は大丈夫。心配しないで」

枕の位置をずらしたり、額の汗を拭いたり、カーテンを開け閉めしたり、少女は何かしら自分にできる仕事を見つけようとした。彼女の満足した顔が見たくて、喉など渇いていないのにわざと水を欲しがったりした。すると少女は張り切って氷水を用意し、僕の背中を支えてくれるのだった。

「油断しちゃいけない。どこへ行くにも、自転車はやめて、庭師さんに車を出してもらうんだ。いいね」

「ええ、もちろんそうしてるわ。だから安心して眠って」

ませた口調で少女は言った。

目を閉じると必ず、目蓋の向こうには砂丘のように単調で果てのない風景が広がっていた。砂が風に巻き上げられる、ざらざらした音も聞こえた。目を開けていられないのが、眠っているからなのか、砂嵐のせいなのか自分でも区別できなかった。

行き先もはっきりしないまま、僕は丘を越えようとしている。一歩進むと足が地面にめり込み、倒れてしまう。砂の重みを振り払い、身体を立て直すたび、残り少ない体力が奪われてゆくのが分かる。でも、休んではいられない。とにかく、丘を越えなければいけないのだ。それだけははっきりしている。

自分は今、眠っているはずなのに、どうしてこんなにも疲れてしまうんだろうと、僕は不思議に思う。本当は風など吹いていない、もっと静かな場所でじっと身を横たえていたいのに。

気を紛らわせるために僕は、もっと違うことを考えようと努める。砂の重さと気持の悪さをひとときでも忘れさせてくれる、何かが必要なのだ。何がいいだろう。そう、少女の乳首について考えよう。

乳首？

ああ、その通り。確かに唐突で品のよくない思い付きだけれど仕方がない。頭蓋骨の中にまで吹き込んだ砂が脳味噌をかき回しているような状態では、たった一つテーマを見つけるだけでも大変な労力を要するのだから。

もちろん僕は少女の乳首を見たことはない。でも何かの折り、その存在を感じ取ったことはある。元洗濯室で、形見の受け渡しをしている時に。よろめいた老婆を優しく支えている時に。収蔵品について質問しようと、顔を寄せてくる時に。

それは健康的で整った形をしている。洋服の下に隠されているという、秘密めいた様子が少しもない。赤いサンダルをはいた素足のように、そこにある。頬の傷跡ともよく釣り合っている。

　だから僕の方も余計な力を抜いて、寛いだ気分でいられる。欲望を制御したり自己嫌悪に陥ったりしなくて済む。じっと目を凝らしていると、乳房の縁から先端の小さなぶつぶつまで、まんべんなく血液が行き渡っているのが見えてくる。薄い皮膚を通して血が透けているのだ。こんなに小さな器官にも、ちゃんと生命が流れていることに、僕は心地よい驚きを覚える。

　根元はいっそう薄い皮膚に覆われ、指先をあてがうのにちょうどいい形にくびれている。乳首を切り取るなんて、きっとたやすい作業に違いない。ちゃんと手入れしたナイフなら、手応えもなく、絹を裂くように刃が滑ってゆくはずだ。

　少女は悲鳴も上げない。自分が何をされたのか気づきもせず、胸が血で濡れてゆく様を、いぶかしげに眺めている。……


　次に目が覚めた時そばにいたのは、見習い伝道師の少年だった。

「どうして君がこんなところに？」

　僕の声は砂丘の向こうからようやく届いてきたかのように、弱々しくしわがれていた。

少年は質問には答えず、毛皮の裾からのぞく両手を合わせ、祈りの仕草を見せただけだった。前に会った時よりいくらか髪が伸び、頬のあたりが引き締まっていた。

「ごめんよ。こんなあり様で、何のお構いもできないんだ」

「気にしなくていいのよ」

代わりに答えたのは少女だった。

「なんだ、君もいたのか……」

少女は見習い伝道師の肩越しに顔をのぞかせた。

「修道院から薬草を持ってきてくれたの。解毒作用があって、修道院の山だけにしか自生していないの。シロイワバイソンも病気になると、この草を食べるそうよ。さっき伝道師さんが正しいやり方で煎じてくれたから安心。もちろん美味しくはないと思うけど、我慢してね」

彼女が言う通り、それは苔色のどろりとした液体で、飲み込むには勇気のいる臭いを放っていた。少年がボート番をしている沼の底をすくったら、こんな臭いがするのかもしれないという気がした。

とにかく僕は身体を起こし、煎じ薬を飲んだ。頭を空っぽにしてカップ一杯を飲み干した。考えを巡らせるにはまだ衰弱しすぎていたし、見習い伝道師の好意を無下にして、少女を困らせたくなかったからだ。

「わざわざどうも、ありがとう」

舌の裏に薬が絡み付いて、うまく動かなかった。少年はうなずき、空になったカップをサイドテーブルに置いた。

「今飲んだのはね、熱を下げるためだけの単純な薬じゃないのよ。むしろ反対に、身体の奥で脂肪を燃やして毒素を死滅させようとするの。だから一時的に熱が上がって、悪くなったように感じるかもしれない。でも心配しないで。たくさん汗をかいて、毛穴から毒が全部出ていってしまえば、嘘みたいにいっぺんに治ってしまうわ。伝道師たちはシロイワバイソンから薬草の存在を教わったの。下痢をしたり毛艶が悪くなったりして弱ったシロイワバイソンは、群れから離れて薬草が生えてる岩陰に移動するの。そうして元気を取り戻すまで、そこに身を潜めているのよ。仲間たちに迷惑をかけないよう、ひっそりとね。健康で一生を終えたシロイワバイソンより、病弱で薬草を何度も口にしたものの方が、伝道師の毛皮には適しているんだって。肌に吸い付く湿り気があって、より多くの沈黙を包み込むことができるの……」

再び横になると、耐えがたい眠気が襲ってきた。少女の説明に応えようと思うのに、意識は薄れ、僕をのぞき込む二人の顔が遠のいていった。

どうして少年は喋らないのだろう。ぼんやりした頭で僕は考えていた。沈黙の行が進んでいるんだ。そう気づいた次の瞬間、僕はもう眠りに落ちていた。砂丘も乳首もあっさりと飲み込んでしまう、かつて一度も到達したことのない深い眠りだった。

薬草はよく効いた。その日一日、熱がぶり返し、二時間おきにシーツを取り替えなくてはならないほどの汗をかいて、家政婦さんを忙しいめにあわせてしまった。でも次の朝目を覚ました時、僕は元気を取り戻していた。関節に強ばりが残っているだけでどこにも痛いところはなく、耳鳴りも胸苦しさも消え、身体が軽くなっていた。僕はベッドを抜け出し、窓辺に立って背伸びをした。ぐったりしていた内臓が、順番に息を吹き返してゆくのが感じられた。

僕が臥せっている間ずっと、レース編みのテーブルセンターは引きつれて破れたまま、上着のポケットで丸まっていた。

12

病気が治ってみると、村の夏は終わっていた。老婆の忠告は嘘ではなかった。仕事を再開した朝、屋敷へ向かおうと庭を歩いている時、林の入口にある楡の切り株にびっしり茸が生えているのを見つけた。赤血球のように真ん中の窪んだ、小指の先ほどしかない黄土色の笠が、すき間なく切り株を占拠していた。朝日の届かない陰の中で、粘液に覆われたその表面は冷たく濡れていた。

僕は空を見上げた。雲の形も、木々の枝の揺れ方も、鳥の種類も、空気の肌触りも、すべてが以前とは違っていた。夏が戻ってくる気配は、どこにも残っていなかった。厚手のコートを仕立てるのにいい店を、少女に教えてもらわなくては、と思いながら僕は屋敷へ急いだ。

仕事に復帰してからも、生活の全部が元通りになるまでにはしばらく時間がかかった。僕が思うよりも根深いダメージを、病は身体に残していた。体重が減って立ちくらみがしたし、図面に向かっていても集中力が続かなかった。午前中の文書化作業も、形見一つを仕上げるのがやっとだった。老婆と相談し、正確な記録を残すためにも、当分の間、文書化する形見は一日一個までということにしてもらった。

しかし実際、本当に問題なのは、僕の病気よりもむしろ老婆の体調だった。やはり夏の暑さがこたえたようだった。初めて会った時は、これ以上老いる余地などないと思ったのに、夏を越え、もう一段階ステップを降りたという感じだった。ただ形見の記憶を語る口調はしっかりしていたので、彼女の声を書き取っている間は、一時的なものさと自分を納得させることができた。

屋敷の外でもいろいろなことが変化しようとしていた。観光客の姿が途絶え、それに合わせてアイスクリーム屋とストリートオルガンが店仕舞いして、中央広場は淋しくなった。小麦とホップの収穫が済み、畑の風景が一変した。野球のシーズンは終わりを告げ、週末のたび森林公園の競技場を目指していたファンの列が消えた。結局、養鶏場連合は優勝を逃した。

最も大きく村を揺るがしたニュースは、例の爆弾犯が逮捕されたことだった。それは夏が去ってしまった空しさを、いくらかは紛らせてくれた。犯人は元郵便配達人で今は無職の中年男だった。被害妄想で入院歴があり、それがもとで仕事を追われ、農家の納屋に下宿してひたすら爆弾を製造していたらしい。

新聞記事を読むかぎり、どうしてこんな男のために伝道師が命を落とし、少女が傷を負わなければならなかったのだろうと、苛立たしくなるようなつまらない男だった。主張もなければ反抗心も野望もない。世の中をすねて孤独に逃げ込み、リード線と火薬の臭いだけに安らぎを求めていた。

彼の爆破目標は人間ではなく、あくまで建物だった。部屋からは郵便配達をしていた頃の詳細な住宅地図が発見され、標的とする場所に番号がふられ、ピンが押してあった。新聞に載った写真で見ると、ピンを結んだ線は、少女の頰の傷とよく似た星形になることが分かった。ぞっとする偶然だった。すべてが成功したとすれば、村の主要な場所は残らず破壊される運命だった。

しかし、写真から目をそらそうとして、僕はもっと重大な発見をしてしまった。中央広場が①。それが中心で、そこから星の頂点を目指し西のはずれへと線は伸びてゆく。そして②のピンは、老婆の屋敷の上に突き刺さっていたのだ。

次の日、早めに仕事を切り上げて離れへ戻ってみると、見知らぬ男が二人、戸口の前に立っていた。庭師が雇うアルバイトの若者の他に、外部の誰かがこんな屋敷の奥まで入り込んでくるのは、今まで一度もないことだった。僕に用事がありそうな人の心当たりもなかった。戸惑いを隠すため、僕はことさら丁寧に応対した。

彼らは刑事だった。よく似た風貌をしていたので、最後まで区別がつかなかった。煙草の匂いが染みついた背広を着て、オーソドックスな柄のネクタイを締め、爪先のすり減った革靴を履いていた。

しばらく雑談をした。老婆との関係や、村へ来たいきさつや、仕事の内容についてだった。特に博物館の詳しい内容に関しては、当たり障りがないよう、誤魔化して答えたが、彼らはいかにも関心があるという様子で何度もうなずいた。その態度が反対に威圧的で不愉快だった。

爆弾犯の関連で来たんだな、と僕は思い至った。怪我人を出しているだけでなく、次の標的にまでされたのだから、何らかのフォローがあってしかるべきだった。

「母屋の方はご覧になりましたか」

僕は尋ねた。いいえ、と片方が答えた。

「年代ものの、貴重な屋敷ですからね。そのうえ広大だ。建物自体が博物館の展示品みたいなものです。村中探しても、あれほどの建築物はありません」

僕は続けた。

「ええ、まったく」

二人は同時に答えた。

「爆弾マニアだったら誰でも、村の中心をやっつけた次に、この屋敷を粉々にぶっ飛ばしたいと思うのは当然でしょう」

今度は彼らはうなずかなかった。

「母屋を訪問する必要がおありでしたら、僕から女主人に頼んであげてもいいですよ。かなり手強い偏屈なおばあさんですからね。一筋縄ではいきません。でも、僕が取り成せば、面会くらいはできると思います。何と言っても娘が怪我をさせられていますから、彼女だって無関心ではいられないはずです。まずここへいらしたのは正解でした。突然屋敷へ押し掛けたら、恐らく女主人はへそを曲げていたでしょう。独自の暦を作っていて、人の都合にお構いなく、それを一番に優先させて生活している人なんです。よく分からないけど、ややこしい暦でね。もっとも僕だって、百パーセント彼女の信頼を得ているわけじゃありません。ただ半年ばかり近くにいて、ほんの少し扱い方のコツをつかんだという程度で……」

「八月三日の夜、九時から十時にかけて、どちらにいらっしゃいましたか」

咳払い一つのきっかけもなく、愛想笑いもなく、男が僕の話を遮った。さっきまでとは違う、きっぱりとした口調だった。

「八月三日？」

不意をつかれて僕は混乱した。

「火曜日です」

もう片方が付け加えた。

質問に答えなければという気持より、なぜ彼らがそんなことを知りたがるのだろうという不審の方が大きかった。その日付と爆弾事件を結びつけようとしてみたが、うまくいかなかった。本当は熱いコーヒーで、一刻も早く一息入れたい気分だった。

「何週間も前のことなんて、いちいち覚えていません」

本当のことを僕は答えた。

「手帳か日記に、記録は残っていないんですか」

彼らは引き下がらなかった。

「業務日誌は付けていますが、作業場の方に置いていますし、それにさほど厳密なものじゃありません」

「夜、外出なさる習慣は？」

「いいえ、ほとんど……」

　僕は首を横に振った。

「夕方仕事が終われば、たいてい真っすぐここへ帰ってきます。屋敷の外へ出ることは、滅多にありません」

　用心深くあるべきなのか、もっとリラックスしてもいいのか、自分でも分らなかった。

「八月三十日の夜、九時から十時にかけてはいかがです？」

「ちなみに今度は月曜です」

　一人は僕の方をじっと見つめ、もう一人は爪の先で食卓の縁をコツコツと叩いた。そこは朝出掛けた時のまま、マグカップやオレンジの皮やシャーレやスポイトが散らばっていた。

「そんなふうに日付を並べられても一緒です。その時間なら、まだ母屋の作業室で仕事をしているか、せいぜい隣の庭師の家で酒を飲んでいるかです。それ以上のことは思い出せません」

「ああ、そうでしょう、そうでしょう。人間の記憶なんて、いい加減なものですからね。焦る必要はないんです。何かの拍子にひょっこり、ということもありえます。時間をかけて、ゆっくり思い出していただければ結構です」

「僕に何を思い出せって言うんですか？　一体それが、何になるんですか」

「誰と、どこで、何をしていたか。たったそれだけのことですよ」

男は爪を弾くのをやめなかった。僕は疲れてめまいがしてきた。とにかくベッドへ潜り込みたかった。

「爆弾犯は、もう捕まったんでしょ？」

二人とも黙ったままだった。西日が差し込んで、部屋をくすんだ色に染めていた。めまいはますますひどくなってきた。

「ええ」

ようやく男がうなずいた時には、僕の質問はとうに意味を失っていた。

「ならば、八月十三日は？」

「蒸し暑い、三日月の夜です」

僕は目を伏せ、こめかみを押さえた。記憶を呼び覚ますためではなく、めまいを鎮めるためだった。

「いいえ、何も……」

うな垂れたまま、僕は答えた。

刑事が引き上げたあと、ベッドの中で、もう一度三つの日付を思い浮かべてみた。そうしてすぐに気づいた。三日は社会保険事務所の女が、三十日は編み物の先生が殺された日であり、十三日は、女のアパートに忍び込みながら、形見の収集に失敗した日だった。


体力が十分に回復してからも、形見の文書化は一日一つのままで、ペースをもとには戻さなかった。いよいよ老婆の衰弱が、無視できなくなってきたからだ。テーブルに形見を載せても、物語を読み取るため神経を集中させるのに手間取っている感じで、じっと目を見開いたきりなかなか語り出そうとしなかった。声はかすれ、唾を飲み込んだり息継ぎをしたりするたびリズムが乱れて、しばしば僕は、ノートの上で手を止めなければならなかった。

しかし文書化作業の精度が落ちたわけではなく、ただテンポが変わっただけで、物語の完成度も、二人のコンビネーションも良好に保たれていた。ブランケットにくるまり、深く腰を折り曲げ、形見から発せられる物語が消え去らないうちにと、懸命にもつれた舌で語り続ける老婆の姿を見ていると、僕はいとおしい気持になり、よりいっそう丁寧に言葉を書き付けないではいられないのだった。

「雨が降りだしたようだね」

作業が終わると、老婆は僕と取り留めのない話をすることが多くなった。自分の部屋へ戻る元気を回復するのに、時間が必要だったからだと思う。

「そのようですね」

形見とノートを片付けながら僕は答える。

「長引きそうな雨だ」

「暦に書いてあるんですか？」

「いちいち暦など開かなくても、音を聞けば分かる。屋根を叩く音色によって、雨の種類も変わる」

「また一段と、気温が下がりそうですよ」

僕はカーテンのすき間から外をのぞいてみる。まだ午前中なのに、あたりは夕暮れ時のように淋しく薄暗い。

「今年の冬は、どんな具合でしょう。仕立屋には、一番分厚い生地でコートを注文したのですが」

「林へ入り、一番北側にある樫の木の虫瘤を調べてみるとよい」

老婆は膝を折り曲げ、肘掛にもたれ掛かり、両手を胸に当てている。額のおできは血がにじんだまま乾燥し、粉を吹いたようになって、余計痛々しく見える。

「虫瘤の中がカラカラに乾いておれば、来年の夏は飢饉に襲われ、蛆がわいておれば出来のよい小麦が収穫できる。もしも蜘蛛が巣を張っておれば、十一月中に初雪が降り、厳しい冬が長く続くことになる」

「分かりました。今度、調べてみます」

「妙に素直じゃないか」

「僕はいつだって聞き分けがいいですよ」

「ふん。くだらん」

そう言って、老婆は短い眠りに落ちる。ふと気づいた時にはもう寝息を立てている。僕は静かに近寄り、ずり落ちそうなブランケットを掛け直し、老婆の向かいに座って目覚めの時が訪れるのをいつまでも待つ。


こうしている間にも人は死んだ。日毎に秋が深まってゆくなか、僕は形見の収集のため、村のあちこちをさ迷い歩いた。

寿命を全うした人もいたし、若くして旅立った人もいた。時間をかけて心の準備をし、親しい人々にさよならの挨拶をした人もいれば、何が起こったのか気づきもしないうちに逝ってしまった人もいた。見すぼらしいアパートの一室、眺めのいい丘の上の別荘、日の当たらない路地、農園、工場、図書館、商店、学校、あらゆる場所に形見は残されていた。僕の手に触れられるまで、息を殺して潜んでいた。

中でも一番印象深かったのは、修道院での収集だった。見習い伝道師の少年から、修道院で人が死んだと連絡があった時、僕はまたシロイワバイソンの毛皮を収集することになると思ったのだが、死者は伝道師ではなく、養魚場で鱒を育てていた男だった。

僕と少女が到着した時、ちょうど聖堂で、葬儀が執り行われていた。かつて経験したなかで、最も慎ましく、最も静かな葬儀だった。

参列していたのは十数人の伝道師と僕たちだけで、それが修道院にいる全員なのか、ごく一部でしかないのかは分からなかった。聖堂は寒々とし、いくら蠟燭を灯しても消し去れない暗がりに満たされていた。

僕には理解できない、彼らだけに通じるサインがあるのだろうか。祭壇の中央にいる伝道師がリーダー的役割を果たしながら、ある秩序にのっとって儀式は進められているようだった。しかしその場を支配するのは全くの沈黙であり、何を手掛かりにして自分の居場所を確保すればいいか不安だった。ただ隣の少年を真似して、祈ったり、頭を垂れたり、目をつぶったりするよりほかなかった。

死者は粗末な柩の中に横たわっていた。一輪の花も、音楽も、啜り泣きもなかった。毛皮と皮膚の触れ合う気配だけが、揺らめく蠟の煤とともに漂っていた。

一段と長い黙禱のあと、柩は伝道師たちによって担われ、聖堂を出て回廊を進み、菜園を横切り、男の働き場所だった養魚場を一周して、岩山を登っていった。僕たち残りの者は、二列になって後ろに従った。

彼らは見事に柩を掲げ持つことができた。それも修道院での、修行の一つなのかもしれない。ゴツゴツした岩場でも、茨の茂みでも、しっかりと足を踏みしめ、死者に余計な振動を与えないよう心を配っていた。

長い道のりだった。少年は真っすぐに前を見据え、少女は列から遅れないようにとうつむき加減で、一心に歩いていた。頰の傷跡がかじかんで赤く潤み、いつもより星形が深く刻まれているように見えた。朝から一度も太陽は姿を見せず、次第に強くなる西風が、山脈から厚い雲を運んできた。仕立て上がったばかりのコートを着て来るべきだったと、僕は後悔した。

葬列は岩山の頂上付近に到着した。不意に視界が開け、顔を上げるとそこは思いもよらず広々とした墓地だった。

彼らの精神を象徴するに相応しい、簡潔な風景だった。一見不規則に、しかしある種のバランスを保ちながら、骨のような白く細い墓標が、ただ並んでいるだけだった。

こんなにも大勢の伝道師が死んでいったというのか、斜面が視界から消えるずっと向こうまで、一面墓標が連なっていた。あるものは思索にふけるかのように傾き、またあるものは雷にでも打たれたらしく、痛々しい亀裂が入っていた。どれにも名前は見当たらなかった。機知に富んだ詩の一節も、辞世の言葉もなかった。死亡年月日が一行、たどたどしく彫られているに過ぎなかった。

男の墓は斜面の中程に用意されていた。柩が穴に納められ、土が掛けられた。墓標は真新しく、数字を彫った削りかすがまだ残っていた。

見習い伝道師の話によれば、男は少年が修道院へやって来るずっと前からここに住み着いていたらしい。ある日、中庭で行き倒れになっているところを助けられ、以来、一歩も修道院を出ることはなく、誰かが訪ねて来ることもなかった。

皆は男に、伝道師になるよう勧めた。なぜなら、男が言葉を持たない人間だったからである。それが肉体的問題によるのか、教育に原因があるのかは分からなかったが、とにかく彼は終生一言も声を出さず、一字の文字も書き付けなかった。自分の名前さえ名乗ることができなかった。中庭の泉水のほとりで倒れていた瞬間から、すでに沈黙の行を成就させていたのだった。

伝道は拒んだが、どんな仕事でも嫌がらず生真面目にこなしたので、男は一室を与えられ、修道院で暮らすのを許された。やがて男は魚に関し、すばらしい知識を発揮しはじめた。裏庭を流れる川にさまざまな仕掛けを施し、釣り針を改良し、あらゆる種類の魚を捕獲した。川にそれほど豊かな実りが隠れているのを、伝道師たちは初めて知ることとなった。

男は言葉の代わりに魚によって、自分を表現した。水温を計り、水量を読み取り、産卵場所を見抜くことが哲学の主張であり、捕まえた魚を両手で捧げ持つ瞬間が、感情の吐露だった。

どこでどうやって彼がそのような能力を身につけたのか、知る方法はなかった。伝道師たち一人一人が、どういう道のりで修道院へたどり着いたか、誰にとっても不明なのと同じだった。

やがて男は養魚場を作り、鱒の養殖に成功した。鱒は村のレストランに卸され、貴重な現金収入となった。男はより上質な鱒の育成を目指して研究に没頭し、一日の大半を養魚場で過ごした。そして昨日の朝、川辺で死んでいるのを発見された。胃から血を吐いて、それが喉に詰まって窒息したのだった。

収集の対象者について、これほどの情報が得られるのは珍しかった。誰にも見咎められず、葬儀に参列するのも初めてだった。形見の存在に比べ、死者はもっと漠然としているのが普通だった。けれど彼の場合は違っていた。僕たちは土が投げ込まれる音を耳にしていたし、少しずつ柩が埋もれてゆく様子を、目のあたりにしていた。魚のぬめりのしみ込んだ両手が、今やその役目を終え、胸の上で永遠の眠りについている姿を、思い浮かべることもできた。

気づいた時、少女は泣いていた。声を出さず、顔も伏せず、じっと柩を見つめたまま、見知らぬ男のために涙を流していた。なぜ泣くのか、その意味を探ろうとしてすぐに僕はあきらめた。そこに意味などなかったからだ。掘り起こされた地面の底から、地熱が湧き出してくるように、鱒が泳ぎ去ったあと、川の深みで渦が巻き上がるように、涙はただ流れ続けていた。

ますます風は強くなっていた。皮膚に突き刺さる、乾ききった風だった。土埃が舞い、毛皮の裾が音を立ててはためいた。遠くにシロイワバイソンの姿が見えた。草をはむでもなく、移動するでもなく、こちらに向けて頭を持ち上げたたずんでいた。間違いなく埋葬が完了するかどうか、見届けているようでもあった。冬の毛に生え変わる途中らしく、抜けきらない茶色の夏毛がだまになって身体のあちこちに残り、醜さを余計際立たせていた。その醜さが、埋葬にいっそうの淋しさをもたらした。沼の方から強い風が吹き上げてくると、シロイワバイソンが泣いているのかと錯覚するような音が、空へ響いた。

僕は少女の手を握った。柩はもうほとんど、土の中に埋まっていた。

男が残した私物は、修道院で行き倒れになった時から腰にぶら下げていたという、片手に納まるほどの布袋たった一つだった。粗悪な麻製の生地で、口のところに紐が通してあった。僕はそれを解き、中身をテーブルの上に出した。

櫛と、スプーンと、釣り針と、ビー玉が一個入っていた。それで全部だった。身だしなみと、食と、仕事と、思い出。男の人生を体現する、最小の博物館だった。

中身をもとに戻し、紐を結び直してから僕は言った。

「これにするよ」

見習い伝道師の少年はうなずいた。

「とてもいい形見だわ」

少女は袋を両手で包んだ。

身体は冷えきったままで、指先はかじかんでいた。男の部屋は明かり取り用の小さな窓が一つしかなく、三人立つのがやっとの狭さだった。すでにベッドのマットレスも毛布も片付けられていた。僕たちが形見を持ち去れば、養殖場の鱒以外、男がここに居たという痕跡は何も残らない。

「岩山が墓地になっているとは、気づかなかったよ」

僕は言った。

「しかも、あんなに広いなんて……」

少女が言い足した。

「シロイワバイソンの墓地でもあります」

久しぶりに会う少年は頬が引き締まり、大きすぎると思っていた毛皮がいつの間にか身体になじんでいた。

「人間と同じように埋葬するの？」

「区別する必要はありません」

「彼らを大事に扱うのね」

「でも、毛皮を剝ぐんだろ？」

「ええ」

「毛皮が足りなくなると、殺すのかい？」

「いいえ。冬になれば自然に、彼らは死にます」

明らかに少年の言葉数は少なくなっていた。喋る前に必ず、ためらうような間が空き、声も低く、いつ完全な沈黙の世界へ姿を消してしまうのだろうと、聞く者を不安な気持にさせた。

「伝道師はシロイワバイソンと一緒に眠りにつくのね」

少女は顔を傾け、下から少年を見つめて言った。彼女も同じ不安を感じているのだと分かった。

「僕たちと等しく沈黙を分け合うことができるのは、彼らだけなんです」

少年は毛皮の裾を翻した。獣の臭いが立ち籠めた。


とても真っすぐ部屋へ戻る気分にはなれなかった。僕も少女も疲れきっていて、早く身体を暖めたいはずなのに、なぜか神経が高ぶって落ち着かなかった。墓地の冷たい風と、埋葬の淋しさと、新しい形見の感触と、そういうものたちが混ざり合い、胸の奥に重く沈殿していた。

僕たちは玄関ポーチに自転車を置くと、小川に沿ってしばらく歩き、そのまま林へ入っていった。考えてみれば、屋敷にいる時はいつも視界のどこかに林の姿が映っていたのに、足を踏み入れるのは初めてだった。

・

外から眺めている時感じたよりも、ずっと深い林だった。落葉樹は半分ほど葉を落としていたが、高く伸びて重なり合う枝々は空を覆い隠し、自分がひどく遠い場所に閉じこめられたような錯覚を呼び起こした。ところどころ、ノブドウやナナカマドが愛らしい実をつけ、リスが太い尾を揺らして幹を駆け登っていったが、そうしたものたちも錯覚を打ち消してはくれなかった。

「だんだん、喋らなくなってきたわ」

少女は大事そうに形見を提げていた。

「そうかなあ……」

あいまいに僕は答えた。

道らしい道はなく、靴は落葉に埋もれ、少女のタイツには尖った草の種がたくさんくっついていた。

「何か言いたいことがある時でも、唇を閉じたままゆっくりと瞬きをして、それでおしまい」

「でも、質問にはちゃんと答えてくれたじゃないか」

「ええ。だけど、どこかぎこちないの。言葉を習い始めて間がない人が、自分の口にする一言一言に自信が持てなくて、おどおどしているような感じ」

「彼と話せなくなるのが、怖いのかい？」

「よく分からないわ。彼の作り出す沈黙がどんなものか、見当もつかないから」

少女が木の根につまずいて転びそうになった。とっさに僕は肩を抱いた。少女は形見の紐を握り直した。

「シロイワバイソンがうらやましい。沈黙を分かち合える、唯一の生きものなんですものね」

林の中も風が吹いていた。枝を揺らし、鳥の巣を壊し、少女の髪の毛を舞い上げていた。風をやり過ごすため、僕たちはもっと近くに身体を寄せなければいけなかった。

「あれよ」

少女が指差した。林の一番北にある、一番古い樫の木だった。

僕と少女は木の回りを一周し、大きな虫瘤を見つけ、一緒に手を差し込んだ。暗く湿った空洞で二人の指は重なり合い、そこに隠された意味を読み取ろうと、しばらくじっと動かずにいた。

風をよけるために少女は目を閉じていた。睫毛はまだ濡れているように見えた。傷跡の窪みには、涙が溜まっているようでさえあった。

二人の指先には、蜘蛛の巣が絡み付いていた。

13

厩舎の工事が完了した。厳しい霜が降りた日だった。

もちろん、博物館としての枠組みが出来上がったというだけで、展示のための細々とした整備はまだこれからだったが、とにかく本格的な冬が来る前に改築を済ませられたことは幸運だった。雪が積もれば、大がかりな仕事がやりにくくなるのではと危惧していたからだ。

外から見る限り、厩舎時代と雰囲気は変わっていなかった。外壁は崩れた部分を補修しただけだし、馬用の井戸もそのまま残してあった。ただ入口の看板だけが、そこがもうただの厩舎ではないことを示していた。

中は作業道具も瓦礫もすっかり片付いていた。大方の仕切りを取り払ったために広々とし、じめじめした感じがなくなっていた。採光も換気も申し分なかった。長い時間床に蓄積し、腐敗していた空気が、全部きれいに掃き清められたようだった。目の前に広がる空間や、間仕切りされた受付や、奥へと伸びてゆく見学通路を見ていると、そこに展示ケースを据え付け、形見を一つ一つ納めている少女と自分の姿が浮かび上がってきた。

その夜、離れの納屋で庭師と二人きりのお祝いをした。祝いと言ってもただ酒を飲むだけだったが、仕事の区切りがついたことを、二人とも何らかの形で喜び合いたかったのだ。

「あそこを博物館に改造するなんて、最初はピンとこなかったよ」

庭師は上機嫌で、酔いが回る前からよく喋った。

「これほどの大仕事は初めてだったし、第一、博物館ってものがどういう所か、イメージが涌かなかったんだ。今まではせいぜい、池を潰して温室を作るとか、奥様のドレッシングルームを拡張するとか、そんな仕事しかしていなかったからな」

「でも万事、うまくいったじゃありませんか。あなたのおかげです」

「いやあ、とんでもない。俺はただ、技師さんに言われたとおりのことを、やったまでだよ」

僕たちはいつもより上等のウイスキーを開け、乾杯した。ストーブが燃えて納屋は暖かかった。家政婦さんが用意してくれたチーズとハムは、新鮮で美味しかった。

「正直、奥様がとんでもない思い付きをなさったばかりに、どうなることかと一時はひやひやしたよ。技師さんがここへ来てくれる前に、何人もの人間が途中で逃げ出して行ったんだ。奥様の毒気に当てられて具合が悪くなった奴もいれば、形見を見ておじけづいた奴もいた。最初から金が目的の詐欺師もいたなあ。とにかくひどいもんだ」

「僕に特別な能力があったわけじゃありません。ただ博物館規約の精神にのっとって、必要な手順を踏んでいっただけなんです」

「そこが大事なのさ。地味な作業を順番にこなすだけの辛抱が、皆できないんだ。しかも何の楽しみもない、こんなつまらん村に押し込められてな」

「やっぱり僕は、博物館が好きなんです。どういう性格の、何を展示する博物館であってもね」

「ああ。俺も好きになれそうな予感がする。村で唯一の博物館建設に携わったんだと思うと、柄にもなく誇らしくさえあるよ。庭師としての腕が、形見のために役立つなんて、考えたこともなかったからな」

「ケースが設置されて、収蔵品が展示されて、受付に真新しい入場券の束が揃えば、もっともっと魅力的になるはずですよ」

「だろうなあ。楽しみだ」

互いの仕事ぶりを褒め合うのに飽きると、あとはもうとりとめのない話をした。庭師は家政婦さんとの結婚に至る愛の歴史について語り、僕は顕微鏡に映し出される世界について語った。庭師が造園技術と芸術性の関係を論じれば、僕は養鶏場連合野球チームの改造計画を提案した。

ストーブは調子よく燃え続けていた。手元が覚束なくなって水をこぼしたり、クラッカーの粉をグラスに落としたりしても気にしなかった。椅子の背もたれに頭を載せ、テーブルの角に片足を引っ掛けて、好きなだけ飲んだ。誰に遠慮する必要も、何を心配する必要もなかった。

窓は蒸気でくもり、闇に塗り潰されていた。外は一段と冷え込んでいる様子だった。けれどその闇の向こうに、沈黙博物館があるんだと考えるだけで、心が自由に、晴れやかになった。自分が一つ、困難なハードルをクリアーした実感が、アルコールと一緒に内臓から染み渡ってくるのだった。

目に映るものすべてから、祝福を受けているような気分だった。壁に掛かるジャックナイフの刃のきらめき一つ一つが、僕を称えていた。

「よし。技師さんのナイフを研いでやろう。そろそろ手入れしておいた方がいい頃だ」

庭師はグラスを脇に寄せると両手をこすり合わせ、水の入った盥と研ぎ石を並べた。

「酔っているのに危なくないですか?」

「見くびってもらっちゃ困るなあ。俺はナイフを自分の指と同じに使いこなせるんだ。何年もナイフを作り続けてきた結果、知らず知らずのうちにそうなったのさ。少し酒が入って、余計な力が抜けた方が、かえって好都合なくらいだ。さあ、出してみな。今、持ってるかい?」

「ええ。いつも持ち歩いてます」

僕はズボンのポケットからジャックナイフを取り出した。

「おお、手の脂が染みて、なかなかいい味が出てきたじゃないか」

懐かしげな声を上げ、庭師はそれを両手で受け取ると、握りの銀細工や象牙の飾りを撫で、いとおしいものに触れるように刃を引き出した。

「今までに、何を切った?」

庭師は刃を電球にかざした。

「いろいろです。一度、引き出しの鍵を壊すのに使ったあとは、オレンジをむいて、薪用の小枝を切って、鯉の皮をはいで……そんなところでしょうか」

「うん。自分の作ったナイフが、何かしらの用を成している様を想像するのが、一番の楽しみだ」

彼は柄から刃の背に向かって、できるだけ長くその感触を味わおうとするかのように、ゆっくり人差し指を這わせた。庭師の手の中にあると、もともとナイフは彼の指に合わせて作られたものだというのがよく分かった。僕が手にしている時より、それはずっと打ち解けた雰囲気に見えた。

「大事に使ってくれて、うれしいよ」

研ぎ石に水が滴り落ち、そこを刃が滑っていった。鋭く、美しい音がした。僕は目を閉じ、庭師の指先から生まれるその音に耳を澄ませながら、もう一杯ウイスキーを飲んだ。

庭師を送り届け、自分の部屋まで戻ってきた時、玄関口の暗がりから突然男が二人姿を現わした。僕はよろめいて扉にもたれ掛かった。納屋からほんの数メートル歩いただけなのに、息が切れていた。

「どうなさいました」

男が言った。暗すぎて顔はよく見えなかったが、以前の刑事だとすぐに分かった。

「ちょっと、酔ってるだけです」

頭はしっかりしているつもりなのに、呂律が回っていなかった。

「ところで、いかがです？　例のこと、思い出していただけましたか」

二人は僕の前に立ちふさがった。庭師の寝室から漏れてくるわずかな明かりが、二人の横顔を照らしていた。

「何のことですか」

わざとぶっきらぼうに僕は言った。

「業務日誌を読み返されて、何か発見があったのではと思いましてね。つまり、八月三日の夜と、……」

「三十日と、十三日でしょ」

僕は顔を背け、ノブに手を掛けた。すかさず二人は、さらに身体を近付けてきた。

「ええ、よくご存じですね。その通りです」

彼らの口調があくまでも落ち着いていたので、余計にこちらをいらいらさせた。

「何度も同じことを聞くために、夜更けにこんなところへ立っていたんですか。ご苦労な話だ」

「ですから我々も、早くけりをつけて引き上げたいんです」

「森林公園にいらしたことは？」

隙を見せずに、二人は質問を繰り出してきた。

「ありますよ。野球を観に行ったんです。でも八月じゃありません。春でした」

「植物園裏にあるアパートの、B棟104号室へは？」

「アパート？」

そう問い返したあと、僕は唾を飲み込み、混乱を鎮めようとした。ほんのちょっとした油断で、取り返しのつかない事態に陥ってしまいそうな予感がした。どんなに注意深く振る舞おうとしても、落ち着きのない酒臭い息が漏れ出した。手足には酔いが回ったままで、扉にもたれていないと真っすぐ立っていられなかった。

「そんなところ、知りません」

僕は答えた。

「このお嬢さんの顔、見て下さい」

片方が背広の内ポケットから写真を一枚取り出し、懐中電灯で照らした。

「それから、こちらのお嬢さんも」

もう片方が別の写真を差し出した。

「見覚えは？」

何の変哲もないスナップだった。若い女性が写っていた。ぱっと見たあと目をつぶったら、もう次の瞬間には忘れてしまっているような平凡な顔つきだった。

「いいえ」

外は冷え込んでいた。寒気がして奥歯が鳴りだした。さっきまで納屋を包んでいた、あの親しみに満ちた暖かさはとうに消え、それとともに庭師と分かち合った充実感、幸福感も失われていた。救いを求めるように、僕は博物館の方に視線を送った。けれど闇に邪魔され、何も見えなかった。

「社会保険事務所へいらしたことはおありでしょう。村へ越して来る時、手続の関係がありますからね」

「文化交流会館へは？　あそこで何か受講なさっておいでですか？」

「受付の人が、あなたの姿を見たと言ってます」

僕は首を横に振った。急に、こらえきれないほど気分が悪くなってきた。

「失礼」

僕は男を押しのけ、嘔吐した。

「大丈夫ですか」

一人が背中をさすり、一人は写真と懐中電灯をポケットにしまった。僕はもう何も答えなかった。

「じゃあ、また来ます。お大事に」
そう言い残し、やがて二人は遠ざかっていった。

泣き祭りの日が来た。秋の終わりを悲しみ、穏やかな冬の訪れを願う祭りだった。霧雨が降ったりやんだりする、冷たい一日だった。僕と少女は一緒に祭りを見物しようと、沼まで見習い伝道師を迎えに行った。

ところが、沼にいたのは少年ではなく、痩せて背の高い白髪の老伝道師だった。老人にふさわしい、すり減った垢まみれの毛皮をまとっていた。僕も少女も何とはなく、嫌な予感がした。

「いつもの少年はどうしたんでしょう？」

試しに僕は尋ねてみたが、案の定答えはなかった。代わりにボートへ乗るよう、手招きしていた。とりあえず僕たちは、修道院まで行ってみることにした。

ついこの前、形見収集のため訪れた時よりさらに沼の水温は下がり、深緑が濃くなっていた。黒い斑点のあるトンボは姿を消し、水草は色あせ、ほとりには腐った落葉が打ち寄せられていた。少年に比べると老人の漕ぎ方は弱々しく、流木をよけようとしてしばしばバランスを崩した。

「いくらお話はできなくても、こちらの言いたいことは伝わるんじゃないかしら。ね？」

少女は老伝道師の顔をのぞき込んだ。彼はボートを漕ぎ続けた。うなずいたようにも見えたし、ただスピードを上げようとオールを強く握り直しただけのようでもあった。

「ここでボート番をしている男の子に用があるんです。今日はどこにいるんでしょう。できれば一緒にお祭りに行けたら、と思って。もちろん、あなたがお話になれないのはよく分かっています。ですから、聖堂とか、中庭とか、図書室とか、だいたいの方角を指差してくれるだけでいいんです」

ボートは到着した。僕と少女はぬかるんだ岸に降り立った。少女は老伝道師が答えてくれるのを待って、彼の動作一つ一つに注目していた。

しかし彼は何の合図も送らず、目配せさえしてくれないまま、ボートを半回転させて背を向けてしまった。どこにも行き着けなかった彼女の声の響きが、いっそう僕たちの気分を沈ませた。

仕方なく修道院を一周して少年を探した。季節が移っても修道院を覆う空気に変化はなかった。沈黙はひと欠けらも損なわれることなく、そこに存在した。

何人もの伝道師とすれ違ったが、進展はなかった。もう一度だけ勇気を出して質問してみようか、という気持にさせてくれる伝道師もいたが、所詮、思い過ごしだった。いざ声を掛けようとすると、ぶ厚い沈黙の層に跳ね返され、尻込みしてしまった。

回廊のベンチにも、図書室にも、氷室にも、少年はいなかった。鐘楼は雨に濡れ、てっぺんが靄に隠れていつもより高く見えた。緑などもうほとんど残っていないはずなのに、シロイワバイソンたちは食料を求め、岩のすき間に鼻をこじ入れていた。

養魚場まで歩いて来た時、様子がどこか違うのに気づいた。そこも沈黙の世界の一部であることに変わりはなかったが、確かに以前はあったはずの、生きものの気配や、人間が手を尽くしている痕跡が消え失せていた。代わりに立ち籠めていたのは、耐えがたい死臭だった。

フェンスに囲われた生け簀の水は淀み、異常に繁殖した藻で覆われ、そのすき間に鱒の死骸がいくつも浮かんでいた。十分に肥えた立派な鱒だった。口は苦しげに半開きになり、ヒレにはヌルヌルした藻が絡みついていたが、銀色の腹は厚い雲の下でさえ艶やかに光って見えた。その銀色が余計に濃い臭いをまき散らしていた。

少女は口元を押さえ、後ずさりした。岩山の墓地よりも、ずっと死にふさわしい場所だった。僕にはそれが、小さな麻袋一つを形見として残した、養魚場の男の死体から発せられた臭いのように思えて仕方なかった。

「さあ、行こう」

僕は少女を促した。

そして沼へ降り、さっきと同じ老伝道師のボートに乗って、村へ戻った。

中央広場へ続く大通りは、ドライフラワーや木の実や卵細工で飾り付けられ、様々な種類の屋台が並び、役場のスピーカーからは楽しげな音楽が流れていた。大道芸人たちの回りには人だかりができ、子供たちは興奮して奇声を発した。

なのに僕はどこかしら淋しい雰囲気を感じ、心の底からうきうきすることができなかった。はぐれないようくっつき合っている少女の感触だけを頼りに、両手をポケットに突っ込み、自分の足元に視線を落として歩いた。刑事の来訪が引っ掛かっていたのだろうか。それとも小雨混じりの天気のためか、あるいはただ単に、〝泣き祭り〟という名前のせいなのかもしれない。

僕たちはまず魚の臭いを忘れるためにハッカ飴を買い、次にホットチョコレートを飲んだ。少女は気に入った店を見つけると立ち止まり、あれこれと商品を吟味したが、老婆へのお土産のポプリ以外は何も買わなかった。少年と会えなかったことで、がっかりしているのは確かだった。

「おごってあげるから、遠慮しなくていいんだよ」

僕は言った。

「いいの。お祭りの日は無駄遣いしちゃいけないって、言われているから。お母さまはお祭りが嫌いなのよ」

唇についたチョコレートをなめながら少女は言った。

「どうして」

「人がたくさんで窮屈だし、不潔だし、とにかく皆が寄り集まって楽しんでいるのを見ると、ムカムカしてくるのね」

「分かるような気がするよ。君のお母さんは形見の専門家だからね。死者を相手にする時は、いつだって孤独でいなくちゃならないんだ」

車両の乗り入れが禁止された中央広場は、いっそう賑やかだった。相変わらず霧が立ち籠めたままで、雨は降ったり止んだりしていたが、誰も傘はささず、毛糸の帽子をかぶったり、マフラーを頭に巻いたりしていた。少女はコートのフードで額も頬もすっぽり覆っていた。それでもフードからのぞく髪の毛は、いつの間にか湿っていた。

稜線に沿って霧も波打ち、一番の高みではそれが雲と混ざり合って、より深いベールとなっていた。吹き下ろしてくる風の冷たさからすると、いつ雨が雪に変わってもおかしくなかった。

噴水の脇に敷かれた線路を、子供たちを乗せたミニSLが走り、一等賞の大当たりが出たらしいくじ引き売場では鐘の音が鳴り響き、射的場の前には行列ができていた。誰一人、寒さの心配などしていなかった。山を見上げ、首をすくめているのは僕と少女の二人だけだった。

「もし何か、遊びたいものがあったら行っておいでよ」

少しでも少女を楽しませようとして僕は言った。

「そんな子供じゃないわ」

不服そうに彼女は答えた。

「でもどうして、泣き祭り、なんていう名前がついているんだろう」

僕たちは人の波を避け、ガードレールにもたれた。

「冬が来るのを、泣いて悲しむお祭りだからよ」

「冬がそんなに嫌いなのかい？」

「そうねえ、好きな人はたぶん、あまりいないと思う。形見を登録していて気づいたでしょ？　七割の人が寒い季節に死んでいるの。何故かしら。もちろん、寒さが身体にこたえるからなんだろうけれど、もっとほかに理由があるのかもしれない。お医者さんも、歴史学者も、占い師も、誰もはっきりしたことは答えられないの」

「皆、さほど悲しんでいるようには見えないけどね」

「パレードが始まればすぐに分かるわ。村人が行列を作って、泣きながら村を行進するの。まあ、言ってしまえば嘘泣きだけれどね。その年選ばれた涙姫を先頭に、サンザシの枝を振り回しながら、できるだけ大げさに、苦しそうに、悲しそうに泣くのよ。そうすると冬が怖気づいて、近寄ってこないと信じられているわけ」

少女はもっと深くフードを被り直した。頬の星形が見えないことは、思いの外僕を不安にした。彼女が僕だけのために発してくれている信号を、見失ってしまったような気分だった。

「今となっては想像もつかないと思うけど、昔々、お母さまも涙姫に選ばれたことがあるそうよ」

「基準は何？　やっぱり美しさなのかなあ」

「生贄としての意味合いを考えれば、醜い人では差し障りがあるかもね。だけど一番の条件は、たくさん涙が流せる人よ。何と言っても涙姫なんだから」

「お母さんが涙を流す姿なんて、思い浮かばないよ」

「私も。今や身体中の水分が、蒸発してしまったみたいですものね。感情は全部、怒りに姿を変えて発揮されるの」

話しながらも少女は、時折顔を上げ、人の動きを目で追い掛けていた。見習い伝道師を、まだ探しているのだった。

せっかくの街路樹の飾りも、濡れてぐったりしていた。老婆の言い付けどおりに最上等の生地で仕立てたコートは、ふんわりと身体を包んでいたが、村へ来る前から履いている靴は、雨がしみ込んで重くなっていた。さっき飲んだホットチョコレートの温もりは、すでに跡形もなかった。

「沈黙の伝道師は、泣いてもいいのかしら……」

マフラーを結び直しながら少女はつぶやいた。それが質問なのか独り言なのか区別がつかず、僕はしばらく黙っていた。

「氷室で懺悔しなくても、許してもらえるのかしらね」

少しずつ雨の粒が大きくなり、噴水に広がる波紋もはっきりしてきた。少女は僕の腕につかまった。

「声さえ出さなければ、いいのかもしれないよ」

僕は言った。

「でも、シロイワバイソンは泣かないわ。涙だって流さない」

「うん……」

僕はただ、答えにならない息を漏らすしかなかった。

「あっ、来たわ」

少女が顔を上げた向こうに、大通りから広場へと入ってくる行列が見えた。同時にスピーカーから流れていた音楽が止み、SLが停止し、ざわめきが静まった。人々は道をあけるため、自然と脇に寄っていった。その時になって初めて、行列と共に夕暮れが迫っているのに気づいた。少女の横顔が薄暗がりに沈もうとしていた。

思っていたよりも静かな行進だった。確かに泣き声は聞こえたが、さっきまでの賑わいに比べればずっとおとなしいものだったし、行進のリズムを取る音楽も、涙姫をはじめとする登場人物たちのための華やかな衣装もなく、小道具と言えば、ただのサンザシの棒切れだけだった。

遠くて顔は見えなかったが、涙姫は少女と変わらないくらいの年ごろで、黒いケープをはおり、他の人たちよりやや長めで細かく枝分かれしたサンザシを握っていた。彼女の両脇には、護衛の意味か、体格のいい男が二人、松明を掲げて付き従っていた。その後ろには多種多様な人々が続いており、二列になって歩くという以外、特別な規則性はないようだった。太りすぎてすり足でしか歩けない中年女もいれば、ようやくおしめが取れたばかりの子供もいる。猫を抱いた年寄りもいれば、ハンサムな若者もいる。

行列はゆったりとしたペースで進んだ。そこが最終目的地であるらしく、先頭の涙姫は噴水を中心点にして周回しはじめ、その後を追って次々と人々が広場に入ってきた。見物人たちはカフェのテラスや歩道に逃げ、それでもできるだけ近くで行列を見ようとして押し合いへし合いになった。僕は少女の肩を抱いた。

やがて行列は一つの大きな輪になった。一人一人、自分のスタイルで泣いていた。ある者はうな垂れ、肩を震わせて嗚咽を漏らし、ある者は古典悲劇の主役のような大胆さで空を仰ぎ、サンザシを振り回しながら叫び声を上げた。苦悶、痛み、怖れ、淋しさ、あらゆる種類の涙があった。しかしそれらが互いに触れ合うことはなかった。誰かの胸に顔を埋めたり、手を握ったりしている姿はどこにもなく、皆それぞれが独自の悲しみに閉じこもっていた。

急速に夜が訪れようとしていた。街灯はともっておらず、二つの松明だけが広場を照らしていた。少女は僕の腕の中でじっと動かずにいた。

気のせいか、あたりが暗くなるにつれ、行列が発する悲しみの音も次第にボリュームが増しているようだった。これだけ大勢の人間が一度に泣くのを耳にするのは、もちろん初めてだった。個々の声は間違いなく泣いているのに、それらが一つに混ざり合うと、深海の底で渦巻く海鳴りのように聞こえた。そしてそこに、彼らの足音や、サンザシが地面を叩く音や、見物人たちの息遣いが重なり、さらに複雑な陰影を作り出していた。

護衛が松明を振るたび、火の粉が飛び散った。涙姫がケープで顔を覆い、一段と大きな声を張り上げた。続いて列の真ん中あたりにいた男がサンザシで自分の足を突き、すぐ後ろの婦人が髪をほどいてくしゃくしゃにした。誰かが両手を痙攣させ、誰かが胸をかきむしった。

気のせいなどではなかった。海鳴りはどんどん大きくなっていた。輪はいつまでも回り続け、より強固な泣き声の渦を作り、止まる気配がなかった。

「あっ」

少女がピクリと身体を固くした。

「あそこ……」

手がかじかみ、彼女はうまく指差すことができなかった。

「きっとそうだわ」

次の瞬間、少女は僕の腕をすり抜け、人込みをかき分けていった。慌てて引き止めようとしたが、間に合わなかった。理由を尋ねる暇もなかった。

「どこへ行くんだい」

見物人にぶつかり、舌打ちされながら、僕は後ろ姿を見失わないよう追い掛けた。少女は回り続ける輪の前で一度立ち止まり、ひるんだように見えたが、すぐに気を取り直して泣いている人々の間に潜り込もうとした。少女が追いすがる先に、沈黙の伝道師がいた。見習い少年だった。

どうして今まで気づかなかったのだろう。行列がやって来る前から、そこにいたはずなのに。

彼は身体の前で両手を合わせ、心持ち足を開き、石畳に視線を落としていた。爆弾事件で死んだ伝道師と同じ場所に、同じ恰好をして立っていた。泣いてはいなかった。初めて会った時あんなにも瑞々しかったシロイワバイソンの毛皮は、その面影が思い出せないくらいに泥だらけだった。

少年がちょうど輪の中心だった。彼の沈黙を軸にして、輪は回っていた。ようやく僕は少女に追い付いた。

「危ないよ。ひとまず戻ろう」

「いいえ。行かなきゃ」

近づいてみると、泣き祭りの行列は遠くから見ている時よりずっと力強い威圧感があった。人々の顔は雨と涙に濡れ、吐き出される白い息は熱気に満ちていた。

それは完全なる泣き声のサークルだった。どこにも緩みのない、一続きの完成された形だった。

割り込もうとして少女は押され、よろめいた。僕は彼女を支え、行列のリズムを目で計り、わずかな隙をついて強引に身体をこじ入れた。ほんの数歩で輪の内側へ入り、少年のもとへ行き着けるはずなのに、どんどん大きくなってゆく泣き声の層はそれを許さず、僕たちを押し戻した。少女が尻餅をつき、つられて僕も転んだ。水溜まりが弾け、彼女が呻き声を漏らした。見物人たちがこちらを指差し、ひそひそ話している気配が伝わってきた。こうしている間も、回転のリズムが狂うことはなかった。

少女を助け起こそうとした時、誰かのサンザシが彼女の背中に当たり、続けて誰かが僕の手を踏み、脇腹を蹴った。痛みのためというより、彼らの勢いに押しつぶされ、抗議することもできず、彼女の上に覆いかぶさってうずくまるしかなかった。コートも手袋もどろどろになっていた。声を掛けたり、気遣いを示したり、避けて歩いたりしてくれる人は一人もいなかった。皆、自分の涙を絞り出すのに精いっぱいで、その瞳は僕たちのことを見てなどいなかった。

涙姫がケープを翻し、夜空に高くサンザシを振り上げ、少女に向かって打ち下ろした。

悲鳴を上げたのは涙姫の方だった。人々の悲しみをかき立てるのにふさわしい悲鳴だった。サンザシが折れ、先端が地面に転がった。涙、唾、目やに、みぞれ、鼻水、火の粉、ふけ、泥、あらゆるものが僕たちの上に降り掛かってきた。

見習い伝道師はじっと動かずにそこにいた。僕と少女に近寄ろうともせず、視線を向けようともせず、沈黙の塊を抱え続けていた。それは未成熟な彼には酷なほど、重い塊のようだった。少年の腕は痺れ、両足は疲れきって感覚をなくしているのが、毛皮の上からでも見て取れた。

僕たちはもはやそこを立ち去ることも、少年に呼び掛けることも、ましてや泣くこともできなかった。少女の身体は温かく、いい匂いがした。悲しみの輪は、淀むことなく回り続けていた。

14

あれほど皆が嘆き祈ったのに、やはり冬の訪れを阻むことはできなかった。すでに誰もが実り多い秋は過ぎ去り、決して後戻りしては来ないことを知っていた。山の色、小川の水流、役場の時計塔が作る影、修道院の鐘の音……何もかもすべてが冬に支配されていた。

祭りの次の日、少女は扁桃腺を腫らして一日寝込み、僕は庭師と一緒に林へ入ってストーブにくべる薪を集めた。汚れたコートとマフラーと手袋は、家政婦さんがきれいに洗濯してくれた。

僕は博物館の完成に向けて仕事に没頭した。老婆は日々衰え、刑事の問題は棚上げされたままで、兄さんからの便りは相変わらず届かなかった。少女は見習い伝道師が沈黙の修行に入ったことで、沈みがちだった。しかし僕は努めて仕事以外の問題を考えないようにした。どんなに困難でも老婆との文書化作業は充実感を与えてくれたし、展示ケースの留めネジを数えたり、照度調節スイッチをテストしたりしていると、自分が博物館という名の避難所に、安全に保護されていると感じることができた。

ある意味では少女もまた、僕と同じやり方で現実をやり過ごそうとしていた。彼女は決して泣き祭りの日の出来事を口にしなかった。少年の沈黙の修行について、僕に意見を求めることもなかった。扁桃腺の腫れが治まるとすぐさま地階に降りてきて、作業台の前に姿勢よく腰掛け、黙々と文書化記録の清書に励んだ。僕が休憩するよう声を掛けても、うつむいたまま、

「もう少し書いておきたいの」

と言って、作業を続行させた。

一方、老婆の状態は深刻だった。どれだけ口汚く僕を罵ろうとも、体力の衰退をカムフラージュすることはできなかった。むしろ言葉に威力があればあるほど、身体の惨めな様子が際立ってしまうのだった。

食事の量ががくんと落ち、ほとんどスープかゼリーのようなものしか受け付けないらしく、家政婦さんは苦労していた。顔はさらに一回り小さくなり、助けがなければ一人では

歩けなかった。屋敷の暖房設備は大半が機能していなかったので、老婆はありったけの衣類を全身に巻き付けて寒さをしのいでいた。トレードマークの毛糸の帽子はもちろん、三重の靴下、スパッツと巻スカートとエプロン、ブラウスにチョッキにセーターにカーディガン、その他襟巻、手袋、ショール、耳当て……考えつく限りのものが互いに絡み合い重なり合いしながら、彼女をガードしていた。少女に支えられ、廊下の向こうからやって来る老婆に出会うと、ぼろ切れの塊が歩いているようだった。その塊のわずかなすき間から、二つの瞳だけがのぞいていた。弱々しい歩調は、衰弱のためではなく、衣類の重みのせいではないかという気さえした。

文書化作業のための部屋には、寝椅子が持ち込まれるようになった。老婆は横になって形見の物語を語った。そのための不都合は何もなかった。視線の向きが変わっても形見との交信はきちんとなされたし、横になることで声帯の緊張がほぐれ、老婆の声と僕の鉛筆はより親しく寄り添い合えた。

ある日の午後、雪が降った。村へ来て初めて目にする雪だった。頼りなく風に流され、地面に落ちるとすぐさま溶けてしまい、積もりそうにはなかったが、それでも雪は雪だった。

次の日、展示ケースが届いた。僕と庭師は井戸の前で荷を解き、ガラスを傷つけないよう慎重に博物館の中へ運び入れた。

「結構頑丈にできてるなあ」

庭師が言った。

「コレクションを守る大事な器ですからね。毅然とした番人であり、安らかな寝床でもあるんです」

「ほお。大したもんだ。形も大きさも、こんなにいろいろあるとは知らなかったよ。もっと単純なものだと思ってた」

「ただ陳列しておけばいいという訳にはいきません。配列の仕方によって、同じコレクションでも与えられる意味が違ってくるんです。コレクションの内容だけじゃなく、ケースのデザイン、色彩、アクセント、そういった要素を組み合わせて、視覚心理に配慮したレイアウトを考えるところが、博物館技師のセンスの見せ所です」

「なるほどな。それにしても博物館の中身が充実してくると、いよいよだなあ、と感慨深くなるよ。今となっては、昔ここに馬がつながれていたなんて、誰も信じないだろうな」

入口のところでいったん立ち止まり、庭師はしみじみと中を見回した。

「形見が並べば、一段と違ってきますよ」

と、僕は言った。

すべての包装を解き終えると、設計図で確認しながら、手分けしてケースを設置していった。箱型のものは床に固定し、棚型は壁に据え付けた。

かつて手懸けた博物館では、こうした作業は専門の設備係が行い、僕は立ち会うだけだったので、実際にケースを運び、ドライバーでネジを留めてゆくことがどんなに楽しい仕事か、初めて知らされた気がした。コレクションのために奉仕している自分を、改めて発見することができた。一度も博物館に入ったことのない、もちろん博物館精神を学んだこともない庭師でさえ、一個一個ネジを打ち込む手元に愛を込めている。その横顔を見て僕は久々に博物館規約の一節――博物館は自然物ではない。人間によって作られる――を思い出した。

展示ケースが並ぶと、それまで漠然としていた空間に秩序が生まれた。設計図に描いた通りの直線、立方体、曲線、球体がバランスよく配置された。

すべての展示ケースを設置し終えた頃、思いがけず老婆が少女と家政婦さんに連れられて様子を見に来た。

「こんな寒い日に外へ出て大丈夫ですか」

僕は老婆の手を取り、入口のステップに足を掛けるのを支えた。

「寒さを口実にして私を遠ざけ、いい加減な仕事をするつもりでいたのか？　ふん。そうはさせん」

一段と厳重な防寒のため、老婆の声はくぐもっていた。

「まあ、久しぶりに来てみたら、もうほとんど完成じゃないの」

「すっかり見違えちゃったわ」

家政婦さんと少女が声を上げた。

「いや、形見を展示するまでは、まだまだ気が抜けません」

僕は彼女たちを案内して回った。老婆の歩調がゆっくりなおかげで、隅々まで細かく説明ができた。庭師はいつでもすぐさま助け船が出せるよう、後ろからついてきていた。

「入ってすぐ正面、この小さいけれども特別な縁取り装飾が施されたケースには、庭師の曾お爺さんの剪定バサミを展示します。当博物館の出発点となった形見ですから、やはりある種の特権を与えられるべきでしょう。説明文はごく簡潔に、小さなプレートにまとめてケースの脇のこのあたりに張りつけるつもりです。パネル式の壁面解説は考えておりません。見学者が形見に求める情報は、ごくシンプルなものだと思われます。持ち主の氏名と、死亡年月日と、死因。これだけあれば十分です。長々字の詰まったパネルは、ここの雰囲気にそぐわないし、鑑賞の妨げになりかねません……」

「……順路はまず左のウイングからスタートし、突き当たって奥側の通路に入り、右ウイングを回って、それで一周です。全体はおおよそ二十年ごとの五ブロックに区分されています。各ブロックでは、年代順にこだわらず、もっと自由な発想の配列を行いたいと思っています。たとえ同じ年に収集された形見であっても、そのことが互いに何らかの影響を与え合うものではないからです。形見は皆、孤立しているのです……」

「……ところどころに見受けられる、こうした壁ぎわの空間は、ケースに入らない大型の形見を展示するために使われます。我々が信念とする形見の定義と、その収集方法のために、コレクションの大半は持ち運び可能な大きさになっています。運びきれない巨大な何かを形見とする場合は、その大きさを象徴できる小さな何かが収集されています。ただコレクションの常として、例外はあるのです。ここにはちょっとした柵を設けるつもりでいます。保護するカバーがなくとも、見学者から損傷を受ける可能性は低いでしょう。博物館技師なら誰でも、自分の作った博物館を見学に来る人間の品性が、下劣だとは思いたくないものなんです……」

あらかじめ準備していたわけではないのに、僕はスラスラと喋ることができた。博物館のすべてを網羅する、完全な案内パンフレットを朗読しているのと同じだった。自分はこんなにも沈黙博物館を愛しているのかと驚いた。喋っているうちにどんどん新たな視点が浮かび、それらが互いに交差しながら増殖し、さらに広大な地平が開拓されていった。言葉は淀みなく沸き上がり、何も考えなくても勝手に唇からこぼれ出してきた。僕はただ安心して、自分の声に耳を傾けているだけでよかった。それは博物館中に広がり、音楽施設にも劣らない美しい響きを残した。

少女も庭師も家政婦さんも、僕がポイントとなる台詞を決めるたび、感心してうなずいた。僕がどこかを指差すと忠実に視線を動かし、息継ぎのために間をあけると、次の展開がどうなるのか楽しみでならないという表情をした。

老婆は……老婆は相変わらずだった。普通の人なら気にも留めない休憩コーナーの灰皿の底や、受付カウンターの底板や、電話台の引き出しの中をのぞき込んでは杖の柄でつつき、いちいち鼻を鳴らした。時折、わざとらしく咳き込んでは僕の説明を邪魔した。

しかし僕にはよく分かっていた。文書化作業によって培われた老婆との関係が、それを教えてくれた。老婆は感謝の気持がうまく表現できないでいるのだ。自分でもどうしていいか訳が分からず、ただやたらと杖を振り回しているだけなのだ。その証拠に、よろめいて展示ケースのガラスに手をついた時、僕に気づかれないよう、慌ててカーディガンの袖口で指紋を拭き取っていた。

窓から差し込む光は、思い描いた通り、形見を傷めない明るさに屈折していた。丹念に汚れを落とした壁は、本来の落ち着きあるレンガ色を取り戻していた。目の前には、共に協力し合った人々が集まり、僕に尊敬の情を示していた。

第五ブロックに続く最後の通路に入り、僕が動線計画を立てるにあたって留意した点とその成果について語ろうとした時、突然入口で声がした。

「技師さん、いらっしゃいますね」

皆一斉に僕から視線を外し、声の方に振り返った。

「いらっしゃるんでしょう」

男が二人、入ってきた。見学順路を無視し、こちらに向かって近づいてきた。

「お仕事中、申し訳ありませんねえ」

愛想笑いを浮かべて一人が言った。

「お手間は取らせません。いつもの例の、あの件ですから」

彼らは老婆たちには見向きもしなかった。目礼さえしなかった。ただ一人僕だけに狙いを定めていた。

頭の中では動線計画の原案から修正案、決定案までが駆け巡っているというのに、苦もなくあふれていたはずの言葉たちが、何一つ声になって出てこなくなった。ついさっきまで博物館中に響いていた僕の声は、鼓膜の奥で急速にしぼんでいった。

「他の方々にはご遠慮していただきますか？　不都合があっちゃいけないから」

「いいえ」

　ようやく僕は口を開くことができた。

「不都合なことなんて、何もありません」

　沈黙博物館の一番最初の入場客が彼らであることに、僕は腹を立てていた。これまでのせっかくの苦労が、踏みにじられたような気分だった。記念すべき最初の入場者は、形見に心引かれた、善良な村人であってほしかった。

　皆は思いもしない成り行きに戸惑っていた。老婆さえもが対処の仕方を迷うかのように、腰にまとわりつくもこもこした衣類を引っ張っていた。

「それじゃあ、このまま続けさせていただきましょう」

「どうです？　そろそろ何か思い出していただける頃じゃないですか？」

「八月三日と、三十日と十三日」

「森林公園とB棟１０４号室」

「社会保険事務所と文化交流会館」

「そしてこの二枚の写真」

彼らの呼吸は見事に合っていた。なのになぜか、聞く者を憂鬱にさせる不協和音のようでもあった。

皆、通路に立ちすくんでいた。少女と家政婦さんは老婆を支えることだけに専念し、庭師は厄介な事態を改善するために、自分はどうしたらいいのかと僕に無言のメッセージを送りながら、同時に刑事の示した写真への好奇心も抑えきれない様子だった。

「何故僕に付きまとうんです」

日が傾いて急に博物館の中は冷え込んできた。こんなことを聞いても役に立ちはしないと分かっていながら、ずっと黙り通しているだけの気力も僕にはなかった。

寒さのために奥歯が鳴りだした。酔った晩のように、また気分が悪くなったらどうしようかと心配だった。刑事たちが何故僕に付きまとうか、という問題よりもずっと心配だった。

「黙ったままでいると、あなたのためになりませんよ」

「ええ、僕だってお答えしたいです。でも何も知らないんです」

「ご自分の置かれてる状況がどれほど危ういか、まだ気づいていらっしゃらないようですな」

「別に気づきたくもありませんよ。日付も、場所も、写真も、僕には無関係です。本当です。信じて下さい」

「森林公園でも文化交流会館でも、あなたは目撃されています」

「八月十三日の深夜、植物園裏の通りで、あなたを見たという人だっているんです。正確には、走って逃げるあなたとぶつかって、転んだという人がね」

「ご存じの通り、僕は博物館技師です。コレクション収集のために、村のあちこちを歩き回るのが仕事なんです」

「じゃあ、認めるんですね。１０４号室へ侵入したことを」

一人が僕の肩をつかみ、一人が煙草臭い息を吐き掛けた。

僕の苛立ちは息が苦しくなるほどに募っていた。どうしてこんな無礼な連中が博物館に侵入してきたんだ。まっさらで神聖なこの世界に、汚い息をまき散らして、台無しにしてしまう権利が彼らにあると言うのか。招待もされていないくせに。入場券を買ってもいないくせに。

寒くてならないのにわきの下から汗が流れ、こめかみが痺れて痛んだ。僕はできるだけゆっくり呼吸するよう、自分に言い聞かせた。喉が縮こまって、うまく息が吸い込めなかった。

「あなたたちに告白しなければならないような事は、しておりません」

二人から視線をそらし、低い声で僕は言った。しかし、気持を落ち着かせる効果はなかった。鼓動は早くなるばかりだった。

「僕たちはただ、形見の博物館を作ろうとしているだけです。何の損害も与えていないし、誰の心も傷つけていない」

「形見の話などどうでもいいんです」

下らなくてやっていられない、というふうに、一人が言った。

「形見を侮辱するのはやめてくれ」

僕は肩に載った男の手を払い除けた。庭師も家政婦さんも、自分が怒鳴られたようにうな垂れていた。少女の顔は青白く、老婆は目を閉じて眠ったふりをしていた。

ふと、少女の背後、展示ケースの下に見覚えのない木箱が置いてあるのが目に入った。何の前触れもなく、理由もなく、そっと視界に忍び込んできたような感じだった。送られてきた箱は庭師と一緒に全部開けたはずだった。刑事たちに立ち向かいながら、その開け忘れた箱の姿がどうやっても視界から消えず、完全だと思っていた仕事にクレームをつけられたようで、ますます僕は苛立った。

「いいですか。形見の本当の意味を理解できないような連中に、ここを訪れる資格はないんです。僕たちは今、コレクションを収めるための準備が万端整ったこの風景を前に、至福の時を過ごしていたところなんです。邪魔しないで下さい。そもそも僕たちは被害者なんですよ。本当なら、あなたたちに保護してもらわなくちゃならない立場であって、責め立てられる覚えなんて、これっぽっちもないはずだ」

僕は喋り続けた。そうする以外、苛立ちを誤魔化す方法がなかった。

「爆弾犯は次のターゲットをこの屋敷に定めていたはずです。それだけじゃない、広場の噴水がやられた時、彼女は大怪我を負わされたんです。見てごらんなさい。あの頰の傷を」

僕は少女を指差した。彼女は顔をそむけ、頰を隠した。僕はすぐさま、取り返しのつかないひどいことをしてしまったと後悔したが、すでにもう後戻りはできなかった。木箱は相変わらず、そこにあった。

「ちゃんと犯人を取り調べてくれましたか。時限爆弾を仕掛けてほくそ笑んでいるような奴だ。ろくなもんじゃない。もしかしたら、屋敷の人間に恨みを持っているのかもしれない。僕と彼女が広場へ出掛けるのを、見計らっていた可能性だってあるでしょう。爆弾を作る奴は人だって殺すんだ」

僕は持っていた設計図を投げ捨てた。手が冷たすぎて、何の感触も残らなかった。そうしている間にも木箱の存在はどんどん膨らんでゆき、視界を塞いでめまいを催すほどになっていた。

突然、僕は気づいた。どうして今まで刑事などに振り回されもたもたしていたのかと、自分を責めた。

「逃げるんだ」

僕は叫んだ。

「爆弾だ。ここに、博物館に、仕掛けられていたんだ」

僕は刑事たちを突き飛ばし、まず一番に少女を守ろうとした。足元で設計図の破れる音がした。

「皆、外へ出て。早く。この中に、爆弾が……」

少女は茫然とし、木箱に気づいてさえいなかった。遠くの見知らぬ誰かを見るように、僕を見ていた。刑事たちは意味のない言葉を吐きながら、僕を制止しようとした。一人が後ろから腕を引っ張り、もう一人が羽交い締めにした。もがいた拍子に、僕のズボンのポケットから何かがこぼれ落ちた。

「これ、あなたのナイフですか」

一人がそれを拾い上げ、耳元で叫んだ。

「そんなこと、どうだっていいんだ。放せ。邪魔するんじゃない」

僕は腕を振り回して抵抗した。

「早くしないと、爆発してしまう」

「そうなんですか」

男は髪をつかみ、無理矢理僕の顔をナイフに近づけた。

ナイフなど目に入らなかった。見えたのは皆の靴だった。履き古した庭師の作業靴、エプロンの下からのぞく家政婦さんの布靴、少女の編み上げ靴、あまりにも小さすぎる老婆の革靴。誰も僕の言うことを聞いてくれなかった。どの足も、じっとそこに踏み止まったきり、逃げようとはしなかった。

男に頭を押さえ付けられたまま、僕は卵細工を買いに行った日曜日のことを思い出していた。少女をガラスまみれにした爆風と、そのあとに訪れた圧倒的な静寂が、交互に鼓膜を覆った。噴水の前に横たわっていた、沈黙の伝道師の死体が蘇った。僕はもう一度叫ぼうとした。漏れてきたのは、途切れ途切れのただの嗚咽だった。

「落ち着くんだ、技師さん」

庭師の声が聞こえた。

「大丈夫だ。心配いらない」

彼は刑事たちの手から僕を引き離し、背中をさすってくれた。いつしか静けさが戻っていた。僕の息だけが荒く、乱れていた。庭師はベルトの工具で木箱を開けた。

「ほら。留めネジの予備だよ」

庭師はそれを掌の上に転がした。潤滑油で濡れた、美しいネジだった。

「爆弾犯はもう捕まりました。新しい爆弾など仕掛けられません」

刑事は言った。

「あなたのジャックナイフなんですね」

刑事は刃を引き出し、目の前にかざした。そして、

「すばらしくよく、切れそうだ」

と言った。


元ビリヤード・ルームにはかなり豪勢な暖炉が備えられていたが、当然のことながらそれを使えるようにするには、大がかりな修繕が必要だった。専門の煙突屋と庭師が丸三日かけて大量の煤を掃除した結果、ようやく本来の役割を取り戻した。おかげで寒さを気にせず、夜遅くまで仕事をすることができるようになった。

火が燃えているだけでいつもの作業室とは雰囲気が違って見えた。火の粉のはぜる音は

余計に静けさを際立たせてくれたし、炎の揺らめきは気持を穏やかにしてくれた。

「まだ終わらないのかい？　精が出るね」

顔をのぞかせたのは庭師だった。

「ええ、まあ」

僕は仕事の手を止め、座るよう勧めた。

「どうぞそのまま続けてくれよ。邪魔するつもりはないんだ。ただちょっと、調子はどうかなっと思ってね」

「おかげさまで、よく燃えてますよ」

僕は暖炉を見やった。

「いや、そういう訳じゃなくて……技師さんの具合が……」

庭師は外した革手袋を握り締めて口籠もった。

「ああ……」

書きかけの書類の端を丸めながら、僕はため息をついた。

「心配かけて、すみません」

「いやいや、技師さんが謝ることはない。俺がお節介だったたな」

「お気遣いいただいて、本当にうれしいんです」

「お気遣い、なんて上等なもんじゃないさ」

しばらく二人とも黙っていた。庭師は扉にもたれて所在なくノブをカチカチさせ、僕は相変わらず書類の角をいじっていた。

「なぜだか、あいつらがやって来ると、決まって様子が変になるんです」

「仕方ないよ。誰だって調子が狂うのが当然だ。それがああいう連中の手なのさ。相手を不愉快にさせて、混乱させて、自分たちのペースに追い込もうとするんだ」

「でもやっぱり、僕は疑われているんでしょうね」

「ただちょっと調べているだけの話だよ。博物館までやって来たのも、形見の収集がどんなものなのか、知りたかったんだろう。村始まって以来の連続殺人だから、慎重になってあれこれ嗅ぎ回っているのさ。技師さんが怪しいだなんて、誰が思うもんか」

積み上げられた薪が崩れ、炎の形が変わった。作業台の端には、その日少女が仕上げた文書化記録の清書が、きちんと重ねて置いてあった。

「ところで……」

庭師は続けた。

「ジャックナイフのことなんだが……」

「ああ、そうだ。そのことも謝らなくちゃならないんだ。すみません。あんなことになってしまって」

「じゃあやっぱり、奴らが持って行ったままなのかい？」

「ええ。ずいぶん、抵抗したんですけど」

「そのうち、事件と無関係だと分かれば、返してくれるだろう。でもあれがないと、何かと不便だろ？　そう思って、別のを持ってきたんだ」

庭師は新品のナイフを差し出した。

「でも、悪いですよ。大事なものなのに」

「気兼ねせず使ってほしいんだ。形見の収集には、やっぱりこれがないとな。いざっていう時、助けになってくれる。何遍も言ったとおり、自分の作品が役に立つのが、一番の喜びなのさ。前のが戻ってきたら、こっちを返してくれればいいから」

素直に僕はナイフを受け取り、礼を述べた。刑事に取り上げられたのと同じ形のナイフだった。柄の装飾から握った感触、刃の輪郭まで、すべてが同じだった。

「見分けがつきませんね」

刃の出し入れの具合を確かめながら、僕は言った。

「当然さ」

得意げに庭師は答えた。

「機械を使わないにもかかわらず、俺はまったくそっくりのラインが作り出せるんだ。一個一個を作った時の感触が、ちゃんと指に残っているのさ。ところで技師さん、まだ帰らないのかい？」

「一緒に帰って、一杯やりたいところですが、片付けておきたい仕事がまだ残っているので、もうしばらくここにいます」

「そうかい。無理しないようにな。じゃあ、また明日」

ジャンパーのファスナーを首元まで引き上げ、片手を振って庭師は出ていった。僕はジャックナイフをポケットにしまい、仕事に戻った。

第三の犠牲者が出たのはその夜だった。アーケードから一本路地を入った突き当たりにある、食器屋の売り子だった。

前の二人と比べ、さして変わった特徴はなかった。朝の十時に出勤して店を開け、陳列棚にはたきを掛け、お客が品物を選ぶと新聞紙でグルグル巻にしたあと、さらにスポンジで覆って厳重に包装してやる、几帳面な娘だった。買物の途中、店の前を通りかかったことがある家政婦さんの話によると、ぼろ切れを手に、売れ残った食器を熱心に磨く姿が、いつもウインドーに映っていたという。

普段どおり夜七時に店を出たあと、どういういきさつがあったのか、自宅とは正反対の養鶏場の物置小屋で、刺殺死体となって発見された。乳首が切り取られていたのは、言うまでもない。

15

形見の収集に出掛けながら、何の成果も得られずに舞い戻ったのは、これが初めてだった。どんなに困難なケースでも、たとえ枯れかけた雑草一本でも、何かしらの形見を手に入れてきたのに、今度だけは駄目だった。

老婆は猛烈に怒った。怒りのあまり、そのままパタンと死んでしまうのではと心配になるくらいだった。僕を無能呼ばわりし、こんな男に博物館を任せた覚えはないと言って地団駄を踏み、最後には杖で僕を叩こうとして、家政婦さんに止められる始末だった。

「でも、刑事に尾行されていたんです」

僕はおずおずと言い訳した。

「それがどうした。刑事に先を越されて、形見を持っていかれたとでも言うのか」

「いいえ、そうじゃありません」

「ただ後をつけられただけの話じゃないか。何を怖れる必要があろう」

「店でも自宅でも養鶏場でも、彼女に関わりのある場所へ近づけば、僕はますます疑われてしまいます。だから自転車でそのあたりを走り回っただけで、引き返すしかなかったんです。庭師か家政婦さんに、代わりに頼んでもらえないでしょうか」

「寝呆けたことを言うんじゃない」

自分の声の迫力に押されて老婆はよろめいた。

「最も意義ある、最も高貴なこの役目を、自ら放棄するつもりなのか？　ふん、愚かしい。お前には自分の仕事に対する誇りというものがないのか。刑事がどうした。お前が誰に疑われようが、私の知ったことじゃない。つまらん自己保身のために、私の博物館を傷物にしないでもらいたい。よいか。人間が死ねば、形見を収集せねばならん。それがどんなに取るに足らないつまらん人間でも、どんな難しい場所に形見を隠していても、例外はない。そして、収集するのはお前じゃ。お前がやらねばならんのじゃ。この役目から逃げ出すことは、絶対に許されん」

老婆は杖を振り上げ、先端を僕の顔の前に突き付けた。家政婦さんはまた老婆が乱暴を働くのではと、慌てて腕を押さえようとした。しかしそれは、睫毛が触れるぎりぎりの所で止まった。

仕方なく僕はもう一度自転車に乗り、村の中心へ引き返し、それでもしばらく決心がつかずに風の中を走った。こうしている間に刑事があきらめてくれたら、と思ったが、そうはうまく運ばなかった。大きな通りでは車、路地ではバイクに乗った刑事が、常に僕を尾行していた。例の二人組の姿はなかったが、雰囲気からして彼らが同じ目的で僕を見張っているのは間違いなかった。

けれど僕にとっては、彼らに疑われるより、形見を手に入れられず老婆から見捨てられることの方がずっと辛かった。老婆の信頼を取り戻すのが、最優先の問題だった。

僕は自転車をUターンさせ、女性が勤めていた食器屋へ向かった。こんな所へ食器を買いに来る人が本当にいるのだろうかと思うような、じめじめした陰気な路地だった。店の中は陶磁器が発する冷気のために余計寒く感じられた。街灯の陰と、ごみ箱の後ろから、男がこちらの様子をうかがっていた。

家政婦さんが言ったとおり、陳列棚の売り物はどれも気持ち良く磨き上げられていた。マグカップの把手の付け根にも、スプーン一本一本の窪みにも、埃など溜まっていなかった。

　僕は包装するのに一番手間取りそうな品を探した。その方が、形見を見つけるチャンスが広がると思ったからだ。男たちは店の中へ入ってこようとはしなかったが、僕の動きを逃さず追っていた。

「これを、お願いします」

　選んだのはずんぐりとして重いティーポットだった。店主なのか、早くも雇われた新しい店員なのか、顔色の悪い不健康そうな女が黙ったまま包装しはじめた。ウインドーの向こうから、男たちの視線が突き刺さってくるのを感じた。幸運だったのは、女が案の定もたもたしてくれたことと、客であるはずの僕に、関心を払わなかったことだ。

　僕は神経を集中させた。レジの脇にある、ぼろ切れをつかみ、ポケットへ入れた。あっという間だった。過去の収集の現場で繰り返してきたとおりだった。殺された彼女が毎日毎日、食器を磨くために使っていた布だと確信できた。しかし、男たちの目を誤魔化せたかどうか、自信はなかった。

「またどうぞ」

　紙袋を手渡しながら、女は言った。

「ありがとう」

　僕は答えた。

ポケットから形見の端がはみ出していた。彼女の手と、食器に付着すると思われるあらゆる種類の汚れがしみ込んだ布だった。何色と表現することもできず、模様も飾りもなく、恐らく僕の来るのがもう少し遅かったら、あの不健康な女にごみ箱へ捨てられてしまっただろう、もはや何の役にも立たない布だった。——どんなつましい人生にも、形見はある——という老婆の言葉を、僕は思い返した。

自転車にまたがり、路地の角を曲がろうとした時、男が二人立ちふさがった。顔など見なくても、いつもの彼らだと直感で分かった。僕と直に接触するのは、彼らの職務と定められているのかもしれない。

「今、ナイフの刃と被害者の傷口を、照合しているところです」

片方が言った。

「市販の規格品じゃないようですな」

もう片方が付け加えた。

「従って、特徴的な切り口が残るのです」

「また新しい犠牲者が出ました」

「いたわしいかぎりです」

「あなたはもう、新しいナイフを手に入れたんですか？」

それだけ言うと、彼らは去って行った。

僕は屋敷まで懸命にペダルを漕いだ。季節風が強く、いくら力を込めてもスピードが出なかった。屋敷へ入る錬鉄門の手前で一段と激しい風が巻き上がり、タイヤが砂利に取られ、転びそうになった。僕は自転車を止め、ポケットの中の形見が無事なのを確かめてから、ティーポットの包みを地面へ投げ付けた。呆気なくそれは砕けた。

「あと、いくつ残っている？」

老婆が尋ねた。

「形見のことですか？」

文書化作業の後片付けをしながら僕は言った。

「馬鹿者。当たり前じゃ。他のことで私がお前に何を尋ねる必要があろう」

食器屋の娘の件で怒鳴られた時に比べれば、可愛い怒りだった。

「はい。六十と、少しでしょうか。順調にはかどっています。この分だと、冬の間中には終わるでしょう」

「どこまでおめでたい奴なんじゃ。順調かどうかは、私が決める」

老婆はずれた入歯を押し戻した。僕は老婆の決定を承ろうと姿勢を正したが、いつまで待ってもそれが下される気配がないので、後片付けを再開した。

その日選ばれたのは玄関ホールだったが、寒い日の文書化作業には最も不向きな場所だった。床は石張りで冷たく、天井は高く、どこからともなくすき間風が入り込んできた。家政婦さんが用意してくれた電気ストーブは、あまりにも頼りなさすぎた。そのうえ、階段や廊下につながる密閉されていない空間なので、形見と交流するために老婆はかなりの集中力を要求されたはずだった。

僕は台帳の番号を確認し、文書化済のチェックを入れ、鉛筆と消しゴムを筆箱にしまった。玄関扉の向こうでは、その冬二度めの雪が降ったり止んだりしていた。

「ところで……」

僕は言った。

「僕が収集した形見の文書化については、どうしたらいいんでしょう」

皺に邪魔され、老婆の顔の変化はほとんど読み取れないのだが、それでも呆れた表情をしているのは間違いないようだった。

「質問の意味が分からん」

「つまり、僕が村に来てから収集された、ごく最近の形見については、誰が語ることになるのかと……」

「お前じゃ」

面倒そうに老婆は言った。

「でも僕は、形見の持ち主と話したこともなければ、顔さえも知らないんですよ。語るべき情報なんて、何一つ持っていません」

「でも僕は……何かというとすぐにお前はそれじゃ。でも僕は……そう言って甘えれば許してもらえるとでも思っておるのか。やめてくれ。蕁麻疹が出る」

老婆は額のおできをかきむしる真似をした。夏頃までは赤く膿んでいたおできも、老婆の体力が低下するに従い、乾燥してカサカサになっていた。

「私が喋っているのが単なる情報だと思われていたとは、ああ情けない。何のために毎日毎日、喉をからし、痰を詰まらせてきたのか。お前と共有した時間のすべてを、どぶに捨てられた気分じゃ」

「すみません。謝ります。僕が本当に言いたかったことは、全く逆です。形見について真実を語る資格があるのは、あなただけではないか、ということなんです」

「よいか」

老婆は声のトーンを落とした。

「形見について語れるのは、それを収集した人間のみである。持ち主のことを知っていようがいまいが、関係ない。しかるべき時が来れば、お前もまた語るようになる」

それだけ言うと老婆は寝返りをうち、クッションに頭を沈めた。威勢よく喋っていたかと思うと、急に口をつぐみ、うとうとしてしまうのが最近の老婆のパターンだった。

「はい、分かりました」

僕は答えた。返事はなかった。

文書化作業の後のこうした曖昧な時間が、僕は嫌いではなかった。お互い、緊張をほぐすのに必要なひとときだった。僕が介助して彼女をすぐに自室へ送り届けてもいいのだが、老婆はそうは望んでいないように見えた。どんなに寒くてもいいから、しばらく寝椅子で毛布にくるまっていたい様子だった。だから僕も、形見の入った袋を足元に置き、ついさっき書き取ったばかりの物語を思い返しつつ、ぼんやりとしていた。

寝椅子に収まると、余計老婆は小さく見えた。膝、腰、肘、指、身体中のありとあらゆる関節がすべて曲がってしまっていた。それぞれが好き勝手な角度を向き、隆起したり窪んだりしながら、全体としてようやく人間に見えるシルエットを保っていた。その小さな身体の内側に、人間の存在に必要な要素が取り敢えずすべて揃っているのかと思うと、奇妙な気がした。

「無理をしても、食べなくちゃいけませんよ。家政婦さんが困っています」

二人きりでいる時、話し掛けた方がいいのか、黙っている方がいいのか、いつも迷ってしまう。けれど僕は、たとえ答えてくれたとしても、返ってくるのは罵声か嘲りか皮肉でしかないと知りながら、つい何かを話してしまう。

「食べたいものを思いついたら、いつでも言って下さい。僕が買ってきますから」

雪は少しずつひどくなっていた。窓に映る林が、白く覆われようとしていた。

「考える努力をしなくちゃ駄目です。考えれば必ず、何か思いつくはずです」

老婆はクッションに顔を埋めたきり、身動きしなかった。息を吐くたび、喉がゼーゼーと鳴った。毛布の端からほんの少し指先がのぞいていた。かつて様々な形見を収集した、という記憶など一切忘れてしまったような、弱々しい指先だった。

「前からお聞きしたいと思っていたことがあるんです」

むしろ老婆が眠っていてくれた方がありがたいと思いながら、僕は言葉を続けた。

「あなたの昔のお話です」

少女も庭師も家政婦さんも、屋敷のどこかにいるはずなのに、わずかな気配さえしなかった。気が遠くなるほど何年にもわたってお客を迎え入れたこともなく、ただそこに打ち捨てられているも同然のコート掛けや、帽子フックや、ウエイティング・ベンチだけが、僕たちを見守っていた。

「例えば、ご両親は優しかったか、どんな性格の子供だったか、勉強は何が得意だったか、あるいは、初恋はいつだったか、結婚はしたのか、どうして彼女を養女にしたのか……そんな他愛もない話です」

僕は背中を丸め、かじかんだ両手をこすり合わせてセーターの下に潜り込ませた。玄関扉の飾り窓に降り掛かった雪は、あっけなく溶け、雫になって流れていった。壊れかけているらしいポーチの手すりが、軋んで嫌な音を立てるのが聞こえた。

「昔話をしろという訳か？」

気づいた時老婆は頭を持ち上げ、こちらに向けて目を見開いていた。

「ああ、いえ……お休みのところ、邪魔してすみません」

不意をつかれて僕はどぎまぎした。

「人に質問しておいて、いえ……とはどういうつもりじゃ」

老婆は白髪を帽子の中に押し込め、巻スカートのホックを外して裾の乱れを直した。ただ、注意深く観察しないと、寝椅子の上でお尻をもぞもぞさせ、トイレでも我慢しているようにしか見えなかった。

「随分迷惑な独り言じゃ。死体にでも話し掛けておるつもりだったのか」

「とんでもない」

慌てて僕は否定した。

「全部忘れた」

一生懸命思い出そうとするのに、どうしてもうまくいかなかった時のような、がっかりした口調だったので、ますます僕は慌てた。

「もちろん私にも親はいた。初恋もあったろう。結婚だってしておったかもしれん。しかし、皆忘れてしまえば、何もなかったのと同じである。気がついた時にはもう、私はここにいた。そして今もいる。確かなのはそれだけだ。その間を埋めてくれるのは形見だけである。それで十分じゃ」

老婆は僕から目をそらし、咳をした。視線の先には、埃をかぶった空の傘立てがあるきりだった。僕は老婆の背中をさすった。

階段の上で足音がした。

「家政婦さんが迎えに来てくれたようですよ。さあ、部屋へ戻りましょう」

僕は言った。

……これが何通めの手紙になるのか、自分でも分からなくなりました。かつて、兄さんにこんなにもたくさん手紙を書いたことは、たぶんなかったでしょう。

夏の終わりに一度休暇が取れ、帰省できるはずだったのですが、急な仕事でキャンセルとなり、残念なことでした。そのあと、質の悪い風邪をひいてしまい、しばらく寝込んでいるうちに、いつの間にか秋が過ぎ去っていったという感じです。こちらはもう冬です。

赤ん坊はそろそろ四ヵ月を過ぎるころでしょうね。四ヵ月の赤ん坊がどんな様子でいるのか、僕には想像もできません。ベビーベッドの中でじっとしているだけなのか、足をピヨコピヨコさせてすでに立ち上がる練習を始めているのか。あるいは、おっぱいだけで満足しているのか、手当たり次第何でも口に運んで、あたりをよだれだらけにしているのか……。自分にも赤ん坊だった時代があるはずなのに、そのことを何一つ思い出せないなんて、ちょっと理不尽な気がします。

義姉さんのことを考えると、淋しくなります。今まで義姉さんにしてもらった親切に報いる方法は、僕が赤ん坊を思いきり可愛がってやることだと、ずっと思っていたからです。それがいまだに果たせず、心苦しいのです。何だか、義姉さんを裏切っているような気分にさえ陥ります。

病気で遅れた分を取り返すのに忙しく、最近は顕微鏡をのぞいていません。博物館はいよいよコレクションを展示する段階にまでたどり着きました。あともう一息です。搬入の手配が整って一段落したら、顕微鏡を分解し、心行くまでのんびり手入れしたいと思っています。

でも、博物館が完成したあとのことは、曖昧なままです。契約には、完成後の運営・維持についての項目はありませんでした。雇い主が僕にどこまで求めているのか、近々確認する必要があるでしょう。

いずれにしても、近いうちに必ず帰ります。完成後は手を引き、他の人に管理を任せたいというのが、僕の本心です。信頼できる適任者もいます。

この村が決して嫌いではありませんが、少々滞在が長くなりすぎたようです。博物館が出来上がってゆくにつれ、僕の身の回りは少しずつ状況が困難になっています。寒さが厳しくなり、雇い主は衰弱が進み、友人の少年は遠くへ旅立ち……。けれど心配はいりません。大丈夫です。最後には何もかもうまくいくはずです。もう少しだけ辛抱すれば、博物館は完成するし、僕も村を出られます。本当に、あとほんの少しの辛抱です。

返事を待っています。心から待っています。義姉さんと赤ん坊によろしく。

手紙を投函しに出掛けようと、自転車にまたがった時、納屋に明かりがついているのが見えた。僕は自転車をフラワーガーデンの脇に止め、扉のすき間から中をのぞいた。

庭師はナイフを研いでいた。まだ夕方で明るさも残っているのに、電球を全部つけ、さらに手元をスタンドで照らしていた。かなり難しい作業に没頭している様子だった。

砥石と刃のこすれ合う音が、見慣れているはずの納屋をよそよそしい雰囲気に変えていた。いつも酒を飲んでいる時漂っている親密な感じが、姿を消していた。

庭師は規則正しく、しかし微妙に角度をずらしながら刃を滑らせていった。どこにも余分な力など入っていないのに、その音は鋭く空気を切り裂いていた。刃が砥石の上を往復するたび、鋭さも高まってゆくようで、僕は話し掛けるきっかけを失ってしまった。

彼が研いでいるのは、僕がもらったのと同じナイフだった。彼の大きな手の中にあっても、銀と象牙の装飾はよく見えた。僕は無意識にズボンの後ろポケットをまさぐった。この前貸してもらったナイフはちゃんとそこにあった。僕はまだ一度も、それを使ってはいなかった。

「どうしたんだい、技師さん」

庭師が言った。

「そんなところに立っていないで、中へ入りなよ」

ナイフを持ったまま、彼は手招きした。刃先から水滴がしたたり落ちた。

「コレクション搬入の段取りで、打ち合せしておきたいことがあったんです」

僕は言った。

「そうかい。悪いけど、ちょっと待ってくれないか。これだけ済ませてしまいたいんだ。途中止めするわけにいかないんでね」

「もちろん、どうぞ。別に急ぐ用事じゃありませんから……」

僕が答え終わらないうちに、庭師は再びナイフを研ぎはじめた。

「奴ら、ナイフを返してくれたかい？」

「いいえ、まだ」

「ひどい話だなあ」

「ええ、まったく……」

テーブルには空の酒瓶が転がり、以前一緒に飲んだ時のまま、グラスも氷入れも丸まったチーズの包装紙も残っていた。壁に飾られた作品は、また数が増えているようだった。そこだけは抜かりなく手入れが施されていた。

「僕が頂いたのと、同じですね」

砥石の上を見つめて僕は言った。

「ああ。俺の一番好きなフォルムなんだ」

いったん手を止め、庭師は答えた。

「何本、同じナイフがあるんですか」

「前にも言っただろ。何本でもそっくり同じ形を作り出すことができるんだ。この間貸したやつ、持ってるかい？」

「ええ」

言われたとおり僕が差し出すと、庭師は二つのナイフを重ね、ライトにかざした。二枚の刃はぴったりと寄り添い合い、一ミリのずれもなかった。

「見事だろ？」

白熱電球の明かりを受け、刃は冷たく光っていた。その冷たさによって、あらゆるものを切断するのではないかと思うほどだった。視線を動かせないまま、僕はうなずいた。

「俺の一番愛する形のナイフを、技師さんにプレゼントしたんだ」

庭師は微笑んだ。僕もそれに応えようとしたが、ただ力なく唇が震えるだけだった。

「で、搬入の段取りの相談だったな」

「いいえ、別に、今じゃなくてもいいんです。邪魔してすみませんでした」

用心深く僕は口を開いた。

「俺ならもう構わないよ」

「いや、後日、ゆっくりやりましょう。何も、急ぐことはない。僕も今、郵便を投函しに行くところですから」

「手紙かい？　それなら明日の朝、市場へ行くついでに出しておいてやるよ。今から出掛けたら、帰りは暗くなる。そこに置いておくといい」

庭師は顎でテーブルを指した。

一瞬、僕は迷った。手紙を置いて帰ることに、ためらいと不安を感じた。何故だかよく分からないが、とにかくさっき書いたばかりの、兄さんに宛てた手紙を、そのテーブルに置き去りにするという行為が、僕の予想もつかない決定的な何かを意味しているような気がしてならなかった。

「どうも、ありがとうございます」

なのに僕は、庭師の親切に逆らうことができなかった。

「じゃあ、また明日」

そう言って納屋を後にし、部屋へ戻った。その夜、納屋の明かりは遅くまでついたままだった。

16

珍しく天気のいい昼間なのに、陽の当たらない収蔵庫は、夕暮れ時のようだった。収納棚を作り、キャビネットを据え付け、コレクションが各々の居場所に収まった今でも、元洗濯室だった頃の雰囲気は消えずにあった。水の出ない蛇口は錆付いていたが、洗い場のタイルはまだ白く、石けんの匂いがしみ込んでいるようでもあり、天井に渡された物干し用のロープは、外すのが面倒でそのままになっていた。少女はそこへ、形見の埃を払うための刷毛をぶら下げていた。

僕と少女は手分けして、コレクションを博物館へ運び込むための下準備をした。各ブロックごとに、設計図にある展示位置を確認しながら、形見たちを段ボールに詰めてゆくのだった。

手間ばかりかかる地味な作業だった。改めて僕は、沈黙博物館のコレクションの形状がいかに統一性を欠いているか、思い知らされた。かつての博物館では味わったことのない経験だった。効率を考え、できるだけ多くの形見を同じ段ボールに詰めようとしても、球、筒、立方体、紐状、液体、粉末……あらゆる形の品々は互いに妥協せず、好き勝手な主張をして無駄な空間を作り出してしまった。

ただ一つ彼らをつなぎ止めているのは、形見という言葉だけだった。その言葉は真珠をつなぐネックレスの紐のように細かったが、形状の違いなどやすやすと乗り越え、博物館を絶対的に統治する厳格さも持っていた。

僕たちは一個一個を手に取り、それに最も適した保護材を選び、最も厳重な方法で包装した。すでに僕は、彼らの表情の違いを読み取れるようになっていた。文書化作業が済んでいる形見なら、物語の概要も一緒に思い浮かべることができた。

「ここにあるの、全部博物館へ運ぶの？」

少女はクリーム色の暖かそうなズボンをはき、モヘアのカーディガンをはおり、髪を二つに束ねて三つ編みにしていた。自分一人で編んだらしく、ところどころ結び目から髪がはみ出していた。

「もちろんだよ。普通の博物館では、収蔵品のすべてを展示するわけにはいかないんだけど、僕たちの場合は特別だね。収蔵品の価値が皆平等なんだ」

「形見はどんどん増えてゆくばかりなのよ。いつか、あそこに展示しきれなくなる時がくるんじゃないかしら。心配になってきたわ」

「うん、でも、収蔵品の増殖を抑えることはできない。それが博物館の運命なんだ」

「死んでゆく人を減らせないのと同じね」

「そうだよ。運命なんだから、心配はいらない。展示ケースを大きくしたり、建物を増築したり、いろいろ方法はあるけど、僕の経験から言えば、そういう物理的な問題は別にして、どこかに必ずその収蔵品に相応しい空間が出現するものなんだ。僕たちが考えているより、博物館はずっと懐が深いのさ」

「じゃあ、大丈夫ね」

心から安心したというふうに、少女は言った。

棚と棚の間は狭く、僕たちは床に直接座り込んで作業しなければならなかった。いくら電気ストーブのつまみを強にしても、タイルの床は冷たいままだった。僕の計画は甘かったようで、午後いっぱいを使っても、ワンブロックさえ片付きそうになかった。

けれど僕は、形見のために一心に働いている少女の姿を見ているだけで、寒さなど無関係に充足した気分になれた。まず彼女は、配置図を人差し指でなぞり、自分が梱包すべき形見の登録番号を確認する。それから棚に目を移し、現物を探し出して下に降ろす。その時、相手がどんなに軽くて小さな形見であっても、必ず両手を使う。僕が教えたわけでもないのに、博物館技師としての一番重要な心得を、生まれながらに習得しているのだ。そしてある時は真綿で、ある時は木枠でそれを保護し、僕に了解を求める。

「これでいいかしら」

という、微かな不安を含んだ瞳が、僕を見つめる。

「うん、いいよ」

と、僕は答える。

作業室でも収蔵庫でも、二人は幾度となく同じやり取りを繰り返してきた。博物館を作るために必要な仕事の一部でしかないのに、いつしか僕はそれを、二人の間だけに通じる秘密のサインのように思っている。その瞬間に、言葉にならない感情が行き交っているようにさえ感じる。

「短い距離の移動でも、丁寧にやらなければいけないのね」

登録番号Ｂ―０９２の化粧道具箱を、無事段ボールに詰め終えた少女は言った。

「収蔵庫と展示室はもっと近いのが普通なんだ。ここは、同じ敷地内とはいえ、母屋を出て、裏庭に回って、小川やフラワーガーデンや離れをやり過ごす必要があるから、大変だよ。途中、何が起こっても形見がダメージを受けないように、慎重にやらないとね。距離に関係なく、コレクションを移動させるのは技師にとって、神経を使うことなんだ。一番怖いのは紛失だよ。もう取り返しがつかない」

「何かなくしたことはある？」

「うん、あるよ。あまり思い出したくはないけどね」

僕は卓上ランプを綿とビニールで覆い、次に木馬を毛布で包み、琥珀の髪飾りを布袋に入れた。

「〝ガラスの髪の毛〟と呼ばれる珍しい岩石でね、火山が噴火した時、溶岩が霧のように吹き上げられて、一瞬のうちに冷えて固まったものだよ。緩やかに波打った髪の毛が、岩石に一本一本生えているみたいに見えるんだ。それが、特別展示のための入れ替え作業をしている最中、消えた。誰かがミスをしたわけでもない、泥棒が侵入したわけでもないのに、気がついたらもうなかったんだ」

「見つからなかったの？」

「どこを探しても無駄だった。コレクションが紛失する時はたいていそうだ。大勢の人間がそばにいても、ぱっくり開いた時間の割れ目に落ちてゆくのを、誰も止められない」

「優秀な博物館技師が収集していったのかも。収められるべき、本来の博物館にそれを展示するために」

「本来の？」

「そう。私たちが知らないどこかに、この世から消えたコレクションを展示する博物館が存在しているのよ」

「きっと彼は、僕より優秀な技師なんだな」

「そんなことないわ。あなただって特別よ。だって沈黙博物館を作るために、世界中からたった一人選ばれた技師さんなんですもの」

たった一人、というところで、少女は人差し指をピンと立てた。

僕の知らないどこかにあるという、その博物館について考えてみた。それはたぶん、沈黙博物館と同じように、人々から忘れ去られた世界の縁に、ひっそりと建っているのだろう。

「泣き祭りの日以来、伝道師の彼には会った？」

ずっと気になっていた質問を僕はした。人差し指を元に戻し、少女はうなずいた。

「修道院へ会いに行ったわ。お祭りの行列に邪魔されなければ、また前みたいに話せるんじゃないかと思って」

少女の声は淀んだ収蔵庫の空気の底に、沈殿していった。

「ちょうど、回廊のベンチに腰掛けていたの。だから私も隣に座って、しばらくじっとしてたわ。中庭に咲いてた花はみんな枯れて、泉水の溜りには氷が張ってた」

「やっぱり、沈黙の行に入ったんだね」

三つ編みの先に結ばれたリボンを見つめて僕は言った。

「そう。完全なる沈黙。時折顔を見合わせて、手を重ね合わせて、また解いて。たったそれだけよ。他に何ができる？　次に会う約束もできないの」

少女は弱々しく首を振った。

「言葉を手放しただけで、ずっと遠くへ行ってしまったみたいなの」

「でも、修道院からいなくなることはない。ずっとあそこにいるんだ」

「同じベンチに座っていても、透明な幕で隔てられているようだったわ。懸命に手をのばしているのに、幕がたるむだけで、彼には届かないの。もう彼は行ってしまったのよ。肉体を放棄して、言葉から遠く離れた場所へ、亡命したの。二度と戻ってはこない」

僕は答えに詰まり、息を飲み込んだ。

少女は顔を伏せ、泣いていた。ついさっきまで形見のために働いていた両手は、膝の上に横たわっていた。声も漏らさず、涙も見せず、ただ静けさの中でうつむいているだけなのに、僕には彼女が泣いているのだと分かった。形見たちはみな、邪魔にならないよう、そっと少女を見守っていた。長い時間、哀しみは続いた。

「ごめんよ」

とうとう耐えきれなくなって、僕は言った。自分のために少女が泣いているような錯覚に陥っていた。

「謝ろうと思いながら、なかなか言い出せなかったんだ」

少女は顔を上げた。

こんなにも近くにいるのに、少女の横顔は形見たちの陰に沈んでいた。髪に飾られたリボンだけが、愛らしく、はっきりと見えた。

「博物館に刑事たちが来た時、ひどく取り乱して、君の怪我のことまで持ち出したりして……」

「気にしていないわ。本当よ」

声は潤んで、途切れがちだった。

「君を巻き込むつもりなんてなかった。ましてや傷跡についてどうこう言うつもりも……。ただ、爆弾が爆発して、君や博物館が傷ついてしまうんじゃないかと、それがたまらなく怖かったんだ」

「ええ、技師さんは何にも悪くない。私、よく分かってるわ」

僕は少女の手に自分の手を重ねた。回廊のベンチで、伝道師の少年もこんなふうにしたのかもしれないと思った。哀しみの時間が去るまで、僕はずっとそうしていた。


あれ以来、刑事は姿を現わさなかった。しかし仕事中でも、村を自転車で走っている時でも、不自然な人影が視界をよぎるたび、はっとして動悸がした。

ナイフの刃と傷口の形を照合すると言っていた言葉が、いつも引っ掛かっていた。同時に、僕と同じナイフを研いでいる庭師の姿が浮かび、余計に動悸をひどくさせた。

僕は自分の鼓動に耳を澄ませ、気分を落ち着かせるよう努力した。殺人事件について考えることを禁じ、代わりに、博物館のために務めを果たしている、老婆と少女と庭師と家政婦さんの姿を思い起こすようにした。彼らと自分との間に結ばれた絆は、わずかでも不安を和らげてくれた。

老婆が言ったとおり、寒さが厳しくなるにつれ、死に行く者も増えた。多くは老人だった。十分に寿命を全うし、とうに配偶者を見送り、友人の多くも去ってしまったのち、淋しく旅立ってゆく人たちだった。

葬儀はどれも似通っていた。同じような飾り付けがなされ、残された人たちは似たような声ですすり泣いた。

なのに形見は、驚くほど皆異なっていた。荒々しかったり、矮小だったり、神秘的だったりした。収集の現場の風景も、さまざまだった。呆気なく目指すものにたどり着ける場合もあれば、少女と協力し合い、相当なエネルギーを費やさなければならない場合もあった。勝手口の鍵を壊すのと、スーツケースの底を切り裂くのと、警報装置の線を切断するのと、三回新しいナイフを使った。

一段と冷え込んだ朝だった。山はすっかり雪に覆われ、頂に掛かる霧が晴れることはなく、林の落葉樹たちは凍り付いたように枝を宙に伸ばしていた。朝日は雲にさえぎられ、地表までは届かず、風は幾度となく向きを変えながら休みなく吹き続けた。

母屋まで行くにも、コートはもちろん、マフラーから手袋、ブーツ、耳当てまで、全身を防寒しないと我慢できなかった。渡り鳥たちは一羽残らず飛び去ってしまったが、ブナの木でツグミの鳴いているのが聞こえた。余計に気分を沈ませる、かすれた声だった。藪の中でスイカズラの葉だけが、きれいな緑色を見せていた。一歩足を踏み出すたび、霜柱が音を立てた。

フラワーガーデンの隅で、庭師が焚火をしていた。

「お早うございます」

「やあ」

庭師は片手を上げた。

「早いんだなあ」

「文書化の前に、収蔵庫に寄って行こうと思って……」

「相変わらずよく働くな。感心するよ」

「いいえ。やらなきゃいけないことを、やってるだけです」

僕は焚火に手をかざした。落葉や枯れた球根や雑草が燃えていた。煙ばかりがくすぶって、あまり暖かくなかった。庭師が棒切れでつつくと、白く濁った煙が立ち上り、灰が舞い上がった。二人とも、むせて咳き込んだ。

「準備ができたブロックから、順次運び入れていくのかい？」

「ええ、そのつもりです」

「いよいよだな」

「はい」

「疲れを出さないようにしろよ。遠慮なく俺を使ってくれていいんだ。若い者にとっても、初めての冬はこたえるものだ」

「ありがとうございます」

どの花も枯れていたが、レンガで囲った菜園には、霜にも負けずに何種類かハーブが残っていた。温室はほとんどのガラスがひび割れ、すでに本来の役割を果たしていなかった。母屋へ続く砂利道は緩やかに蛇行し、先は靄に吸い込まれていた。わずかに見える母屋の北側は、すべての窓に鎧戸が下り、まだ眠りの中にいるようだった。黙っていると林の奥で渦巻く風の音が、地面を伝って靴底から響いてきた。

「もっと火をおこさなくちゃな」

庭師はジャンパーのポケットから紙切れを取り出し、焚火に放り投げた。一瞬間を置いて、オレンジ色の炎が上がった。続けて庭師は、同じような紙切れを再びくべた。白い長方形の紙だった。

次にジャンパーの内側から現われたのは、両手に収まるほどの大きさの、油紙で包装された箱だった。それに火が移ると、炎は少しずつ勢いを増し、心地よい暖かさが伝わってくるようになった。

油紙が燃え、箱が燃えて中身にも火が付いた。卵細工だった。回りを包むビロードもスポンジも真綿も呆気なく灰になり、卵細工はクリームに彩色されたその色合をどんどん失おうとしていた。

再び庭師が棒切れでかき回した。火の粉が散り、卵細工は地面に転がり落ちた。あっ、と僕は声を上げそうになった。切り込みの入った殻が開き、中から天使がのぞいた。炎に照らされ、うつむいた顔がはにかむようにピンクに染まって見えた。

「いくら書いても同じことなんだ」

庭師は言った。そして三通めと四通めの手紙を続けてくべた。

「兄さんに、兄さんに宛てて出した……」

僕はそれを焚火から拾い出そうとして手をのばしたが、もう手遅れだった。『宛先不明』の赤いスタンプが押された封筒は、瞬く間に燃え上がってしまった。

「俺だって、気の毒に思うさ」

庭師は僕の肩に腕を回した。ずっしりと重くて息が詰まった。

「たった一人の兄弟なんだ。手紙くらい出したいと思うのが当たり前さ。でもな、どうしようもないんだ。俺にも手助けのしようがない。いいかい？　技師さんは自分で思っているより、ずっとずっと遠い所まで来てしまっているんだ。しかも、形見の博物館を作るためにな。分かるだろ？」

僕は答えなかった。今自分が寒いのか暖かいのかも区別がつかなかった。ただ感じ取ることができるのは、手紙が燃えてゆく音と、炎の色だけだった。

「何も兄さんがいなくなったっていう訳じゃない。間違いなく技師さんにお兄さんはいる。だけど、記憶の中にいる人に、手紙が届かないのと同じなんだ。返事だって来ない。いくら心の中でつながり合っていても、距離は果てもなく遠いんだ」

僕は肩に載った庭師の腕を払い除けた。庭師はため息をつき、それでも僕の身体のどこかに触れていなくてはいられない、とでも言うように、そろそろと背中に掌を当てた。

「腹を立てるのも無理はない。返送されてきた手紙のこと、黙っていてすまなかった。いつかは、と思いながら、つい言いそびれてしまって……。許してほしい」

彼の掌はたくましく、コートの上からでも骨張った輪郭が伝わってきた。

「最初は戸惑うかもしれないが、すぐに慣れる。俺が保証するよ。もう後戻りはできないんだ。昨日まで辛いと思っていたことが、ある日気づいたら何でもなくなってる。そういうものさ。俺や奥様やお嬢さんを見てみるといい。皆この村で、この屋敷で、ずっとどうにかやってきたんだ。ぶつくさ文句を言いながらもな。誰もここじゃないどこかへ帰りたいなんて、考えもしていない。心配はいらない。大丈夫、万事うまくいくさ。な？」

庭師はもう一度僕の背中をさすり、転がり落ちた卵細工を棒切れの先で焚火の中へ戻した。一段ときれいな炎が立ち上った。

僕は地階へ続く裏階段を下り、薄暗い廊下を突き当たりまで歩いて、収蔵庫の鍵を開けた。床にはハサミやガムテープの切れ端や糸くずが散らばったままになっていた。ブロック1の時代の形見の棚は大方空になり、片隅には段ボールが積み重ねてあった。

何て生き生きとして期待に満ちあふれた収蔵庫なんだろう、と僕は思った。忘れ去られ埃をかぶったものは何一つとしてなく、すべてのコレクションに人の手が触れた痕跡が残り、展示室の整然さと反比例するくらいに雑然としているのが、理想的な収蔵庫の姿なのだ。

僕は棚の間をゆっくりと歩いた。文書化作業が始まるまでは、まだ随分時間があった。ここでどんな仕事を片付けるつもりでいたのか、もはや思い出せなかった。午後から少女と二人で取り組む包装作業のために、何かチェックしておきたいことがあったのかもしれない。でもたぶん、大した問題じゃないだろう。例え段取りが悪くなったとしても、少女がうまくやってくれるはずだ。

明かり取り用の窓にはカーテンが引かれ、外の気配は光も風も一切届かないのに、ただ冷気だけが抑えようもなく壁から伝わってきた。僕は手袋を外し、コートのポケットにしまった。焚火の灰が一ひら舞い落ちた。

僕は順番に形見に目をやった。自分の靴音がどこか遠くから聞こえてくるような気がした。少女がよく手入れしてくれるおかげで、形見たちは健全な姿を保っていた。一つ一つに結び付けられた札に、几帳面な筆跡で間違いのない登録番号が記されているのを見ると、いくらかでも心を慰めることができた。自分の施した補修箇所が、本来の姿にうまく馴染んでいるのを確かめるのは、誇らしかった。時折気が向くと、棚から降ろして頰ずりしたり、匂いをかいだり、裏返して底を撫でたりした。ケースに展示する時、どの向きが一番相応しいか、あらゆる角度から眺め回してみたりした。どれも博物館へ収められる日を、心静かに待っていた。ここでは何物も僕を裏切らなかった。

なのに目蓋の裏では、焚火が消えずにずっと燃え続けていた。何度瞬きしても無駄だった。庭師は何通も何通も手紙を取り出しては焚火に放り投げ、最後には卵細工を炎の真ん中へ転がすのだった。

……焼かれているのは手紙じゃなく、兄さん自身かもしれない……

立ち止まり、靴音が途切れるたび、そうささやく声が聞こえた。顕微鏡をのぞく時いつも肩に置かれていた兄さんの手の感触が、指先から燃えているような錯覚が、繰り返し襲ってきた。驚いてレンズから目を離し、振り向くと、肩にはまだ温もりの残る灰が積もっている。

しかしもっと怖かったのは、そのささやきが庭師ではなく、自分の声で聞こえることだった。僕は頭を振り、眉間を押さえ、形見たちに救いを求めた。僕に味方してくれるのは、彼らの忠実さより他に何もなかった。

　棚は次第に新しい時代のものへと移っていった。一番奥、昔アイロンを使っていたと思われる台の向こうは、僕が収集した形見たちの居場所だった。そこに立つといっそう僕らの距離は縮まる。集めた人間が違うというだけで、コレクションの放つ雰囲気までが変わる。初めて獲得した耳縮小手術用メス、爆弾で死んだ沈黙の伝道師の毛皮、老人の義眼、女占い師のタイプ用紙。僕はそれらを捧げ持ち、ひととき胸に抱き寄せてから、また元に戻す。どうしてそんなことをするのか理由も分からず、ただ身体が求めるままに形見に触れてゆく。

　不意に、ざらりとした気持の悪さを感じて僕は手を止める。乱暴でいびつな何かが、秩序を乱している。初めて僕は、指先が痛いほどにかじかんでいるのに気づく。

　そこには森林公園の雑草と、ほつれかけたテーブルセンターと、食器を磨くぼろ切れが収蔵されているはずだった。なのに、目の前にあるのは見覚えのない三本の試験管だった。念のために棚の後ろやアイロン台の下を調べてみたが、三つの形見は見当たらなかった。呼吸を整え、僕はもう一度確認した。事態は変わらなかった。そこだけ、形見が入れ替わっていた。

僕は試験管を手に取った。兄さんが理科の実験室で使うような、ごくありふれた試験管だった。指先は痺れ、慎重にしようとすればするほど小刻みに震えた。口にはコルクで栓がしてあり、登録番号札が針金で巻き付けてあったが、筆跡は少女のものとは違っていた。もっとたどたどしく不器用だった。庭師の字だと、すぐに気づいた。

百パーセントアルコールと思われる液体の底に、小さな塊が二つ沈んでいた。互いを励ますように、僕に発見されたことを恥ずかしがるように寄り添い合っていた。切り口は鋭く、わずかに血痕と脂肪の層がのぞき、楕円形の突起の表面には細やかな皺が刻まれていた。僕は試験管を傾け、目の高さまで持ち上げた。塊はぶつかり合いながら液中を漂った。血管か裂けた皮膚か、切り口からのびる細い糸が、べん毛のように揺らめいていた。

乳首だった。殺された三人の女性の乳首だった。

僕は古い時代の棚に引き返し、ホテルで惨殺された娼婦の避妊リングを探した。それは今日、包装する予定のブロックに入っているはずだった。手の震えはどんどんひどくなり、唇が乾き、舌が口の奥で縮こまっていた。やはり、避妊リングも試験管と入れ替わっていた。コルクは朽ちかけ、ガラスはくすみ、アルコールは蒸発して半分ほどに減っていた。前の三本よりも古い標本であるのは、間違いなかった。長い時間閉じ込められていた証拠に、乳首は萎縮し、より労しげな姿をしていた。

納屋の壁一面のナイフのきらめきが、よみがえってきた。庭師の父親と祖父の作ったナイフは、特別な囲みの中に飾られていたはずだった。僕は試験管を棚に戻した。乳首は再びゆっくりと底に沈んでいった。僕の知らない間に、本来収集されるべき正しい形見が、収められていた。

17

僕は階段を駆け登り、台所で家政婦さんが朝食の用意をしているらしい気配にも構わず、後ろを振り向かないで裏口を走り抜けた。朝靄は消えようとしていたが、相変わらず空は雲に覆われていた。庭師がまだ焚火を続けていたらどうしよう。それが一番気掛かりだった。その知らぬ顔で通り過ぎればいいのか、形見のことを問いただすべきなのか、見当もつかなかった。裏庭を走りながら、試験管の感触を拭うために、手をこすり合わせた。指先は怯えて固くなったままだった。

焚火は燃えつき、地面に黒い煤が残っているだけで、手紙と卵細工は跡形もなく、庭師の姿もなかった。僕はさらにスピードを上げ、ローズマリーの茂みを踏み付け、ヤナギの綿ぼうしを払い除けて部屋へ急いだ。途中、スプリンクラーのコックにつまずいて転び、掌をすりむいた。

ベッドに腰掛け、呼吸が落ち着くのを待った。父親だか祖父だかの作ったナイフを調べれば、どれかが娼婦の乳首の切り口と符合するだろう。そして新しい三人の乳首は、庭師がプレゼントしてくれた、僕のナイフの刃とぴったり合うはずだ。考えるべき事柄はたくさんあるはずなのに、頭の芯までが凍えてしまい、混乱がひどくなるばかりだった。ズボンの裾は泥で汚れ、コートには棘や枯葉や小枝が引っ掛かっていた。

僕は洋服ダンスから旅行鞄を取り出し、持ち物を詰めていった。着替え、筆記用具、髭剃りセット、『博物館学』、そして顕微鏡と『アンネの日記』。それだけだった。ファスナーを閉めようとしてふと気づき、窓辺の卵細工を外してシャツでくるんで入れた。

窓の外に人の気配はなかった。風に流される雲のすき間から一瞬朝日が差し込み、霜に濡れた地面を照らした。耳を澄ませても、壁の向こう側はしんとしたままだった。家政婦さんが朝食を運んでくる前に、出発する必要があった。

自転車の荷台に鞄をくくり付け、サドルにまたがり、一度だけ振り向いて博物館を見た。博物館はそこにあった。寒さにも風にも僕の裏切りにも動揺することなく、はるかな昔からずっとそうであった通りの姿で、そこに建っていた。

少女のことだけが心残りだった。僕が形見を見捨てたと知った時の、落胆の表情を思い浮かべると胸が痛んだ。いつか収蔵庫でしたのと同じように、今彼女の手に自分の手を重ねることができたらどんなにいいだろうかと思った。

僕はハンドルを握り締め、精一杯ペダルを漕いだ。

駅まで来るのは、初めて村へ到着した時以来だった。あの時はすぐに少女に車へ案内され気に留めなかったが、駅舎はこぢんまりとし、切符売場もなく、改札と言っても木の柵で申し訳程度に仕切られているだけだった。僕は自転車を止め、鞄を下ろし、待合室を見回した。コンクリートの床はひび割れ、天井には蜘蛛の巣が張っていた。真ん中に据え付けられた薪ストーブは冷たく、長い間火がつけられた形跡がなかった。壁に掛かった時刻表はすっかり色褪せ、数字が消えて読み取れなかった。

僕は改札を通り抜け、ホームのベンチに腰掛けた。水色のペンキで塗られた、頑丈なベンチだった。

他に汽車を待つ人の姿はなく、駅員もいなかった。最初のうち、わずかな気配がしても、庭師が追い掛けてきたのではと思ってあたりをうかがったが、やがてそんな心配は無用だと悟った。いくら振り返ってもそこにあるのはせいぜい、走り去る野良猫の後ろ姿か、風に揺れる街路樹の枝くらいなものだった。僕は一人きりだった。

線路は視界の果てのずっと先まで続いていた。向かいのホームの後ろ側は小高い崖になり、その向こうには松林が広がっていた。茶褐色に枯れた松葉が、崖を一面覆っていた。時折駅前のロータリーに車が入ってきたが、方向転換するとすぐにまたどこかへ遠ざかっていった。

僕は耳当てを外し、線路の響きか、警報機のサイレンか、何かしら汽車が来る予感を求めて神経を集中させた。少しでも寒さを癒そうと背中を丸め、旅行鞄を膝に載せた。

太陽が昇るにつれ、雲は厚さを増していった。そろそろ文書化作業の始まる時間だった。老婆は僕が現われないのに痺れを切らし、少女や家政婦さんに当たり散らして杖を振り回しているだろうか。それとも寝椅子に横になり、クッションに頭を沈め、いつ形見がテーブルに用意されてもすぐさま物語を語り始められるよう、静かに待っているのかもしれない。

雪が降りだした。これまで何度かちらついたのとは種類が違う雪だと、すぐに分かった。結晶が大きく、あっという間に空を埋め尽くし、真っすぐに落ちてきて決して溶けなかった。いつしか風は止み、あらゆる音が雪に飲み込まれていった。どんなに線路の向こうに耳を澄ませても、結晶と結晶が触れ合う微かな軋みが伝わるだけで、それがまた静けさの密度をより深めていた。

僕は空を見上げ、両手に息を吹き掛けた。手袋にはまだ焚火の匂いが残っていた。兄さんへの手紙が燃えつき、収蔵庫で乳首を見つけたのは、もうずいぶん前の出来事のような気がした。

崖の岩肌、ホームをつなぐ階段の屋根、ごみ箱、松の枝、枕木、線路……。目に映るものすべての輪郭が雪に包まれようとしていた。その勢いを押し止める術を、僕は知らなかった。旅行鞄を抱き締める以外、他に何もすべきことがなかった。

林の奥で鳥が一羽はばたき、枝がしなった。鳥が飛んでゆくと、風景の中で動いているのは雪だけになった。それはどんな小さな崖の窪みにも、どんなか細い松葉の上にも、平等に積もった。線路はもう、見えなくなっていた。

僕は博物館のことを考えた。あの堅牢な佇まいに、雪はよく似合うだろうと思った。恐らく、老婆の作った看板の上にも、雪は積もっているはずだ。

あたりは真っ白だった。覆い隠すものがなくなってもまだ、雪は降り続いた。汽車は来なかった。

僕はベンチから立ち上がった。身体に積もった雪が滑り落ちた。誰にも汚されていないホームに、僕の足跡だけが残された。

すでに自転車は何の役にも立たなくなっていた。僕はロータリーを突っ切り、どこに続いているかも分からない道を歩いた。とにかく、ここから遠い場所へ行こうとしていることだけは、はっきりしていた。そのためには、どんなにひどく雪が降ろうとも、歩き続けなければならなかった。

手足の関節はぎくしゃくとし、バランスがうまく取れなかった。朝部屋を出た時に比べ、靴はずっと重くなっていた。坂道の途中で、足を取られて転んだ。手袋がべたべたしているのに気づき外してみると、朝すりむいた掌から血が出ていた。はっとして見惚れてしまうくらい、きれいな赤色だった。消毒のつもりで雪をこすり付けたが、少しも痛くなかった。

行き交う人はほとんどなく、家々のカーテンは閉じられ、理髪店も公民館も花屋も保育園もひっそりとしていた。たまにすれ違う人は誰も、フードで顔を隠し、僕になど気づきもしないで通り過ぎていった。

別れ道に差しかかるたび、北の方角へ曲がった。自分が次に踏み出すべき地点を捉えるのがやっとで、前方を見通すことなどできなかった。睫毛に降り掛かった雪は溶けずにそのまま凍り付き、目を開けているのが辛かった。

休まずに歩き続け、初めて立ち止まった時、僕は沼のほとりにいた。頭は働いていないのに、意識のどこかでは自分が修道院へ向かおうとしていることを、はっきり理解していた。遠い場所へ逃げるためには、修道院以外に行き先はなかった。見習い伝道師の少年が泣き祭りの夜、少女のもとから音もなく去って行ったのと同じように、ここまでたどり着けば、僕も遠い場所への抜け道を見つけ出せるかもしれなかった。

沼の深緑だけは雪の支配を逃れ、その色を守っていた。伝道師の姿はなく、いつものボートが一艘、水辺の白樺に結び付けられていた。僕はロープを解き、沼へ漕ぎだした。ボートの中にも雪が積もっていた。水面に落ちてきた雪は、そのまま溶けずに吸い込まれ、底まで沈んでゆくかのように見えた。オールを動かすと、時々ミシリと音がして手に違和感が残った。水面に氷が張ろうとしているのだった。

修道院の中庭まで続く岩山の道は、数えきれない伝道師たちによって踏み固められ、迷いようなどなかったはずなのに、ただ雪が降っているというだけで風景がすり変わって見えた。宙にぼんやり浮かんだような鐘楼の姿を目印に、足場になる突起を探しながら僕は登っていった。堆積岩は雪に覆われ、ところどころからのぞいている名前の分からない木々には、一枚の枯葉さえ残っておらず、枝はどれも弱々しかった。

積もったばかりの雪は優しい曲線を描き、踏み付けるのをためらってしまうほどだった。振り返ると、僕の通った跡は醜く、混乱していた。

ボートを降りてからかなり歩いたと思うのに、鐘楼は少しも近づいてこなかった。息をすると雪も一緒に肺へ吸い込まれていった。鞄がずり落ちそうになり、慌ててつかみ直した。少女に買ってもらった卵細工は、もう割れているかもしれないと僕は思った。

ふと脇に目をやった時、岩とも木とも違う巨大な塊が、不自然な角度で岩肌に寄り掛かっているのに気づいた。近づいて雪を払ってみた。年老いたオスの、シロイワバイソンの死骸だった。

背中に残る毛に、茶色と白が混じり合っている様子から、秋のはじめ頃死んだに違いなかった。腹のあたりは皮膚も内臓も溶けて蒸発し、肋骨がのぞき、背中から後ろ脚にかけてはビリビリに引き裂かれた雑巾のような皮膚が、わずかにぶら下っていた。大きな身体には不似合いな、か細い肋骨だった。頭部も半分白骨化し、少し触れただけで角は抜け落ちた。目はすでに空洞となり、宙のどこか一点を見つめていた。

僕は二、三歩後退りし、枝につかまろうとしたが、それは頼りなく折れた。再び死骸に雪が積もろうとしていた。

見回せば、そこかしこにシロイワバイソンは死んでいた。あるものは岩と岩の間に頭を挟み、あるものは前脚を屈折させて急な斜面に踏み止まっていた。まだほんの小さな子供もいれば、ついさっき息絶えたばかりと思われる死骸もあった。

どちらの方向に進もうとも、彼らを視界から追い出すことはできなかった。彼らは皆、死の瞬間のあまりにも恐ろしいショックのため、身体がその空間に張り付いて、はがれなくなってしまったとでも言うように、バラバラに崩れることもなく、シロイワバイソンとしての形をじっと保ち続けていた。保ち続けながら僕を取り囲み、閉じ込めていた。

なおも僕は上へ登ろうとした。この墓場さえ突破すれば、もうあと少しで回廊が見えてくるはずだった。

突然、誰かが僕を呼ぶのが聞こえた。どんな音も雪に飲み込まれている中で、その呼び声は震えながら耳元に届いてきた。

「技師さん。技師さん」

一段と大きなシロイワバイソンの向こうに人影が映った。僕はバイソンの尻尾を引っ張り、頭を踏み台にして声のする方へ前進していった。

「技師さん、ここよ。さあ私の手につかまって」

「なぜ君が、こんなところに……」

それだけを言葉にするのが精いっぱいだった。

「あなたを探していたんじゃないの。村中駆け回ったのよ」

少女の睫毛も耳たぶも唇も凍っていた。頬の窪みに溜まった雪が、氷の結晶になり、それがきらめいて見えた。僕は彼女の腕の中に倒れ込んだ。懐かしい匂いがした。自分は屋敷から遠ざかろうとしていたはずなのに、なぜか待ち焦がれた人にやっと会えたような気持になっていた。

「まあ、大変。血が出てるわ」

少女は僕の手袋を脱がせ、ハンカチで傷口を拭いた。

「早く手当てしなくちゃ」

「庭師が……庭師がね……、収蔵庫の形見が……」

「何も喋らなくていいのよ。とにかく、家へ戻って、温かいお茶を飲んで、身体を休めなくてはね」

「兄さんのところへ、帰ろうとしたんだ……。皆に黙って、こっそり。形見のことも、全部放り出して……」

「ええ、よく分かってる。誰も怒ってなどいないわ。心配しなくていいのよ。お母さまが待ってるわ。物語の準備を万端整えてね」

「庭師は、自分で作ったナイフで、とても恐ろしいことをしたんだ。そのうえ、収蔵庫の形見を、勝手に……」

「庭師を怖がる必要なんてない。彼がこれまで、博物館のために果たしてくれた働きのことを思い出してみて。彼がいなかったら、博物館は完成しないわ。私たちのうち、誰か一人でも欠けたら駄目なの。私たちの居場所はもう、他にはないのよ。さあ、一緒に帰りましょう。沈黙博物館へ」

僕は少女の胸に顔を押し当てた。彼女の声を聞きながら、自分でも気づかないうちに僕は泣きだしていた。兄さんに会えないことが悲しいのか、形見の乳首を思い出してまた怖くなったのか、この世界でたった一人、少女が僕を抱き留めてくれていることがうれしいのか、理由は分からなかった。ただ涙が、勝手にあふれてくるのだった。

鐘が鳴りだした。死骸を震わせ、少女と僕を震わせ、空に響き渡っていった。

18

手の傷は思いの外深く、じくじくと膿んでいつまでも治らなかった。包帯を巻いた手では、形見の搬入にも文書化にも不便だったが、皆の協力で支障なく仕事は進めることができた。もともと、僕の責任で負った傷なのに、少女も家政婦さんも庭師も心からの同情を示してくれた。老婆は暦のお告げに従い、苔やイノシシの脂やカタツムリの粘液などを家政婦さんに調合させ、なめし革に塗って湿布薬を作ってくれた。

僕は再び荷物を元の場所へしまった。着替えは洋服ダンスへ、顕微鏡は食卓へ、『アンネの日記』は枕元へ。幸い卵細工は割れていなかった。窓辺に吊すと、雪明かりに照らされて天使が浮かび上がった。濡れた旅行鞄はストーブの柵に干して乾かした。

あの日降った雪は溶けずに残った。軒下や農道の脇や広場の片隅にかき集められた雪が黒ずんで汚れてくる頃、また新しい雪が降った。太陽は滅多に姿を現わさず、一日中、ストーブの火を消すことはなかった。朝食の時間になってもまだ台所は薄暗く、夕方仕事を終えて屋敷を出る頃には、裏庭は闇に包まれていた。

冬が深まって、時間はゆっくり過ぎるようになった。車の往来は減り、中央広場の噴水は止まり、カフェのテラスは覆いが降ろされた。光の加減で時刻を計れないからか、収蔵庫にいても村のどこかを歩いていても、自分が時の流れの淀みに沈み込み、そこから抜け出せないでいるような気がした。村人たちは誰も、不平一つ漏らさず、冬が無事去ってゆくのを辛抱強く待っていた。

日常は何の滞りもなく、以前のとおりに戻った。誰一人僕を責めなかったし、見限らなかった。唯一の例外は二人の刑事だった。彼らは大雪の日以来、常時僕を尾行していた。しかし彼らとて、図々しく踏み込んできて、責め立てるような真似はしなかった。責め立てるべき新しい材料を探すため、遠巻きにこちらの様子をうかがっているような状態だった。むしろ、もしかしたら彼らは、殺人事件の容疑者を追っているのではなく、僕が二度と博物館から逃げ出さないよう見張っているのではないか、と思うこともあった。

とにかく僕には、深呼吸をしてゆっくりと考える時間が必要だった。ベッドに倒れこみ、包帯を解き、掌の傷を眺めた。修道院の岩山をさ迷ったことが幻のようにも思えたし、寒さと痛みを伴って生々しく迫ってくるようでもあった。サイドテーブルには家政婦さんが洗濯したパジャマが、きちんと折り畳んで置いてあった。外は凍えているのに、部屋のストーブには庭師の割った薪がたっぷり補給され、オレンジの炎を上げていた。壁のカレンダーには、仕事が確実に進行している証拠に、赤ペンのばつ印がきれいに並んでいた。

僕は再び掌に視線を落とした。そしてベッドから立ち上がり、枕元の『アンネの日記』を手に取り、台所へ下りてもう片方の手で顕微鏡を持った。

夜は更けていたが、僕は母屋の作業室へ向かった。雪は止み、にじんだ三日月が出ていた。大事な形見を傷つけないよう、慎重に歩いた。

まず台帳を繰り、登録番号を二つ引き出してラベリングした。受入年月日、件名、受入方法など必要事項を記入したあと、細部を計測し、写真を撮り、傷や欠損の状態をチェックして、修復・保存処置の指示書を作成した。それから二つの形見を、収蔵庫の棚に並べて置いた。声には出さず心の中で、母さんと兄さんにさよならを言った。

次の日から、博物館への形見の搬入が始まった。庭師が収蔵庫からの運び出しを担当し、家政婦さんと少女が荷解きをした。ケースへ展示してゆく最後の仕上げをするのが僕の役目だった。

相変わらず天候は悪く、作業の妨げとなったが、愚痴をこぼす人はいなかった。皆、大がかりなこの詰めの作業に少なからず興奮し、心を躍らせ、博物館のために自分ができる精いっぱいのことをしようと努めた。庭師は冗談を言っては少女と僕を笑わせ、家政婦さんにたしなめられながらも、力仕事が一段落したあとは、電気系統の点検をし、たまった廃材やゴミを裏庭で燃やした。少女は紛失した形見はないか心配そうに何度も確かめ、クリーナーで展示ケースのガラスを磨いた。お昼になると家政婦さんが、バスケットいっぱいのお弁当と熱いコーヒーを用意してくれた。休憩コーナーのソファーに腰掛け、皆一緒にそれを食べた。

一つ気掛かりなのは、老婆が熱を出して寝込んでいることだった。老婆が近くにいて、唾を飛ばし、外れそうになる入歯をカチカチいわせながら、雑言、嫌み、呪いのたぐいを吐き散らしてくれないのは淋しかった。意識も呼吸もしっかりしていたが、熱のためにますます食欲を失い、体力が著しく低下していた。それでも一日一つの文書化は休んでいなかった。今や老婆の任務は形見を物語ること以外にはなく、彼女自身そのことをよく認識していた。自分に与えられた最も重要な役目のためだけに体力を使い、あとの時間はほとんどベッドで過ごしていた。

どんな形見でも、展示されるに相応しい唯一の角度というものを持っていた。たとえ縫い針一本、ビー玉一個であっても、光を受けるべき側と、陰に回って二度と人々の視線を浴びることのない側に分かれていた。それが正しく見極められるかどうかは、技師の技量に掛かっていた。

僕はまだ包帯が取れない手に白手袋をはめ、少女から手渡される形見と対面し、瞬時にその角度を見出していった。登録や薫蒸や補修のたび、幾度となく手にしてきた形見ばかりだから、迷うことはなかった。

少しずつ展示ケースは埋まっていった。美しい秩序にのっとって、世界が形づくられようとしていた。一つ一つの形見を、僕は正確に配置していった。わずかなズレも許されなかった。彼らがその場所を動くことは、永遠にないからだった。他の博物館へ貸し出されることも、研究のため一時取り外されることも、決してないのだった。

乳首が手渡された時、偶然にも全員が近くにいた。試験管を握って止まった僕の手元を、皆が見ていた。一瞬空気の流れが変わったような気がしたが、単なる思い過ごしかもしれなかった。僕は二つの乳首が完全な形で視界に入るよう試験管を揺らして調整し、あらかじめ打っておいたピンの間にそれを固定した。たちまち乳首は他の展示物たちと馴染み、なおかつガラスの向こうで堂々とした存在感を振りまいていた。間違いなく自分が正当な形見であることを、証明してみせていた。また皆はそれぞれの仕事に戻った。

一番新しい『アンネの日記』と顕微鏡まですべての形見が展示され、見学順路の矢印、非常口の誘導灯、灰皿、入場券、あらゆる備品が揃い、床がワックスで磨き上げられて、とうとう博物館が完成したのは、四日後の夕方だった。

「さて、これで十分でしょう」

入り口から全体を見回し、僕は言った。

「見落としてるところはない？」

少女が尋ねた。

「うん、大丈夫だよ」

僕は答えた。

「ああ、完成したのね……」

家政婦さんがモップを握ったまま、力が抜けたようにつぶやいた。

「出来上がってみれば、呆気ないものですよ」

心地よい身体の疲労が、気持を妙に静かにさせていた。ファンファーレも鳴らなかった。鳩も飛ばなかった。ただ雪が降っているだけだった。

老婆を背負って庭師が母屋から歩いてきた。厳重な防寒を施され、布の塊のようになって背中に張り付いていた。

「さあ、奥様。ここが沈黙博物館です」

庭師が言った。塊の奥でごそごそ気配がした。

「お母様、見える？」

少女は毛布の縁を持ち上げ、顔がのぞくようにした。

老婆の瞳はこんなに濃い黒色をしていただろうかと、僕は不意をつかれた。冬の闇よりも深く、目に映るものすべてを吸い取って、なお表面は揺らぐことなくしんとしていた。身体は朽ちてしまったのに、瞳だけが生き残ってそこにあるかのようだった。

庭師は老婆を背負ったまま博物館を一周し、僕たちはその後ろを付き従った。誰も口を開かなかった。老婆の苦しげな息遣いが、途切れがちに漏れてくるばかりだった。窓は夕暮れの色に染まり、雪の形がよりはっきりとした影になって舞い落ちていった。風の音は届かず、林は遠くで凍え、その向こうにはもはや夜の世界が忍びこんでいた。

それは死者たちを弔う巡礼だった。老婆のかすれた息は、弔いのための哀歌だった。

「沈黙の伝道師に秘密を打ち明けると、絶対にそれは露見しないって、いつか少女が教えてくれたんだ」

少年は中央広場の噴水の前に立っていた。伝道が行なわれる、いつもの場所だった。

「久しぶりだね。元気かい?」

握手は許されるのか、肩でも軽く叩くべきなのか、よく分からなかったので、僕はポケットに両手を突っ込んだままでいた。

「もう見習とは違うな。立派な伝道師だ」

少年はうっすら髭が生え、肩まで伸びた髪の間からのぞく耳は、壁の穴を到底すり抜けられないほどにたくましくなっていた。

「形見を収集した帰りなんだ。雪下ろしの最中に屋根から落ちて首の骨を折った、六十歳の農夫だよ。……こんな仕事をしているとね、世の中には実に様々な種類の亡くなり方があるものだと、しみじみそう思う。……博物館がオープンしたのは、知っているかな。もしよかったら、一度見に来てほしい。沈黙博物館なんだから、伝道師が見学しても戒律を破ることにはならないと思うんだ。そうだろ? 彼女もきっと、喜ぶはずだよ。正直に言うと、オープンしてからまだ一人も入館者がいないんだ。日々形見は増え続け、コレクションは充実しているというのに。まあ、仕方ない。最初から予測はついていたことだ。見学者が大勢押し掛けるのがいい博物館とは限らない。コレクションの存在が、そこで完全に保護されている、という事実の方が重要なんだ。僕たちは十分にその精神を全うしているのだから、一日受付に座って、誰一人見学者が現われなくたって、落胆などしはしない。形見が無事、一日を過ごせたことに感謝するだけさ」

　広場を行き過ぎる人は皆、凍った地面で滑らないよう、背中を丸めて歩いていた。雪は止んでいたが気温は一段と下がり、吐く息はたちまち透明な結晶となって宙に散らばっていった。水の止まった噴水は雪の溜り場となり、獅子の像は首まで埋まっていた。

　少年は裸足だった。彼が踏み固めた所だけ、足の形どおりに窪みができていた。シロイワバイソンの毛皮は、一本一本の毛先に雪が凍り付き、それがか弱い光の下でも冷たいきらめきを放っていた。

「そうだ、秘密の話の件だったね。慣れていないから、どう切り出したらいいかの戸惑っているんだ。こんなふうに喋っていて構わないのかな。もし何か失礼があったら、許してほしい」

　少年は僕の目を見ていた。しかしそこに表情はなく、僕が感じ取れるのは、彼を包む沈黙の泉に自分の言葉が飲み込まれてゆく気配だけだった。少年は身体の前で手を組み、風で髪が乱れても、毛皮の裾が翻っても、指先一本動かさなかった。頰はあかぎれ、爪は血の色を失って白く濁り、足は霜焼けで浮腫んでいた。その完全なる静止が、沈黙の純度をより高めていた。なのに、自分が拒絶されていないことはよく分かった。少年は僕のために必要な沈黙を、丁寧に差し出してくれていた。僕はなかば恐る恐る、なかば秘密を持つことの苦痛から逃れるためすがりつくような思いで、泉に手を浸した。

「三人の若い女性を殺したのは、庭師なんだ。たぶん、間違いないと思う。それだけじゃない、五十年前ホテルで娼婦を殺したのは、庭師のお爺さんだ。いや、お父さんだったかもしれないが、どちらにしたって同じことだ。凶器のジャックナイフは今も納屋の壁に飾られている。輝かしく、誇らしげにね。……彼はすぐれた能力を持った庭師だよ。庭師でありながら博物館建設の片腕になれる男は、世の中にそうたくさんはいない。たいていのものなら、彼はゼロから作り出すことができる。現状に手を加え、思いも寄らない変化をもたらしたり、不具合な箇所を瞬時に見出し、改善するのも得意だ。そうした力をすべて集結させたのが、ジャックナイフなんだ。彼にとってはそれが、究極の自己表現方法なんだ。聞いて確かめたわけじゃないけれど、僕が想像するに、彼は自分の作ったナイフの切れ味を試してみたかったんじゃないだろうか。普段誰も切らないようなものを、美しくて奥床しい何かを、切断してみたかったんだ、きっと。もちろん、許されない欲望だと分かってるよ。十分承知してる。なのに僕はその重大な秘密を、他の誰にも漏らすまいとして、こうして君に打ち明けている。彼にもらったナイフを持って、被害者たちの形見収集に赴いたおかげで、僕自身がとんでもない疑いを掛けられているというのに、警察に告発しようともしない。自分でも不思議だよ。……何もかも博物館のためだ。博物館を成り立たせるために、僕ら五人は一人一人役割を果たしてる。一人でも欠けたら調和は崩れ、元には戻らなくなる。――もっともこれは、少女の言った言葉なんだが――もし仮に沈黙博物館が崩壊したら、一体どうやって村人の肉体の証を保存したらいいんだい？　僕らは足場を失って、世界の縁から滑り落ちてしまうだろうね。そして僕らがここに居た事実なんて、誰の心にも残らないんだ。誰にも収集されず、どんな博物館にも展示されず、地中のどこかに埋もれたまま朽ち果ててゆく瓦礫と同じさ。世界の縁は暗くてとてつもなく深い。一度落ちたら決してはい上がってはこれないよ。……僕だって最初からそうと分かっていた訳じゃない。少しずつ理解していったんだ。辛い作業だった。兄さんの顕微鏡を沈黙博物館へ収めなくちゃならないという事実を、受け入れるのはね……」

僕は空を仰ぎ、稜線に吹き付ける風が雲を押し流してゆく様を見やった。それからコートのベルトを結び直し、ずれた耳当てを元に戻して、ズボンの裾についた雪を払った。

少年は同じ姿で目の前にいた。泉の表面にはささやかな波紋も、小波も広がっておらず、ただ沈黙だけが豊かにたたえられていた。

「こんなこと言っても、何の役にも立たないけど、身体に気をつけるんだよ」

僕は毛皮についた氷の破片を払った。少年はされるがままにしていた。彼の身体からきらきら光る結晶がこぼれ落ちていった。

「じゃあ、そろそろ行くよ。博物館の受付を、少女と交替する時間なんだ」

片手を上げ、さよならの合図をしてから、僕は伝道師のそばを離れた。

老婆が死んだのは、その冬ほとんど初めての、ひとかけらの雲にも邪魔されない太陽の光が射した朝だった。

僕たちは一晩中、老婆に付き添った。少女は枕元で手を握り、家政婦さんはその向かい側に座って髪を撫で、庭師は毛布の上から足に手を当てていた。そして僕は、老婆のために何をしてあげられるのか、見当もつかないでいた。暖炉の火が弱まると薪を足し、それでも夜が更けてきて冷え込んでくると、自分のカーディガンを脱いで少女の背中に掛けてやり、あとはベッド脇の椅子に茫然と腰掛けているばかりだった。

医者の診察を仰いだわけでもないのに、僕たちにはその瞬間が近いことが分かっていた。一週間前、老婆が自ら収集した形見のすべてを語り終わった段階で、誰もが覚悟を決めるべきだと自分に言い聞かせた。最後の文書化が終了し、僕が鉛筆を置いたまさにその瞬間、老婆は意識をなくした。

机の上には暦の勉強に必要だったらしい本が数冊、開いたままになり、たった今外したばかりという感じで、蔓が開いたままの老眼鏡が置かれていた。壁のフックには、毛糸の帽子がいくつも掛かっていた。

誰も何も喋らなかった。お互い視線を合わせるだけで、相手がどういう気持でいるかすぐに伝わったから、気休めを言う必要などなかった。むしろ余計な言葉で、静寂が汚されることの方を避けた。屋敷を満たす完全なる静寂は、僕たちを優しく抱き留めていた。

少しずつ老婆の呼吸は乱れていった。息を吸い込むたび、喉の奥で何とも言えず物淋しげな音がし、肋骨が動いた。しばらく浅い息が続いたかと思うと、突然唇を開き、喉の骨を上下させ、できるだけ多くの空気を吸い込もうともがいたりした。

死は一息に襲ってはこなかったが、後ずさりもしなかった。まるで死の方が老婆を恐れているようでもあった。

家政婦さんは濡れたガーゼを額に当てた。庭師は毛布の下に手を入れ、足をさすった。彼らの懸命な手つきを見ていると、それが何かの役に立っているはずだと思うことができた。少女は瞬きさえせず、老婆から視線を動かさないでいた。もし自分が大事な何かのサインを見落としでもしたら、取り返しがつかないと信じているかのようだった。僕はそんな少女の頬を見つめていた。ベッド脇の踏み台には、最後まで老婆の忠実な支えだった杖が、もたせ掛けてあった。持ち手は黒光りし、老婆の指の形通りに変形していた。

カーテンに映る窓の色は、刻々と変わっていった。闇が次第に薄れ、群青色が混じり、やがてそれも縁から溶け出していった。風も雪も止んでいた。

一段と長く喉が鳴った。目蓋の下で眼球が微かに動き、唇が震え、老婆は最後の息を吐き出した。

三人は老婆の身体から手を離し、目を伏せて祈った。僕は立ちあがってカーテンを開けた。雪の照り返しを受けていっそう鮮やかにきらめく朝日が、一筋老婆の死顔に射し込んだ。

自分が収集した形見の物語を、生まれて初めて僕が語る場所は、老婆と最後の文書化作業を行った屋根裏部屋に決めた。形見とスムーズに交信できる自信もなかったが、果たしてスタートの場所としてそこが適切なのかどうかも不安だった。しかしもはや、暦を読み取り、相応しい決定を下してくれる老婆はいないのだった。

暦は今、博物館に収められていた。老婆の形見を何にするかは難しい問題だった。いくら技師だからと言っても、僕一人で選択するのは申し訳ない気がした。新参者の僕ではなく、少女や庭師や家政婦さんにこそ選択権があるはずだった。

「いや、それは技師さんの仕事だ」

しかし庭師はそう言って、断固譲らなかった。

「大丈夫。技師さんなら、正しい収集ができるはずだ」

家政婦さんも少女もうなずいた。

僕は杖と暦を形見とすることにした。沈黙博物館において、一人の人物が二つの形見を残した例はなかった。しかし老婆なら、許されると僕は確信していた。老婆の肉体を支えた杖と、精神の指針となった暦。これ以上に正しい形見はないはずだった。

屋根裏部屋の用意はすでに整っていた。

「ここで、いいかしら」

少女はテーブルに形見を載せた。耳縮小手術専用メスだった。

「ああ」

僕は答えた。少女はノートを開き、鉛筆を握り、いつ僕の口から言葉がこぼれ出してもいいよう、神経を集中させていた。老婆と僕が絶妙なコンビを組んでいたように、少女ともうまくやれそうだった。

僕は形見を見やった。欠けた刃先のギザギザから、血の染み込んだくすみまで、見分けることができた。心を落ち着かせるため、僕は目を閉じた。

この同じ部屋で、老婆と過ごした時間を思い出していた。

「はい、これが最後です」

形見を取り出しながら僕は言った。

「あなたが収集した形見は、これで全部、すべてです」

本当はそんなことを口に出したくはなかった。形見が無限にあると感じていた頃が、たまらなく懐かしかった。

「ああ、そうか」

けれど老婆の口調に感傷的なところはなかった。

「無事、ここまで来ましたね」

「ふん。当然のことじゃ」

得意の鼻を鳴らそうとしたが、頼りなく息が漏れただけだった。何か言い足そうとして、痰が絡み、激しく咳き込んだ。僕は上半身を抱きかかえ、背中を叩いた。

「無理しなくていいんですよ。明日にのばしたって」

空洞を抱いているように、両手には何の手応えも残らなかった。

「ばか者。明日はもうない。今日が最後だ。今日より他にはない。役目を終えた者は退場する。それが暦の摂理じゃ。さあ、よいか。始めよう」

僕は目を開いた。老婆の声の名残が鼓膜をまだ震わせていた。少女は鉛筆を握り締めたまま待っていた。耳縮小手術専用メスは、同じ場所にじっと横たわっていた。

形見の物語を、僕は語り始めた。


（了）

参考文献

『博物館の設計と管理運営』T・アンブローズ著、大堀哲監修・水嶋英治訳（東京堂出版）
『博物館学（MUSEOLOGY）』倉田公裕・矢島國雄著（東京堂出版）
『博物館学――フランスの文化と戦略』西野嘉章著（東京大学出版会）
『イギリス歳時暦』チャールズ・カイトリー著、澁谷勉訳（大修館書店）
『カントリー・ダイアリー』イーディス・ホールデン著、岸田衿子・前田豊司訳（サンリオ）

解説

あたらしい生の引き込み線

堀江敏幸

その駅で下車した乗客は、博物館専門技師の「僕」ひとりだった。客車にはほかに人がいて、降りたのが「僕」だけだったのか、それともがらんとした車両に彼だけ座っていたのか、詳しいところはわからないのだが、到着を待っていた少女に案内されて、彼は依頼人のもとへ向かう。田園があり、「音楽ホールと、村立病院と、食料市場があり、墓地を併設した公園と、学校と、公衆浴場があった。必要なものが過不足なく、あるべき場所にきちんと収まっている印象」の、穏やかな村。そこに博物館をつくってほしいと彼に依頼してきた人物がいて、少女はその娘だった。まだ仕事がもらえるのかどうか確定していなかったからだろう、「僕」の言葉にはへんな力が入っていて、初対面の少女にこんな固苦しい台詞を吐く。「僕の仕事は世界の縁から滑り落ちた物たちをいかに多くすくい上げるか、そしてその物たちが醸し出す不調和に対し、いかに意義深い価値を見出だすことができるかに関っているんです」。

専門家としての矜持にあふれた言葉ではある。素人の目にはなんの脈絡もないがらくたのひとつひとつを分類し、しかるべき意味と価値を与えて、あたらしい視点を提示してやること。「不調和」に「調和」の光を当てる仕事の舞台として、どうやらこの村はとてもよさそうだ、作業もはかどるにちがいないと「僕」は思う。ところがそんな平穏さへの期待は、「身体中から養分が抜けたようにやせ細」り、「腰はほとんど直角に折れ曲がって」いる百歳近くに見える依頼人によって、あっさり裏切られる。「僕」を面接した老婆の饒舌は、先に引いた言葉に呼応するのみか、『沈黙博物館』と題された物語の軸を確認するうえでも、とても重要な鍵を与えてくれる。

「私が目指しているのは、お前ら若造が想像もできんくらい壮大な、この世のどこを探したって見当らない、しかし絶対に必要な博物館なのじゃ。一度取り掛かったら、途中で放り出すわけにはいかない。博物館は増殖し続ける。拡大することはあっても、縮小することはありえない。まあ、永遠を義務づけられた、気の毒な存在とも言えよう。ひたひたと増え続ける収蔵品に恐れおののいて逃げ出したら、哀れ収蔵品は二度死ぬことになる。放っておいてくれたら誰にも邪魔されずひっそりと朽ちてゆけたものを、わざわざ人前に引っ張り出され、じろじろ見られたり指を差されたりして、いい加減うんざりしていたところで再び打ち捨てられる。むごい話だと思わないか？　絶対に途中やめはいかん。いいな、これが三つめの真理じゃ」

誤解を恐れずに言えば、ここにあるのはじつに奇怪な音の集積だ。「お前ら若造」「永遠を義務づけられた、気の毒な存在」といった言葉づかいにもまして、「なのじゃ」「わけじゃ」で締められる文末と、「言えよう」「思わないか」のあいだに、小さな亀裂がひろがっている。意味はもちろん通じるけれど、一文一文の言葉の位相がそろわず、複数の人物がてんでばらばらにしゃべり出してしまったかのような感触だ。これは年齢や育ちとは異なる、なにかしら本質的な「不調和」であり、「不協和音」である。この先に登場する人物たちはいちおうふつうの言葉を話しているのに、老婆だけがえぐみのある濁った音を出す。「僕」があたりまえのように口にした、「不調和」に対する価値の付与、という構図に有効なのはモノだけで、じつはこうしたふぞろいな言葉はふくまれていない。

しかし老婆が、やがて「技師さん」と呼ばれるようになる「僕」に依頼した内容を考えるとき、人工的なにおいさえする彼女の饒舌はけっして偶然の産物ではないことが理解できる。老婆の願いは、かつて洗濯室として使われていた部屋、つまり汚れを落とすための空間に収蔵されているさまざまなモノたちを整理することだった。

それらのモノの正体は、この村で亡くなった人々の存在をもっとも生々しく刻み込んだ「形見」である。村で誰かが死ぬたびに老婆はそれを盗み、この部屋に蒐《あつ》めてきたのだという。亡くなった当人が寄贈すると約束した品ではなく、犯罪行為に近いやり方で略奪した、まったく統一感のない「形見」たち。避妊リング、犬のミイラ、剪定バサミ、三十六色の絵の具。「一個一個の収蔵品が好き勝手な自己主張をするために、耐えがたい不協和音が生まれている感じ」は、老婆の言葉にぴたりと当てはまる。つまり彼女は、自分以外の人間の「言葉」の「形見」を集めたとしか思えないような話し方をしているのだ。形見はどこかで形代につうじている。老婆は「僕」を、「形見」に隠されたメッセージを読み解きうる者として、みずからの後継者として呼び寄せたのである。

だからこそ老婆は、収蔵品の整理と並行して、「僕」が村にやってきたあとに亡くなった人々から「形見」を奪ってこいと命じるのだ。「僕」はそれにあらがうことができない。連続猟奇殺人事件との関連を疑われながらも、死の香りがまだ残っている場所におもむいて、「形見」を探すようになる。博物館完成後に老婆が亡くなると、彼女自身の「形見」を収容し、その跡を継ぐ。それは物語の冒頭から予感されていた事態なのだ。仕事が終われば帰るはずだった村に、「僕」はこうして留まる。だが、留まることは、老婆の遺志を継いだ「僕」にとって、どんな意味があるのか。

ここで「僕」と「少女」が巻き込まれた、中央広場での爆破事件を思い出そう。「少女」は大怪我を負い、ガラスの破片が頰に突き刺さって抜けなくなるのだが、その傷は「定規を当てて下書きしたかのように、五つの頂点が等分の角度でつながり合った、完全な形の星」の形になっていたという。星はもちろん、三角形をふたつ逆に重ねて六つの頂点を持たせたあの黄色いダビデの星でもなければ、胸に浮き出たものでもない。傷はあくまで五つであり、頰についている。けれども「僕」が母親の「形見」である『アンネの日記』を持参し、しばしば読み返していたことを考えあわせれば、この星形がなにを連想させ、略奪した形見がなにを示唆しているかは、もはや言うまでもないだろう。星の頂点がひとつ少ないのは、少女が最悪の事態からまぬかれているということではないか。傷の描写のあとに「天の啓示」とあるのも、そんな見方を補強してくれるし、だとするなら、村はずれの修道院で修行をつづけている「沈黙の伝道師」が、心の目でなにを目撃し、心の耳でどんな叫びを聞いているのかも想像できる。博物館建設に力を貸してくれた「庭師」がじつは人を殺《あや》めている証拠をつかみ、懼れをなして村を逃げ出そうとした「僕」が駅に走ると、そこには誰もおらず、汽車もなかった。まるで無人駅だったという一節で、「線路は視界の果てのずっと先まで続いていた」とあるこの鉄路も、牽強付会を承知で言えば、アンネ・フランクの運ばれたあの忌まわしい場所へ通じる専用列車の引き込み線のようにさえ思われてくる。

老婆は「形見」のひとつひとつに込められた情念と言葉の重みを伝える、一種の触媒の役目を果たしていた。膨大な言葉の不協和音を吐き出すことは、沈黙の伝道師のように言葉を失っていくことと同義なのだ。なぜなら、どちらもある意味では死んでいるからである。そう、村に残る決断をした「僕」は、じつはもう死んでいるのかもしれない。それどころかこの村は、すでに命のない人々の住む場所なのかもしれず、兄に宛てた手紙が「僕」に送り返されてきたのも、兄が死んだからではなく「僕」が死んでいるせいかもしれないのだ。むろんこれは私の妄想にすぎない。だがそうであるとすればなおさら、死者たちの集う世界にこれほどの物語を引き込み、「僕」にあたらしい生を与え得た作者の腕は、とても骨太だと思う。

この作品は、二〇〇〇年九月十日、筑摩書房より刊行された。

沈黙博物館　小川洋子

「形見じゃ」老婆は言った。死の完結を阻止するために形見が盗まれる。死者が残した断片をめぐるやさしくスリリングな物語。（堀江敏幸）

星間商事株式会社社史編纂室　三浦しをん

二九歳「腐女子」川田幸代、社史編纂室所属。恋の行方も友情の行方も五里霧中。仲間と共に「同人誌」を武器に社の秘められた過去に挑む!?（金田淳子）

つむじ風食堂の夜　吉田篤弘

それは、笑いのこぼれる夜。——食堂は、十字路の角にぽつんとひとつ灯をともしていた。クラフト・エヴィング商會の物語作家による長篇小説。

通天閣　西加奈子

このしょーもない世の中に、救いようのない人生に、ちょっぴり暖かい灯を点す驚きと感動の物語。第24回織田作之助賞大賞受賞作。（津村記久子）

この話、続けてもいいですか。　西加奈子

ミッキーこと西加奈子の目を通すと世界はワクワク、ドキドキ輝く。いろんな人、出来事、体験がてんこ盛りの豪華エッセイ集！（中島たい子）

君は永遠にそいつらより若い　津村記久子

22歳処女。いや「女の童貞」と呼んでほしい——。日常の底に潜むうっすらとした悪意を独特の筆致で描く。第21回太宰治賞受賞作。（松浦理英子）

アレグリアとは仕事はできない　津村記久子

彼女はどうしようもない性悪だった。すぐ休み単純労働をバカにし男性社員に媚を売る。大型コピー機とミノベとの仁義なき戦い！（千野帽子）

まともな家の子供はいない　津村記久子

セキコには居場所がなかった。うちには父親がいる。うざい母親、テキトーな妹。まともな家なんてどこにもない！　中3女子、怒りの物語。（岩宮恵子）

こちらあみ子　今村夏子

あみ子の純粋な行動が周囲の人々を否応なく変えていく。第26回太宰治賞、第24回三島由紀夫賞受賞作。書き下ろし「チズさん」収録。（町田康／穂村弘）

さようなら、オレンジ　岩城けい

オーストラリアに流れ着いた難民サリマ。言葉も不自由な彼女が、新しい生活を切り拓いてゆく。第29

冠・婚・葬・祭　中島京子
たこと。冠婚葬祭を切り口に、鮮やかな人生模様が描かれる。第143回直木賞作家の代表作。（瀧井朝世）

とりつくしま　東直子
死んだ人に「とりつくしま係」が言う。モノになってこの世に戻れますよ。妻は夫のカップに弟子は先生の扇子になった。連作短篇集。（大竹昭子）

虹色と幸運　柴崎友香
珠子、かおり、夏美。三〇代になった三人が、人に会い、おしゃべりし、いろいろ思う一年間。移りゆく季節の中で、日常の細部が輝く傑作。（江南亜美子）

星か獣になる季節　最果タヒ
推しの地下アイドルが殺人容疑で逮捕!? 僕は同級生のイケメン森下と真相を探るが――。歪んだピュアネスが傷だらけで疾走する新世代の青春小説！

ピスタチオ　梨木香歩
棚（たな）がアフリカを訪れたのは本当に偶然だったのか。不思議な出来事の連鎖から、水と生命の壮大な物語「ピスタチオ」が生まれる。（管啓次郎）

図書館の神様　瀬尾まいこ
赴任した高校で思いがけず文芸部顧問になってしまった清（きよ）。そこでの出会いが、その後の人生を変えてゆく。鮮やかな青春小説。（山本幸久）

マイマイ新子　髙樹のぶ子
昭和30年山口県国衙。きょうも新子は妹や友達と元気いっぱい。戦争の傷を負った大人、変わりゆく時代、その懐かしく切ない日々を描く。（片渕須直）

話虫干　小路幸也
夏目漱石「こころ」の内容が書き変えられた！ それは話虫の仕業。新人図書館員が話の世界に入り込み、「こころ」をもとの世界に戻そうとするが……。

包帯クラブ　天童荒太
傷ついた少年少女達は、戦わないかたちで自分達の大切なものを守ることにした。生きがたいと感じるすべての人に贈る長篇小説。大幅加筆して文庫化。

うれしい悲鳴をあげてくれ　いしわたり淳治
作詞家、音楽プロデューサーとして活躍する著者の小説&エッセイ集。彼が「言葉」を紡ぐと誰もが楽しめる「物語」が生まれる。（鈴木おさむ）

命売ります　三島由紀夫

自殺に失敗し、「命売ります。お好きな目的にお使い下さい」という突飛な広告を出した男のもとに、現われたのは？（種村季弘）

三島由紀夫レター教室　三島由紀夫

五人の登場人物が巻き起こす様々な出来事を手紙で綴る。恋の告白・借金の申し込み・見舞状等、一風変ったユニークな文例集。（群ようこ）

コーヒーと恋愛　獅子文六

恋愛は甘くてほろ苦い。とある男女が巻き起こす恋模様をコミカルに描く昭和の傑作が、現代の「東京」によみがえる。（曽我部恵一）

七時間半　獅子文六

東京—大阪間が七時間半かかっていた昭和30年代、特急「ちどり」を舞台に乗務員とお客たちのドタバタ劇を描く隠れた名作が遂に甦る。（千野帽子）

悦ちゃん　獅子文六

ちょっぴりおませな女の子、悦ちゃんがのんびり屋の父親の再婚話をめぐって東京中を奔走するユーモアと愛情に満ちた物語。初期の代表作。（窪美澄）

笛ふき天女　岩田幸子

旧藩主の息女に生まれ松方財閥に嫁ぎ、四十歳で作家獅子文六と再婚。夫、文六の想い出と天女のような純真さで爽やかに生きた女性の半生を語る。

青空娘　源氏鶏太

主人公の少女、有子が不遇な境遇から幾多の困難にぶつかりながらも健気にそれを乗り越え希望を手にする日本版シンデレラ・ストーリー。（山内マリコ）

最高殊勲夫人　源氏鶏太

野々宮杏子と三原三郎は家族から勝手な結婚話を迫られるも協力してそれを回避する。しかし徐々に惹かれ合うお互いの本当の気持ちは……。（千野帽子）

カレーライスの唄　阿川弘之

会社が倒産した！　どうしよう。美味しいカレーライスの店を始めよう。若い男女の恋と失業と起業の奮闘記。昭和娯楽小説の傑作。（平松洋子）

せどり男爵数奇譚　梶山季之

せどり＝掘り出し物の古書を安く買って高く転売することを業とすること。古書の世界に魅入られた

廿日ホテル 黒岩重吾

作など、大阪のどん底で交わる男女の情と性。直木賞作家の傑作ミステリ短篇集。（難波利三）

あるフィルムの背景 結城昌治 日下三蔵編

普通の人間が起こす歪んだ事件、そこに至る絶望を描き、思いもよらない結末を鮮やかに提示する。昭和ミステリの名手、オリジナル短篇集。

赤い猫 仁木悦子 日下三蔵編

爽やかなユーモアと本格推理、そしてほろ苦さを少々。日本推理作家協会賞受賞の表題作ほか〈日本のクリスティー〉の魅力をたっぷり堪能できる傑作選。

兄のトランク 宮沢清六

兄・宮沢賢治の生と死をそのかたわらでみつめ、兄の死後も烈しい空襲や散佚から遺稿類を守りぬいてきた実弟が綴る、初のエッセイ集。

落穂拾い・犬の生活 小山清

明治の匂いの残る浅草に育ち、純粋無比の作品を遺して短い生涯を終えた小山清。いまなお新しい、清らかな祈りのような作品集。（三上延）

真鍋博のプラネタリウム 真鍋博 星新一

名コンビ真鍋博と星新一。二人の最初の作品『おーいでてこーい』他、星作品に描かれた挿絵と小説冒頭をまとめた幻の作品集。（真鍋真）

熊撃ち 吉村昭

人を襲う熊、熊をじっと狙う熊撃ち。大自然のなかで、実際に起きた七つの事件を題材に、孤独で忍耐強い熊撃ちの生きざまを描く。

川三部作
泥の河／螢川／道頓堀川 宮本輝

太宰賞「泥の河」、芥川賞「螢川」、そして「道頓堀川」と、川を背景に独自の抒情をこめて創出した、宮本文学の原点をなす三部作。

私小説 from left to right 水村美苗

12歳で渡米し滞在20年目を迎えた「美苗」。アメリカにも溶け込めず、今の日本にも違和感を覚え……。本邦初の横書きバイリンガル小説。

ラピスラズリ 山尾悠子

言葉の海が紡ぎだす、〈冬眠者〉と人形と、春の目覚めの物語。不世出の幻想小説家が20年の沈黙を破り発表した連作長篇。補筆改訂版。（千野帽子）

遠い朝の本たち　須賀敦子
作品の数々を、記憶に深く残る人びとの想い出とともに描くエッセイ。（末盛千枝子）

おいしいおはなし　高峰秀子編
向田邦子、幸田文、山田風太郎……著名人23人の美味な思い出。文学や芸術にも造詣が深かった往年の大女優・高峰秀子が厳選した珠玉のアンソロジー。

るきさん　高野文子
のんびりしていてマイペース、だけどどっかヘンテコな、るきさんの日常生活って？　独特な色使いが光るオールカラー。ポケットに一冊どうぞ。

それなりに生きている　群ようこ
日当たりの良い場所を目指して仲間を蹴落とすカメ、迷子札をつけているネコ、自己管理している犬。文庫化に際し、二篇を追加して贈る動物エッセイ。

うつくしく、やさしく、おろかなり　杉浦日向子
生きることを楽しもうとしていた江戸人たち。彼らの紡ぎ出した文化にとことん惚れ込んだ著者がその思いの丈を綴った最後のラブレター。（松田哲夫）

ねにもつタイプ　岸本佐知子
何となく気になることにこだわる、ねにもつ。思索、奇想、妄想はばたく脳内ワールドをリズミカルな名短文でつづる。第23回講談社エッセイ賞受賞。

回転ドアは、順番に　穂村弘　東直子
ある春の日に出会い、そして別れるまで。気鋭の歌人ふたりが、見つめ合い呼吸をはかりつつ投げ合う、スリリングな恋愛問答歌。（金原瑞人）

絶叫委員会　穂村弘
町には、偶然生まれては消えてゆく無数の詩が溢れている。不合理でナンセンスで真剣だからこそ可笑しい、天使的な言葉たちへの考察。（南伸坊）

杏のふむふむ　杏
連続テレビ小説「ごちそうさん」で国民的な女優となった杏が、それまでの人生を、人との出会いをテーマに描いたエッセイ集。（村上春樹）

月刊佐藤純子　佐藤ジュンコ
注目のイラストレーター（元書店員）のマンガエッセイが大増量してまさかの文庫化！　仙台の街や友人との日常を描く独特のゆるふわ感はクセになる！

ちくま文庫

沈黙博物館《ちんもくはくぶつかん》

二〇〇四年六月九日　第一刷発行
二〇二一年十二月十日　第八刷発行

著者　小川洋子（おがわ・ようこ）
発行者　喜入冬子
発行所　株式会社　筑摩書房
東京都台東区蔵前二―五―三　〒一一一―八七五五
電話番号　〇三―五六八七―二六〇一（代表）
装幀者　安野光雅
印刷所　明和印刷株式会社
製本所　株式会社積信堂

ISBN978-4-480-03963-7　C0193